Milliardenschwer und ungezähmt

EIN MILLIARDÄR VOLLER LEIDENSCHAFT
Tate

J. S. SCOTT

Ebenfalls von D. A. Scott

Ein Milliardär voller Leidenschaft - Die Serie:

Entfesselte Leidenschaft (Buch 1 der Serie erzählt
die Geschichte von Simon und Kara)

Das Herz des Milliardärs ~ Sam (Buch 2)

Die Erlösung des Milliardärs ~ Max (Buch 3)

Der Milliardär und sein Spiel ~ Kade (Buch 4)

Ein Milliardär außer Kontrolle ~ Travis (Buch 5)

Ein Milliardär ohne Maske ~ Jason (Buch 6)

Milliardenschwer und ungezähmt ~ Tate (Buch 7)

Milliardenschwer und ungebunden ~ Chloe (Buch 8)
(ab Ende März 2017 erhältlich)

Inhalt

Kapitel 1 1
Kapitel 2 16
Kapitel 3 27
Kapitel 4 42
Kapitel 5 53
Kapitel 6 66
Kapitel 7 76
Kapitel 8 85
Kapitel 9 97
Kapitel 10 107
Kapitel 11 120
Kapitel 12 130
Kapitel 13 140
Kapitel 14 154
Kapitel 15 167
Kapitel 16 175
Epilog 185
Biografie 195

Kapitel 1

inde und verführe Marcus Colter!
Lara Baileys Gedanken drehten sich zielstrebig nur um dieses eine Ziel, während sie mit einem Strohhalm in ihrem unangetasteten Eistee herumrührte. Gedankenverloren ließ sie ihren Blick durch die luxuriöse Bar des Rocky Springs Resorts schweifen. Ihr erster Tag in dem winterlichen Urlaubsparadies in Colorado hatte sich als ein einziger Reinfall erwiesen. Sie hatte Marcus, den ältesten der milliardenschweren Colter-Geschwister, weder zu Gesicht bekommen noch seinen Aufenthaltsort in Erfahrung bringen können.

Alles, was ihr der heutige Tag eingebracht hatte, war ein unangenehmes Schwindelgefühl, als sie sich am heutigen Morgen auf den Weg in den Fitnessbereich des Resorts gemacht hatte, um ihr tägliches strenges Training zu absolvieren. Offenbar hatte sich ihr Körper noch nicht an die Höhe des Hochlandes von Colorado angepasst.

Super! Sie hatte daraufhin langsamer angehen lassen und begonnen, so viel Wasser wie möglich zu trinken. Es war gerade jetzt sehr wichtig für sie, keine Schwäche zu zeigen, deshalb musste sie sich so schnell wie möglich an die Höhe gewöhnen. Inzwischen fühlte sie sich schon etwas besser, daher war sie guten Mutes, dass ihr an flaches Land gewöhnter Körper damit zurechtkommen würde, sich mitten in der vorderen Bergkette der Rocky Mountains aufzuhalten.

Als sie sich in der Bar umschaute, bemerkte sie, dass sie von einem Meer an Menschen umgeben war, die aussahen, als kämen sie direkt von der Skipiste. Ihre Gesichter waren vor Kälte gerötet und sie trugen noch zum größten Teil ihre Skikleidung: Skijacken und -hosen, dicke Pullover und Schals. Einige von ihnen hatten sogar ihre Skier an die Wand gelehnt, hielten warme Getränke in der Hand und unterhielten sich angeregt.

Wie würde es sich anfühlen, selbst einer dieser Urlauber zu sein? Mittlerweile bin ich dreißig Jahre alt und kann mich nicht erinnern, wann ich zuletzt Urlaub genommen oder wann ich zumindest etwas nur zu meinem eigenen Vergnügen unternommen habe.

In ihrem schwarzen Cocktailkleid fühlte sich Lara ein bisschen fehl am Platze, besonders, wenn sie bedachte, dass es kaum vier Uhr nachmittags war. Aber sie hatte eine Mission und war entsprechend dem Ziel gekleidet, das sie verfolgte. Sie schlug ihre langen, schlanken Beine übereinander, warf mit einer lässigen Kopfbewegung ihr dunkelblondes Haar über die Schulter und beobachtete die Menschen um sich herum, während sie im Geiste wie wild an einem neuen Plan arbeitete.

Wenn ich Marcus Colter nicht finden kann, muss ich irgendwie dafür sorgen, dass er zu mir kommt.

Ehrlich, Lara hätte beinahe jeden beliebigen Ort ihrem jetzigen Aufenthaltsort vorgezogen – der wie ein großer, märchenhafter Tummelplatz für die Wohlhabenden wirkte. Sie hasste das kokette Kleid und die überhohen Absätze: ein Schuhwerk, das sie beinahe zu Fall gebracht hätte, als sie aus dem Aufzug gestiegen war und einer ihrer Pfennigabsätze in der schmalen Führungsschiene der Schiebetür hängengeblieben war. Glücklicherweise hatte sie sich allein im Aufzug aufgehalten und niemand hatte ihre nicht-so-anmutige Ankunft in der Empfangshalle bemerkt.

Gott sei Dank hat mich niemand gesehen. Ich muss mich unbedingt so verhalten, als ob ich mich hier pudelwohl fühle würde – obwohl das keineswegs der Wahrheit entspricht. *Ich muss Marcus Colter finden. Aber wie viel lieber würde ich es mir jetzt zu Hause in meiner winzigen Wohnung gemütlich machen, mit mehreren Schachteln chinesischem Essen, einem guten Buch und etwas Schokolade.*

Sie verspürte mächtigen Hunger, doch sie hatte zuvor einen Blick auf die Speisekarte geworfen, die draußen vor dem mondänen Restaurant des Resorts aufgestellt war, und sich beinahe verschluckt. Das Abendessen würde warten müssen, bis sie in die Stadt fahren konnte.

Der Preis für ein einfaches Zimmer hier im Resort war bereits hoch genug. Für eine Nacht bezahlte sie mehr als für ihre Wohnung in einem ganzen Monat. Es war zwar nicht so, als ob sie sich ein Abendessen hier im Restaurant nicht hätte leisten *können*, aber sie *wollte* es einfach nicht. Wahrscheinlich würde sie noch hungrig aus dem Speisesaal kommen. Das schicke Restaurant sah aus wie eines jener Lokale, deren teure, winzige Portionen nicht geeignet waren, ihren Hunger zu stillen. Lara legte keinen besonderen Wert darauf, wie das Essen serviert wurde, sondern ob es gut und ausreichend war... oder nicht. Es ärgerte sie, ein Restaurant mit einer leichteren Geldbörse, aber noch knurrendem Magen zu verlassen. Welche Rolle spielten ein hübscher Teller und ein exquisiter Geschmack, wenn sie nur ein paar Happen zugeteilt bekam, für die sie außerdem eine astronomische Summe bezahlen musste?

Eigentlich gibt es keinen Grund mehr, noch länger hier herumzuhängen. Es ist an der Zeit, mich umzuziehen und mich zum Abendessen auf den Weg in die Stadt zu machen.

Offensichtlich war der Älteste der Colter-Geschwister nicht oft im Resort anzutreffen. Das schien auf keinen der Colters zuzutreffen. Sie hatte gehofft, zumindest Marcus Mutter, Aileen Colter, über den Weg zu laufen, von der man sagte, dass sie einen Großteil ihrer Zeit damit verbrachte, das Resort zu verwalten. Leider hatte sie jedoch den ganzen Tag nicht ein einziges Mitglied der Familie zu Gesicht bekommen. Und obwohl sie mit niemandem der Colters persönlich bekannt war, hätte sie sie doch erkannt. Sie hatte sich genügend Fotos dieser besonders wohlhabenden Familie angesehen.

»Ich würde Ihnen ja einen Drink spendieren, aber es sieht nicht danach aus, als ob sie mit dem, den sie vor sich stehen haben, etwas anzufangen wüssten«, ertönte plötzlich ein tiefer, sexy Bariton hinter Lara. Sie war so überrascht, dass sie beinahe ihr Glas umgestoßen hätte.

Erschrocken drehte Lara sich herum und erblickte einen Mann, mit dem sie keineswegs abgeneigt war, sich zu unterhalten: *Tate Colter.*

Automatisch schossen ihr seine persönlichen Daten, die sie sich eingeprägt hatte, durch den Kopf: einunddreißigjähriger Mann, blondes Haar, graue Augen, ein Meter fünfundachtzig groß, vorbildliche Führung bei der militärischen Spezialeinheit, ehrenvolle Entlassung aus dem Militär wegen eines Unfalls. Es hatte sie geärgert, nicht mehr Informationen über Tate finden zu können. Verdammt! Er war Milliardär – wie jeder andere der Colter-Familie auch – und außerdem die treibende Kraft, die das Unternehmen »Colter Fire Equipment« zu einem der weltgrößten Produzenten von Brandbekämpfungs- und Sicherheitsausrüstung gemacht hatte. Zwar gehörte die Firma zum Colter-Konzern, doch Tate hatte es sich zu seiner persönlichen Aufgabe gemacht, mehr fortschrittliche Ausrüstung herzustellen als jeder andere Anbieter. Er hatte die Firma in die Sphären des Erfolgs getragen. Sie hatte nicht einen einzigen negativen Bericht über ihn finden können. Verdammt, er war sogar Mitglied der Freiwilligen Feuerwehr!

Lara musterte ihn vorsichtig, als er auf die andere Seite des kleinen Tischchens hinüberging. Tatsächlich sah er in Wahrheit atemberaubend aus – sogar besser als es die Fotos wiedergaben. Seine blonden Locken trug er noch ebenso kurz wie auf den Aufnahmen, die sie gesehen hatte, doch heute wirkte seine Frisur, als sei er gerade dem Bett entstiegen, und einige Haarsträhnen standen in verschiedenen Richtungen von seinem Kopf ab. Lara hätte darauf wetten können, dass dies von einer Mütze verursacht worden war, wenn man bedachte, dass in Colorado noch Winter herrschte. Ein bisschen neidisch musste sie zugeben, dass ihr die Tatsache gefiel, dass es ihm an Eitelkeit fehlte, seine Haare in Ordnung zu bringen. Seine wuschelige Frisur und das Grübchen, das sie entdeckte, als er ihr ein bescheidenes Lächeln zuwarf, ließen ihn gefährlich attraktiv erscheinen. *Ich habe schon besser aussehende Männer getroffen.* Dieser abwehrende Gedanke schoss ihr durch den Kopf, wahrscheinlich, weil ihr ein Zittern des Gewahrwerdens die Wirbelsäule hinablief, als sie Tate Colter ansah. Ja, sie *hatte* wirklich schon im herkömmlichen Sinne attraktivere Männer gesehen, aber keiner war ihr so unwiderstehlich erschienen wie der Mann, den sie immer noch vorsichtig beäugte. Lässig in Jeans, Stiefel und ein grünes Sweatshirt gekleidet hätte er in dieser Umgebung eigentlich gewöhnlich und farblos wirken müssen, doch das war keineswegs der Fall. Lara war sich bewusst, dass sie auch weiterhin Vorsicht walten lassen musste, egal wie bescheiden oder nett er auch auftreten mochte. Tate Colter besaß den Intelligenzquotienten eines Genies, genau wie der Rest seiner Geschwister. Hinter seinem zurückhaltenden Lächeln und seinem jungenhaften Grinsen versteckte er einen Verstand, der sie taxierte, so sicher wie sie ihn ihrerseits abschätzte und seine Beweggründe überdachte.

»Ich nehme sowieso keine Getränke von fremden Männern an«, entgegnete sie reserviert. Sie wollte ihn keinesfalls sofort verscheuchen, denn sie konnte ihm vielleicht *einige* Informationen entlocken. Doch andererseits wollte sie ihn auch nicht ermuntern. Ihr Hauptinteresse musste Marcus Colter gelten, doch vielleicht konnte sein Bruder ihr dabei behilflich sein, ihn zu finden.

Tate ergriff den hölzernen Stuhl ihr gegenüber, drehte ihn herum, ließ sich mit gespreizten Beinen darauf nieder und machte es seinem überaus durchtrainierten, muskulösen Körper bequem. »Dann müssen wir uns eben miteinander bekannt machen«, erwiderte Tate in einem vor Selbsteingenommenheit strotzenden Tonfall, als ob er ihrer Zustimmung gewiss wäre und erwartete, dass sie aus Dankbarkeit vor ihm auf die Knie fallen würde. *Arroganter Flegel!*

Lara bemühte sich, eine neutrale Miene beizubehalten. »Vielleicht möchte ich Sie ja gar nicht kennenlernen. Vielleicht bin ich verheiratet oder habe einen Partner«, antwortete sie ausweichend. Tate zuckte mit den Schultern. »Ich habe nicht gesagt, dass ich mit Ihnen ins Bett steigen will. Ich habe nur gesagt, ich würde Sie gern kennenlernen.« Lässig legte er seine Unterarme auf der Stuhllehne ab und grinste sie immer noch spitzbübisch an. »Tate Colter.« Er streckte ihr seine Hand über den Tisch hinweg entgegen. »Sie sahen so einsam aus ganz allein mit sich selbst.«

»Lara.« Widerstrebend schüttelte sie ihm kurz die Hand und zog dann schnell ihren Arm zurück. Absichtlich gab sie ihm so wenige Informationen wie möglich. Seine Hände waren rau und schwielig und entsprachen so gar nicht den weichen, manikürten Fingern, die sie von einem Milliardär erwartet hätte. Eigentlich besaß er keinerlei Ähnlichkeit mit dem Bild, das sie sich von einem ultrareichen Mann gemacht hatte. Er wirkte so... erdverbunden und eher wie ein Mann, der sich bei Bewegung in freier Natur wohler fühlte als in einem Maßanzug in einem Sitzungssaal.

Höchstwahrscheinlich fühlt er sich in jeder Umgebung wohl.

Leider fühlte sie selbst sich nur in gewissen sozialen Situationen heimisch und schon dieser kurze, zwanglose Kontakt mit Tate hatte einen elektrischen Funken entzündet, der ihr die Wirbelsäule hinablief.

»Ich habe mich nicht im Geringsten einsam gefühlt und tue es auch jetzt nicht. Ich bin hierhergekommen, um... nachzudenken«, versicherte sie eilig. »Allein.«

Tate blickte sich zweifelnd im Raum um. »Das hier ist aber nicht gerade ein ruhiges Plätzchen zum Nachdenken oder der geeignete Ort, um mit ihren Gedanken allein zu sein.«

Verdammt! Natürlich nicht. Die Bar war überfüllt, voller Lärm und alles andere als ein Ort zum Nachdenken. Er war ein Tummelplatz zum Knüpfen von gesellschaftlichen Kontakten.

»Vielleicht wollte ich einfach nur eine Weile allein hier sitzen«, verteidigte sie sich ungeduldig, denn sie wartete darauf, ihm möglichst viele, ihrem Ziel dienende Informationen entlocken zu können, um dann von seinen rauchigen, forschenden Augen befreit zu werden, die ihren Blick kein einziges Mal von ihrem Gesicht abgewandt hatten, seitdem er sich zu ihr gesellt hatte. Seine Gegenwart verursachte ihr ein solch unbehagliches Gefühl, das sie noch nie zuvor auf diese Art in Gesellschaft eines Mannes verspürt hatte. Sie hatte bereits viele nicht-so-nette attraktive Männer kennengelernt, doch Tate Colter besaß keine *schlechte* Ausstrahlung, sondern eine eher eine... *lasterhafte*.

»Also verbringen Sie hier Ihren Urlaub?«, erkundigte sich Tate und ignorierte völlig ihre distanzierte Haltung.

»Ja.« Lara betrachtete eingehend ihren Drink und beobachtete, wie die Eisstückchen schmolzen, während sie schon wieder in dem Glas herumrührte. Zwar wollte sie Tate ungern verscheuchen, aber sie wollte auch nichts sagen, was ihn ermutigen konnte. Der Kerl war weiß Gott dreist genug.

Sei freundlich, aber nicht zu freundlich! Lara wollte Tate eigentlich aushorchen, aber aus irgendeinem Grund hatte er sie in die Defensive gedrängt. Ihre Instinkte riefen ihr zu, so schnell wie möglich vor ihm davonzulaufen, doch dummerweise konnte sie nicht ergründen, warum.

»Ich habe Sie hier bisher noch nicht gesehen. Wann sind Sie in der Stadt eingetroffen?«

»Spät am gestrigen Abend.« Mein Gott, sie wünschte, er würde aufhören, sie anzustarren wie eine Probe unter dem Mikroskop. »Sie sind also ein Colter?« Lara versuchte, ihre etwas dümmliche Blondinenmine aufzusetzen. »Ein Mitglied der berühmten Colter-Familie?« Schmeicheleien erreichten fast immer ihr Ziel.

»Ich bin zwar nicht der Berühmteste, doch zweifellos der Klügste der ganzen Bande«, erklärte er mit unbeweglichem Gesichtsausdruck, als ob er eine versteckte Warnung aussprechen würde. »Meine Mutter hält sich zurzeit außerhalb der Stadt auf, um meine Tante und meinen Onkel zu besuchen. Ich habe ihr versprochen, jeden Nachmittag hier vorbeizuschauen, um nachzusehen, ob alles in Ordnung ist. Ich wollte gerade wieder gehen, als ich Sie hier so allein sitzen sah. Während der Abwesenheit meiner Mutter fühle ich mich verpflichtet, dafür zu sorgen, dass sich alle Gäste wohlfühlen.«

Lara beäugte ihn misstrauisch und fragte sich, ob seine arrogante Beurteilung seiner selbst zutraf. Das ausgeprägte Selbstbewusstsein, das er im Überfluss ausstrahlte, ließ ihn unglaublich anziehend wirken, und sie zweifelte keinen Augenblick an seiner hohen Intelligenz. Wenn nicht fast schon anstößig, benahm er sich geradezu *aufdringlich.*

»Sie haben auch Brüder, oder?«, erkundigte sie sich, während sie sich bemühte, weiterhin unwissend und nur mäßig interessiert auszusehen. *Warum nur habe ich das Gefühl, dass er mich anmachen will?* Eigentlich führten sie ein ganz normales Gespräch, doch sie hatte den Eindruck, als ob sie insgeheim Katz und Maus miteinander spielten. Und unglücklicherweise fühlte sie sich im Moment wie das Nagetier.

»Und eine Schwester«, erwiderte er gelassen. »Meine Schwester Chloe ist unser Nesthäkchen und jetzt unsere Tierärztin in Rocky Springs. Außerdem besitze ich noch drei ältere Brüder.«

»Ich erinnere mich daran, von Zwillingen gehört zu haben.« Sie zauberte einen rätselnden Ausdruck auf ihr Gesicht.

»Meine beiden ältesten Brüder, Marcus und Blake, sind eineiige Zwillinge. Blake ist ein US-Senator. Zane ist ein Jahr älter als ich. Er ist Forschungsmediziner auf dem Gebiet der Biotechnologie.«

»Und was macht Marcus beruflich?«, fragte sie – wie sie hoffte – beiläufig.

Tate zuckte mit seinen muskulösen Schultern. »Er reist. Er leitet den größten Teil der Geschäfte der gesamten Colter Corporation.«

»Das ist sicher schwierig, wenn er kaum hier ist.« *Verdammt! Ich hoffe, Marcus hält sich im Augenblick hier auf.* »Sie sehen ihn dann ja nicht so oft.«

»Daran haben wir alle uns gewöhnt. Außer Chloe halten die meisten von uns sich normalerweise über längere Zeiträume nicht hier auf. Sie hat hier inzwischen dauerhaft ihr zu Hause gefunden. Marcus wird morgen eintreffen und eine Weile bei uns bleiben. Er ist bereits seit geraumer Zeit geschäftlich unterwegs. Zane hält sich in Denver auf und spielt den verrückten Forscher. Und Blake sollte schon bald hier auftauchen, gleich nachdem der Kongress die Saison beendet haben wird, um eine Pause einzulegen.« Tate sprach im Plauderton, doch er lächelte nicht mehr und beobachtete aufmerksam ihren Gesichtsausdruck.

Er weiß, dass ich ihm Informationen entlocken will. Verdammt! Verdammt! Verdammt! Warum kann er nicht ein bisschen weniger aufmerksam sein?

Lara schenkte ihm ein schwaches Lächeln. »Das ist schön«, gab sie lediglich zur Antwort und versuchte, ihrer Stimme einen gleichgültigen Tonfall zu verleihen.

Bingo!

Marcus Colter würde morgen in Rocky Springs eintreffen.

»Also, welche Pläne haben Sie für die Zeit ihres Aufenthaltes hier bei uns geschmiedet?«, erkundigte sich Tate, als ob er jedes Recht besäße, sie über ihre Zeitplanung auszufragen. »Woher kommen Sie? Und wovor laufen Sie davon?«

»Warum glauben Sie, ich liefe vor etwas davon?«, wich sie vorsichtig aus.

»Machen die Menschen nicht genau deshalb Urlaub?«

»Ich komme von der Ostküste. Ich dachte mir, Colorado müsste eine nette Abwechslung bieten. Ich arbeite in einer Hypothekenbank. Der Job ist recht stressig.« Sie warf ihm ein freundliches Lächeln zu.

»Haben Sie schon ein Bad in den heißen Quellen genommen? Bewiesenermaßen wirken sie sehr entspannend.«

»Nein.«

»Sind Sie heute Ski gefahren?«

»Ich fahre nicht Ski«, gab sie widerstrebend zu.

»Wir geben Unterricht. Es würde mich freuen, sie persönlich unterrichten zu dürfen«, bot er ihr in einem leisen *fick-mich* Tonfall an, der mehr versprach, als ihr lediglich ein paar korrekte Bewegungen auf Skiern zu zeigen.

Lara erschauderte, als sich ihre Blicke trafen und sich ineinander verloren. Tate hatte ihr unmissverständlich zu verstehen gegeben, dass er ihr liebend gern mehr beibringen würde als die Grundkenntnisse des Skifahrens. Eine Menge mehr.

Ich habe bekommen, was ich wollte. Zeit zu flüchten. Im wahrsten Sinne des Wortes.

»Danke«, lehnte sie ab, »aber ich bin hier, um einige Zeit allein zu verbringen. Ich habe mich gerade von einem Mann getrennt – einem Typen, der mich betrogen hat. Man könnte sagen, ich lecke gerade meine Wunden. Ich weiß Ihr Angebot zu schätzen, aber ich brauche wirklich ein bisschen Zeit für mich selbst.« Hastig erhob sie sich und zog ihren Rock gerade. »Danke für die Unterhaltung.« Sie suchte in ihrer Handtasche nach ihren Zimmerschlüsseln und nickte ihm höflich, aber unmissverständlich ablehnend zu, als sie die Schlüssel gefunden und ihre Tasche wieder geschlossen hatte. »Vielleicht laufen wir uns noch einmal über den Weg.« *Oder auch nicht... falls ich es verhindern kann.*

Tate sprang vom Stuhl auf und drehte ihn wieder richtig herum. »Lara?«

Sie hatte sich bereits abgewandt, doch nun drehte sie sich noch einmal nach ihm um. »Ja?«

Er kam zu ihr hinüber, nahm eine ihrer Locken zwischen seine Finger und strich einen Moment darüber, bevor er sich langsam zu ihr hinab beugte.

Lara stockte der Atem, als sie seinen männlichen Geruch in sich aufnahm. Er duftete nach frischer Luft, Kiefern und Moschus – berauschend. Er überragte sie um einiges. Obwohl sie Stöckelschuhe mit fast acht Zentimeter hohen Absätzen trug, fühlte sie sich in seiner unmittelbaren Nähe hilflos und plötzlich in einer Weise verwundbar, wie sie es noch nie zuvor erlebt hatte – nicht verängstigt, aber ihm ausgeliefert.

Einen Augenblick lang dachte sie, er würde sie küssen. Doch das tat er nicht. Seine Lippen näherten sich ihrem Ohr und er flüsterte mit heiserer Stimme: »Kein Mann, der von Ihrer Seite weicht, verdient einen zweiten Gedanken.« Dann richtete er sich wieder auf, nahm sie sanft beim Kinn und richtete ihr Gesicht nach oben, sodass sie ihm in die Augen blicken musste. »Lassen Sie sich von dem Kerl kein Kopfzerbrechen bereiten. Er ist es nicht wert.«

Lara verlor sich für einen Augenblick wie hypnotisiert in den Tiefen seiner rauchgrauen Augen. Seine Bemerkung hatte überzeugend und ernst geklungen und ihre Seele berührt. In Wahrheit war schon geraume Zeit vergangen, seitdem ihr Freund sie betrogen hatte, doch es hatte ihn *wirklich* gegeben. Seitdem hatte sie keinem Mann mehr vertraut.

»I-ich werde versuchen, mich daran zu erinnern«, stammelte sie ungeschickt, da sie sich augenblicklich in seinem heißen Blick verloren hatte.

Reiß dich zusammen, Bailey! Denk daran, aus welchem Grund du hier bist! Behalte dein Ziel im Auge!

»Das sollten Sie«, erwiderte Tate mit krächzender Stimme.

Lara löste ihren Blick von seinem und zog sich rückwärts ein paar Schritte von Tate zurück, bevor sie sich herumdrehte und zum Aufzug eilte. Tate folgte ihr zwar nicht, aber sie spürte, wie er jede ihrer Bewegungen beobachtete, als sie den Aufzug betrat – diesmal Gott sei Dank ohne mit einem Absatz hängenzubleiben – und heftiger als nötig die Nummer ihres Stockwerks in das Bedienfeld eingab. Es kostete sie alle verfügbare Willenskraft, ihn nicht noch einmal anzublicken, als die Aufzugtür sich mit einem Zischen schloss.

Allein in der vornehmen Kabine lehnte sie sich gegen die Wand und seufzte zittrig vor Erleichterung.

Was zur Hölle war gerade geschehen?

Sie verfolgte eine bestimmte Absicht, ein bestimmtes Ziel, und für Tate Colter war kein Platz in ihrem Plan vorgesehen. Nachdem sie bekommen hatte, was sie wollte, war Tate nutzlos für sie geworden. Er war ein Mann, den es von nun an zu meiden galt.

Sie hatte Marcus ins Visier genommen und sie musste sicherstellen, dass sie ihre ganze Aufmerksamkeit dem ältesten der Colter-Geschwister zuwandte. Sie musste sich Marcus Colters Zuneigung erschleichen.

Der Aufzug klingelte, als er ihr Stockwerk erreichte, und sie hastete zu ihrem Zimmer und flüchtete sich ins Innere. Mittlerweile hatte sie ihre Fassung zurückerlangt und ihre Konzentration wieder fest auf ihr Ziel gerichtet.

Sie hat mich tatsächlich einfach so abgewimmelt.

Tates Grübchen erschien auf seiner Wange, als er wie ein Idiot vor sich hin lächelte und immer noch an der gleichen Stelle stand, an der Lara ihn zurückgelassen hatte. Es geschah nicht oft – okay, eigentlich sogar niemals – dass eine Frau sich ihm nicht sofort an den Hals warf; sogar die Verheirateten taten das. Und es war bereits viel zu lange her, dass er sich für eine Frau interessiert hatte.

Sie ist nicht verheiratet. Irgendein Idiot war dumm genug, sie gehen zu lassen.

Wahrscheinlich hätte es ihn bekümmern müssen, dass sie ihn so gründlich zurechtgewiesen hatte, aber nein, es amüsierte ihn. Frauen ließen ihn nicht abblitzen, besonders nicht, wenn sie genau wussten, wer er war. Er war ein lediger Mann der Colter-Familie und außerdem ein ziemlich attraktiver Kerl. Er war nicht an Frauen gewöhnt, die von ihm wegstrebten, statt zu versuchen, seine Aufmerksamkeit zu erwecken.

Er hatte Lara eine geraume Weile beobachtet und vollkommen bezaubert zugesehen, wie sie mit ihren hohen Absätzen aus dem Aufzug gestolpert war – natürlich erst, nachdem er sicher wusste, dass sie nicht fallen und sich verletzen würde. Schnell hatte sie sich wieder gefasst und Tate hatte beobachten können, wie sie ganz allein dort gesessen und aufmerksam ihre Umgebung inspiziert hatte. Lara war gewiss nicht dumm und Tate hatte bereits gespürt, dass sie sich aus einem anderen Grund hier aufhalten musste, als Urlaub zu machen. Sie wirkte sehr wachsam und war sich ihrer Umgebung fast zu bewusst für eine Frau, die vorgab, sich entspannen zu wollen.

Ein Rätsel, das es zu lösen galt, umgab Lara von der Ostküste und merkwürdigerweise wollte er genau herausfinden, was sie hier mitten im Nirgendwo zu tun hatte.

Sie fuhr nicht Ski.

Sie war nicht an den heißen Quellen interessiert.

Trotzdem hatte sie Colorado als Urlaubsort gewählt?

Heilte sie wirklich ein gebrochenes Herz? Würde sich eine Frau zu diesem Zweck wirklich Rocky Springs aussuchen? Sie schien nicht vorzuhaben, sich an irgendeinem der Freizeitangebote des Resorts zu erfreuen.

Zur Hölle, man sollte doch annehmen, ein wärmeres Klima oder ein aufregenderes Reiseziel wären besser dazu geeignet, ein verwundetes Herz zu kurieren. Die meisten Leute kamen nur aus einem Grund mitten im Winter nach Colorado: Wintersport. Es gab keinen anderen Grund, es mit den brutalen Minustemperaturen und dem beinahe konstanten Schneefall aufzunehmen. Wenn er das Hochgefühl nicht so sehr lieben würde, das ihm der Wintersport, seine Familie und seine Heimatregion schenkten, würde er sich wahrscheinlich jetzt selbst irgendwo auf einer netten tropischen Insel aufhalten. Lara war allein und schien sich weder für die Quellen noch für Wintersport zu interessieren, also was suchte sie wirklich hier?

Auch das *besorg-es-mir* Kleid, das sie getragen hatte, passte nicht ins Bild. Es lud nicht gerade dazu ein, sie allein zu lassen. Aber falls sie versuchte, die Aufmerksamkeit eines Mannes zu erregen, warum hatte sie es dann so eilig gehabt, ihn loszuwerden?

Der Sekundenbruchteil, in dem er eine gewisse Verletztheit in ihren Augen gesehen hatte, hatte ihm genügt, um zu erkennen, dass sie bezüglich des betrügerischen Liebhabers die Wahrheit gesagt hatte. Aber war sie wirklich deshalb jetzt hier? Sie wirkte fehl am Platze und unterschied sich von den gewöhnlich leichtherzigen Urlaubern und Skifahrern, die sich zu dieser Jahreszeit hier aufhielten. Und er *hatte* den Eindruck gewonnen, dass sie vor irgendjemandem oder irgendetwas *davonlief.*

Vor mir?

Noch breiter grinsend verließ er die Bar. Es *war* ihr leichtgefallen, ihn stehenzulassen, ohne zurückzublicken, und *das* machte ihn neugierig. Und umso entschlossener, sie kennenzulernen... und sie zu ficken.

Ich habe gelogen, als ich behauptet habe, sie nicht ficken zu wollen. Er *wollte* sie... hatte sie gewollt seit dem Moment, in dem er gesehen hatte, wie sie aus dem Aufzug stolperte.

Seit Ewigkeiten hatte er keine Frau mehr so begehrt wie Lara – schon lange Zeit vor seinem Unfall nicht mehr. Von der ersten Minute an, in der er einen Blick auf Lara erhascht hatte, war sein Schwanz so hart wie Stein gewesen und die krasse Erregung wollte nicht schwinden. Sie war wunderschön mit ihrem langen, blonden Haar, gefühlvollen braunen Augen, die tausend Geheimnisse zu bergen schienen, und einem hinreißenden Körper, nach dem es ihn gierte, ihn zu erkunden. Ihre schlanken Beine schienen kein Ende zu nehmen und es gab nichts, was er sich sehnlichster wünschte, als dass sie ihn umschlangen, während er in sie eindrang. Beide würden sie danach gesättigt und befriedigt sein.

Es hatte ihn all seine Willenskraft gekostet, sich nicht diese seidigen Haarsträhnen um die Hand zu wickeln und diese vollen, atemberaubenden Lippen gleich hier in der Bar zu kosten.

Aber ich werde sie kosten. Bald.

Vielleicht würde sie nicht schon heute Nacht in seinem Bett landen, doch Tate konnte warten. Darin war er Experte. Er wählte immer genau den richtigen Zeitpunkt zum Handeln. Sie war es definitiv wert.

Ich muss unbedingt mehr herausfinden über Lara von der Ostküste, die einen stressigen Job und ein Arschloch von Exfreund hat.

Das war alles, was er über die Frau wusste, die sein Interesse und seinen Schwanz erregt hatte, außer natürlich der Tatsache, dass sie Gast im Resort war. Doch das war nicht so wichtig. Ihm *gehörte* ein Anteil des Resorts, daher konnte er unproblematisch Zugang zu ihren Daten bekommen. Verdammt! Es war wirklich nicht schwierig für ihn, mehr über sie in Erfahrung zu bringen. Es würde ihn lediglich ein Telefongespräch kosten.

Er arbeitete an seiner Strategie, während er sich auf den Weg zum Empfangstisch machte, um mehr über die Frau herauszufinden, die mit aller Macht seine Libido wiedererweckt hatte.

Es war schon so lange her, dass irgendeine Frau sein Interesse, geschweige denn seinen Schwanz erweckt hatte, und beides fühlte sich verdammt gut an. Lara stimulierte beides und er wusste, keine andere Frau würde ihm mehr genügen, jetzt, da er sie getroffen hatte. Er wollte *sie* und er würde sie bekommen, auch wenn er schmutzige Tricks würde anwenden müssen. Es war zu viel Zeit vergangen, seitdem er diesen Reiz verspürt hatte, und jetzt, da eine Frau sein Verlangen nach fleischlichem Vergnügen wiederbelebt hatte, würde er sie nicht gehen lassen. Sie wollte ihn auch. Er konnte es spüren. Aber etwas hielt sie zurück. Sie hatte nicht mit ihm gespielt und sie hatte ihn auch nicht glauben machen wollen, sie wäre schwer zu bekommen. Sie wollte ihm wirklich die kalte Schulter zeigen und ihn ignorieren.

Das. Ist. Ein. Ding. Der. Unmöglichkeit.

Tate schoss einen tödlichen Blick auf den Mann am Empfang ab und ging hinter den Tresen, um einen Blick in den Computer des Resorts zu werfen.

Tate konnte ein Scheitern nur schwer akzeptieren. Hatte es niemals gekonnt. Bevor der Abend verging, hatte er bereits einen fertigen Plan geschmiedet mit dem einzigen Ziel, Lara so schnell wie möglich in sein Bett zu bekommen.

Falls ihr Herz wirklich gebrochen war, würde er es auf die denkbar vergnüglichste Art heilen.

Kapitel 2

Lara gähnte laut, als sie am nächsten Morgen in den gesonderten Aufzug stieg, der von ihrem Zimmer zum Fitnessbereich des Resorts führte. Ihr Magen knurrte und verlangte sein Frühstück. Am gestrigen Abend hatte sie es tatsächlich noch geschafft, in die Stadt von Rocky Springs zu fahren und ein kleines Familienrestaurant zu finden. Die beiden doppelten Schinken-Cheeseburger und die Chili-Käse-Pommes-Frites, die sie dort verschlungen hatte, hatten nicht lange vorgehalten, und sie hatte Hunger.

Zuerst mein Training.

Gekleidet in eine schwarze Yogahose und ein graues T-Shirt, ihr Haar am Hinterkopf zu einem Pferdeschwanz zusammengebunden gedachte sie, ihr morgendliches Training schnell hinter sich zu bringen. Rasch stürzte sie den letzten Rest ihres Kaffees hinunter, den sie sich im Zimmer zubereitet hatte, und warf den leeren Becher in den Abfalleimer vor dem Fitnessraum. Es war noch früh am Morgen und sie erwartete, den Raum so verlassen vorzufinden wie am gestrigen Tag.

Sie hatte sich getäuscht.

Die Tür stand offen und Lara spähte in den großen Saal. Überrascht entdeckte sie ein junges Pärchen auf einer großen Gummimatte in der Mitte des Raumes. Der braunhaarige Mann war groß und schlank und trug einen weißen Judoanzug mit einem schwarzen Gürtel um die Taille. In der ähnlich wie sie selbst gekleideten Frau erkannte Lara Chloe Colter.

Als Lara die Bedrängnis in Chloes Stimme hörte, ging sie näher an die Tür heran. »James, du tust mir weh!«

Der Mann hielt das Handgelenk der Frau fest im Griff und wies sie arrogant zurecht: »Du sagtest doch, du wolltest ein paar meiner Interessen mit mir teilen, Chloe. Zum Kampfsport gehören äußerste Disziplin und ein bisschen Schmerz.«

Lara verdrehte die Augen und knirschte mit den Zähnen, als sie beobachtete, wie er nun absichtlich das Handgelenk der Frau unter dem Vorwand verdrehte, ihr einige Bewegungen zu zeigen. Offensichtlich genoss der Hurensohn seine sadistischen Lehrmethoden – wozu er augenscheinlich noch nicht einmal ausgebildet war. Er warf Chloe mit unnötiger Gewalt zu Boden und das, ohne ihr einen Grund zu nennen oder ihr tatsächlich etwas beizubringen.

Der Hurensohn genießt es einfach nur, ihr wehzutun. Er bringt Chloe nichts bei außer Schmerzen. Das Arschloch muss den schwarzen Gürtel über das Internet gekauft haben.

Chloe jammerte: »Wir müssen aufhören! Ich habe mir den Rücken verletzt. Ich verstehe nicht, wie diese Bewegungen ausgeführt werden.«

Das war verständlich, wenn man bedachte, dass das Arschloch sie nicht wirklich unterrichtete. Er strafte.

»Steh auf, Chloe! Du wirst dir noch mehr als einmal wehtun, bevor du es verstehst«, erwiderte der Mann ungeduldig. Als er Chloe nun zwang aufzustehen, renkte er ihr beinahe den Arm aus. »Du hast gesagt, du willst ein bisschen von deinem Fett loswerden, bevor wir heiraten werden.«

Lara zog eine Grimasse. Oh Gott! *Das* war Chloes Verlobter? Unglaublich! Er war ein Oberarschloch.

»Ich will ja auch ein bisschen abnehmen«, antwortete Chloe deprimiert, während sie sich den wunden Rücken hielt.

Lara beobachtete entsetzt, wie der große Mann Chloe noch einmal niederwarf, diesmal noch härter.

»Au!« Chloes Ausruf war ein echter Schmerzensschrei. »James, das ist nichts für mich.«

Als Chloes Verlobter diese wieder am Arm ergreifen wollte, schritt Lara zur Tat. Der Kerl war ein verdammter Sadist. Chloe Colter war nicht dick. Ihr Verlobter war ein Schlägertyp, der sich an den Schmerzen anderer ergötzte. Was zur Hölle tat sie mit einem Esel wie diesem? Chloe war nicht nur hübsch, sondern auch reich und gebildet.

Lara hastete zu der Matte und half Chloe freundlich auf die Füße. »Sie können zuschauen«, flüsterte sie der dunkelhaarigen Frau zu, als sie diese von der Matte weg an die Seite führte. »Der Unterricht sollte nicht schmerzhaft sein«, sagte sie lauter. »Und jedes Mal, wenn Sie unterliegen, sollten Sie etwas dazulernen. Ein guter Lehrer würde mit den Grundlagen beginnen und es sollte nicht so erschreckend unangenehm sein.« Sie wollte, dass James ihre letzten Sätze mithörte. Ihre Stimme tropfte vor Verachtung für die Lehrmethoden des Mannes auf der Matte.

»Wer zum Teufel sind Sie denn?« Seine Stimme klang zornig und eingebildet.

»Ich bin ein Feriengast, der ihre Lehrmethoden nicht mag«, gab Lara aufgebracht zurück, während sie sich zu ihm herumdrehte, um ihm erzürnt direkt ins Gesicht zu blicken.

»James, sie ist ein Gast. Wir sollten gehen. Ich hatte nicht erwartet, so früh hier unten jemanden anzutreffen. Wir haben hier nichts zu suchen, wenn Gäste anwesend sind«, drängte Chloe vom Rand des Raumes.

»Du hast doch nur Angst, noch einmal zu Fall gebracht zu werden«, spottete James.

Zur Hölle, ja, sie hat Angst. Du bringst sie dazu... Arschloch.

»Sie hat Schmerzen. Es ist äußerst unangebracht, jetzt fortzufahren«, wies Lara ihn scharf zurecht. Ebenso gut hätte sie ihm vorwerfen können, ein verdammt lausiger Lehrer und ein grausames Arschloch zu sein, doch sie hielt ihre Zunge im Zaum. Stattdessen schlug sie vor: »Warum zeigen Sie ihr nicht, wie es richtig gemacht wird? Beispiele können äußerst hilfreich sein.« Lara warf ihm ein zuckersüßes Lächeln zu.

»Ich würde mich glücklich schätzen, wenn Sie sich zur Verfügung stellen würden«, erwiderte James mit einem gemeinen Grinsen.

Das war genau die Reaktion, die Lara sich erhofft hatte. Sie ging in Stellung. »Zeigen Sie es mir!« Sie lockte ihn mit dem Zeigefinger zu sich heran.

Grob griff er sie an und packte sie so fest an ihrem Arm, dass sie zusammenzuckte. Doch sie nutzte ihren Schwerpunkt und ihren eigenen kräftigen Griff um seinen Arm, um seinen Körper in einem Salto auf die Matte zu schleudern, wo er benommen und nach Luft schnappend auf dem Rücken liegen blieb.

»Du Miststück!«, knurrte er bedrohlich. Er sprang auf, sein Gesicht rot vor Wut.

»Was ist los, Mieze?«, schnurrte sie. »Es gefällt Ihnen wohl nicht, es mit jemand Fähigem aufzunehmen?« Es war ein sauberer Wurf gewesen und er hatte keinen Grund, böse auf sie zu sein. Aber augenscheinlich war er ein Mann, der es nicht mochte, von Frauen vorgeführt zu werden. Er war der Typ, der siegen musste – immer.

»James, nicht!«, schrie Chloe auf.

Lara war vorbereitet, als er sie von hinten angriff und nicht einmal mehr vorgab, irgendeine Art von Kampfsport zu praktizieren. Er wollte sie lediglich bestrafen und Lara hatte ihn bereits durchschaut. Wenn er nicht mehr fair kämpfen würde, würde sie es auch nicht mehr tun. Als er ihr von hinten einen Arm um die Kehle schlang, ließ sie ihren Ellbogen zurückschießen und stieß ihm in den Solarplexus. Um das Maß voll zu machen, trat sie ihm mit einem Turnschuh auf seinen Fußrücken und ließ ihre Faust nach hinten fliegen, um sie auf seine Nase niedersausen zu lassen.

Er ließ von ihr ab und ging langsam mit einem entsetzlichen Gebrüll zu Boden. »Sie haben mir die Nase gebrochen!«

Keuchend vor Wut reagierte Lara instinktiv, als sich plötzlich ein anderer männlicher Arm von hinten einschnürend um ihre Schultern legte. Sie schleuderte den großen Körper über ihren Kopf, doch anders als James lockerte der Neuankömmling seinen Griff nicht. Daher wurde sie nun selbst in einem Salto über den Körper des Angreifers hinweggeschleudert. Die beiden rollten sich und jeder versuchte, die Oberhand zu gewinnen. Aber anders als James besaß dieser Mann gute Kenntnisse und hatte sie innerhalb von Sekunden mit einem Griff überwältigt, der ihr nicht wehtun, aber ihre Unterwerfung einfordern sollte. Sie hob die Knie, als er sie unter sich gefangen hielt, doch er blockierte ihren Versuch.

»Herzchen, bevor Sie versuchen, einem Mann in die Eier zu treten, sollten sie für eine Fluchtmöglichkeit sorgen«, krächzte Tate Colter in ihr Ohr, während sein muskulöser Körper auf ihrem lag. »Beruhigen Sie sich! Ich wollte Ihnen nicht wehtun. Ich habe lediglich versucht, Sie davon abzuhalten, diesen Grünschnabel umzubringen.« Tate machte eine Kopfbewegung in James Richtung.

Lara nickte. Ihr Herz raste noch im Adrenalinrausch. Ihr Blick versank in dem von Tate. »Was machen Sie denn hier?«, keuchte sie. Wild rasselte der Atem in ihren Lungen.

Aus dem Augenwinkel sah Lara, wie Chloe James aufhalf und ihn aus dem Raum führte, während dieser Lara böse anstarrte.

»Ich wollte trainieren«, erwiderte Tate. In seinen grauen Augen tobten Emotionen und sein Körper war voller Spannung. »Ich hatte nicht damit gerechnet, so früh am Morgen in eine Schlägerei zu geraten. Was zum Teufel ist hier vor sich gegangen?«

»Könnten Sie mich loslassen?«, bat sie atemlos.

»Das kommt darauf an. Werden Sie wieder versuchen, mich fertigzumachen?« In seinen Augen glomm ein teuflischer Humor. »Sie sind gut, Baby! Sie wissen auch mit unfairen Mitteln zu kämpfen. Aber ich bin besser.«

Er *war* besser und das wurmte Lara. Tate Colter war immerhin Mitglied der Spezialeinheit gewesen, daher sollte sie sich keine allzu großen Vorwürfe machen. Offensichtlich verfügte er über eine gute Ausbildung in Judo und Krav Maga und einigem mehr.

Sie atmete tief ein und sein männlicher Duft umhüllte ihre Sinne. Ein weiteres Mal fand sich Lara in einer Situation wieder, in der sie in die Tiefen von Tate Colters intensiven grauen Augen eintauchte und beinahe ertrank. »Ich gebe auf«, erklärte sie eilig. Ihr Unterleib zog sich durch den Körperkontakt mit ihm zusammen und plötzlich lechzte sie nach mehr, als nur seinen muskulösen Körper auf ihrem zu spüren. Dieser Mann ließ sie sich auf eine Weise weiblich fühlen, die sie schon seit langem nicht mehr... oder vielleicht noch *niemals* zuvor erlebt hatte. Es war verwirrend und beunruhigend.

Sie zerrte ihre Handgelenke unter seinem Körper hervor und drückte gegen seinen Oberkörper. »Ich habe mich unterworfen.«

Er zwinkerte ihr zu. »Ich weiß. Ich genieße es.«

»Klugscheißer«, brummte sie, war aber erleichtert, als er sich endlich von ihrem Körper erhob und ihr zuvorkommend auf die Füße half.

Er trug eine einfache marineblaue Trainingshose und ein T-Shirt, das jeden einzelnen muskulösen Zentimeter seines Brustkorbs, seiner Arme und seines Bauches eng umspannte. Lara zwang sich, ihren Blick abzuwenden und zog ihr eigenes T-Shirt zurecht.

»Also, warum haben Sie versucht, James zur Schnecke zu machen?«, erkundigte sich Tate neugierig.

»Er hat sich Chloe gegenüber gemein verhalten.« Lara schlenderte zu einem Laufband und startete es mit der Aufwärmgeschwindigkeit.

Tate wählte ein Laufband neben ihr, sprang auf und begann zu laufen. »Woher wussten Sie, dass es sich um Chloe handelte?«

Lara überlegte schnell. »Ich hörte, wie er ihren Namen sagte. Sie ist ihre Schwester, nicht wahr?«

»Ja. Meine kleine Schwester. Was meinen Sie damit, wenn Sie sagen, er war gemein zu ihr?« Seine Stimme klang jetzt gereizt und bedrohlich.

Lara ergriff den Holm vor ihr und begab sich in die richtige Position. Sie starrte auf die gemalte Waldszenerie auf der Wand. »Er hat ihr vorgeworfen, sie sei fett, was sie definitiv nicht ist, und hat sie zu Boden geworfen, ohne ihr etwas beizubringen. Sie sagte, ihr Rücken würde schmerzen, und er hat ihr grundlos das Handgelenk verdreht, nur um ihr wehzutun. Trotzdem wollte er fortfahren, sie umherzuschleudern, auch nachdem sie zugegeben hatte, dass sie Schmerzen empfand. Er ist ein Arschloch. Warum um alles in der Welt will sie ihn heiraten?«

Tate zuckte mit den Schultern und erhöhte die Geschwindigkeit seines Bandes. »Er praktiziert jetzt als Arzt hier in der Stadt und sie kennt ihn seit der High School. Wir haben von ihr und ihm nicht viel gesehen, seitdem sie die High School abgeschlossen hat, außer während der Ferien. Letztes Jahr hat sie ihre Tierarztausbildung beendet und hier ihre eigene Praxis eröffnet. Wir sind alle froh, sie wieder bei uns zu haben. Ehrlich, ich muss zugeben, dass keiner von uns James besonders gut kennt. Mir sind einige Gerüchte über ihn zu Ohren gekommen, doch ich hatte angenommen, es handelte sich einfach um... dummes Gerede. Rocky Springs ist ein kleines Städtchen.«

»Falls die Gerüchte besagen, er sei ein grausames, sadistisches Schwein, würde ich ihnen vertrauen.« Nun erhöhte auch sie die Geschwindigkeit ihres Laufbands ein bisschen.

Tate schwieg eine Weile, als ob er über ihre Worte nachdenken würde. »Glauben Sie mir, jetzt werde ich all diese Gerüchte genauer unter die Lupe nehmen. Und ich werde von nun an über Chloe wachen. Ich denke, meine Brüder und ich müssen mit ihr reden. Danke, dass Sie ihr geholfen haben.«

Sie nickte und für eine Weile herrschte behagliche Stille zwischen ihnen, während sie beide ihre Laufbänder beschleunigten.

»Kommen Sie wirklich jeden Morgen ins Resort, um zu trainieren?«, erkundigte sich Lara neugierig, da sie sich wunderte, warum er keinen eigenen Fitnessraum bei sich zu Hause hatte. Alle Colters besaßen in Rocky Springs ihr eigenes Haus auf einem eigenen Gelände. Die Häuser mussten riesig sein.

»Ich komme hauptsächlich ins Resort, um meine Mutter jeden Tag sehen zu können. Jahrelang hatte ich nur sehr selten Gelegenheit dazu. Und außerdem gibt es da noch das Frühstücksbuffet. Ich koche nämlich nicht.« Er warf ihr ein Lächeln zu. »Das Frühstück hier ist unschlagbar und das Buffet wirklich annehmbar, alles frisch zubereitet. Und Sie können essen, soviel Sie wollen.«

Laras Magen knurrte. »Es gibt hier ein Frühstücksbuffet?«

»Hat man Ihnen das am Empfang nicht mitgeteilt? Für alle unsere Gäste ist es im Preis enthalten.« Er hielt einen Augenblick inne, bevor er fortfuhr: »Und für einige, die sich wie ich einschleichen.«

Lara verzog das Gesicht. »Um ehrlich zu sein, habe ich ihnen keine große Chance gegeben, mich zu informieren. Es war spät und ich war müde, als ich eingecheckt habe. Ich bin am Verhungern«, gab sie widerstrebend zu.

»Wie schnell können Sie Ihren Durchgang beenden?«

Lara erhöhte die Geschwindigkeit. »Ziemlich schnell. Und Sie?«

»Schneller als Sie«, gab er scherzend zurück. »Und falls ich als Erster am Buffet bin, werde ich nicht viel übriglassen.«

»Ich werde schneller fertig sein.« Eilig erhöhte sie die Geschwindigkeit des Bandes bis zum Maximum. »Und außerdem bin ich ein zahlender Gast. Sie sind doch nur ein Schnorrer«, protestierte sie und begann, schwerer zu atmen.

»Das spielt keine Rolle, wenn ich mir die letzte Waffel schnappe.« Tate lief jetzt sehr schnell auf dem Band, doch er war noch nicht einmal am Schwitzen.

»Das werde ich nicht zulassen«, erklärte sie unnachgiebig und entschlossen, als Erste am Buffet zu sein.

Sie beendeten ihren Durchgang gleichzeitig, aber Tate duschte etwas schneller als sie und erreichte das Buffet als Erster.

Trotz all seines Geredes musste Lara zugeben, dass sie ihn doch nett fand, denn er hatte ihr tatsächlich einige Waffeln reserviert.

Verdammt, für eine so kleine Person wie Lara Bailey kann sie verdammt viel essen.

Tate saß Lara an einem der kleinen Tische im Buffetraum gegenüber und beobachtete, wie sie die dritte Waffel verspeiste.

Sie hatte bereits einen Berg Eier, Würstchen, Schinken und Toast verschlungen und hatte ihr Tempo noch keineswegs verringert. Endlich kaute sie etwas ruhiger, war aber immer noch nicht fertig. Er fand, es gab nichts Heißeres, als eine Frau, die nicht davor zurückschreckte, ihre Mahlzeit zu genießen. Zu Beginn hatte er sich gefragt, ob sie ihn eventuell unter den Tisch essen konnte, doch dann hatte er es tatsächlich geschafft, ein noch umfangreicheres Frühstück zu vertilgen als sie. Lara aß nun langsamer und genoss es. Und er erfreute sich daran, sie dabei zu beobachten. Beinahe hätte er gestöhnt, als sie den Ahornsirup von ihrer Unterlippe leckte und sich ihre Augen vor Entzücken schlossen. Fasziniert legte er seine Gabel auf den leeren Teller und starrte sie unverhohlen an.

Lara war ihm ein einziges Rätsel, doch wenn er berücksichtigte, was er über ihren Hintergrund herausgefunden hatte, war sie es vielleicht doch nicht. Leider hatte er bis jetzt nichts über sie gefunden, das er nicht bewundern oder anerkennen musste. Selbst ihre Art zu essen, vermehrte seine Zuneigung. Und sein Schwanz betete sie geradezu an. Diese Frau hielt nichts von einem Salat und stocherte auch nicht in ihrem Essen herum. Sie aß mit Vergnügen und verschlang ihre Mahlzeit, als ob sie nicht wüsste, wann sie die nächste bekommen würde. Und die Tatsache, dass sie ein Oberarschloch fertig machen konnte? – Verdammt heiß! Leider gab es jedoch ein paar Dinge, die ihn beunruhigten. Hauptsächlich, was zur Hölle tat sie wirklich hier in Rocky Springs? Nun, da er sich sicher war, dass sie keine Touristin war, war er noch ratloser.

Außerdem nagte an ihm, was Lara ihm über die Art erzählt hatte, wie James Chloe behandelt hatte. Wenn das der Wahrheit entsprach, musste er sich mit seinen Brüdern zusammentun und herausfinden, ob die Gerüchte um James zutrafen. Dann mussten sie einen Weg finden, Chloe zu ihrem eigenen Besten von James fernzuhalten. Auf keinen Fall würden seine Brüder oder er selbst zulassen, dass ihre Schwester Chloe ein Arschloch heiratete.

»Hat es Ihnen geschmeckt?«, erkundigte er sich neutral, als sie den letzten Bissen ihrer Waffel hinuntergeschluckt hatte.

Sie musterte ihn misstrauisch. »In der Tat. Haben Sie ein Problem damit, Colter?«

»Nein. Es gefällt mir. Ich kann es nicht leiden, wenn Frauen in ihrem Essen herumstochern und vorgeben, keinen Hunger zu haben, in Wahrheit aber fast am Verhungern sind.«

»Ach ja?« Lara schaute ihn überrascht an.

Tate blickte in ihre schokoladebraunen Augen und sah deren verwirrten Ausdruck. »Ja.«

»Mein Ex hat mir immer vorgeworfen, wie ein Schwein zu essen.« Ordentlich legte sie Serviette und Gabel auf ihren Teller, bevor sie nach ihrer Kaffeetasse griff, um den letzten Schluck zu trinken.

»Ich finde eine Frau mit einem gesunden Appetit sehr sexy«, krächzte er. Sie beim Essen zu beobachten schien ihm so, als würde er ihr beim Orgasmus zusehen: ein Ausdruck der vollkommenen Verzückung auf ihrem Gesicht. Das erweckte in ihm den Wunsch, selbst die Ursache für diesen gewissen Gesichtsausdruck zu sein.

»Ihr Ex war ein Schlappschwanz.«

»Dem stimme ich zu«, antwortete sie fröhlich.

Sie sah heute so viel entspannter aus, glücklicher als gestern.

Lara war lässig in Jeans, Turnschuhe und einen grünen Pullover gekleidet, der ihre Augen noch größer wirken ließ, als sie es ohnehin schon waren.

»Wie lauten Ihre Pläne für den heutigen Tag?« Tate hoffte insgeheim, sie würde mit zu ihm nach Hause kommen und den Tag mit ihm im Bett verbringen. Es verlangte ihn so dringend danach, diese Frau zu ficken, dass seine Hoden bereits blau angelaufen waren. Leider bezweifelte er, dass sie diese Idee auf dem Schirm hatte.

»Ich habe bereits etwas vor.« Demonstrativ warf sie einen Blick auf ihre Armbanduhr. »Tatsächlich, ich muss los.« Sie sprang auf, als hätte ihr jemand Feuer unter dem Hintern gelegt. »Danke, dass Sie mich über das Frühstücksbuffet informiert haben.« Sie winkte ihm zu, während sie durch den Raum schritt wie eine Frau, die eine Mission zu erledigen hatte – eine weitere Sache, die ihm an ihr gefiel.

Tate beobachtete sie und seine Augen verengten sich, als sie im Aufzug verschwand. »Geh nur und lauf davon, Süße! Du wirst nicht weit kommen.«

Entschlossen, das Geheimnis um Lara Bailey zu lüften, erhob er sich von seinem Stuhl und folgte ihr.

Kapitel 3

»Lara!«

Der Klang einer weiblichen Stimme, die ihren Namen rief, ließ Lara innehalten und sich herumdrehen, obwohl es sie drängte, nach draußen zu gelangen. Chloe Colter eilte ihr durch die Eingangshalle entgegen. Sie war ähnlich wie Lara winterlich gekleidet: Skihose, Pullover, Jacke, Handschuhe und am Arm einen Helm. Allerdings war Chloes Kleidung überwiegend rot, während Lara Schwarz trug.

»Es tut mir so leid wegen vorhin. Ich habe gerade mit Tate gesprochen und er hat mir versichert, es geht Ihnen gut«, stieß Chloe hervor, als sie bei Lara ankam.

Chloe war ungefähr so groß wie Lara, einen Meter zweiundsechzig, aber Chloe besaß eine etwas weiblichere Figur mit Kurven, die den meisten Männern gefielen. Als ihre Blicke sich trafen, fiel Lara der Kummer in Chloe Colters grauen Augen auf.

»Ist schon in Ordnung. Mir tut es auch leid. Ich hätte Ihren Verlobten nicht verletzen sollen.« *Auch, wenn der Hurensohn es verdient hat.* »Geht es ihm gut?« *Nicht, dass es mich kümmern würde.* Lara verlieh ihrem Gesicht einen besorgten Ausdruck, obgleich sie wirklich hoffte, dass James noch zu Hause in seinem

Bett liegen und über seine wahrscheinlich gebrochene Nase, seinen verstauchten Fuß und seinen wunden Rücken jammern würde.

Chloe zappelte nervös herum. »Es geht ihm zwar gut, aber er ist jetzt ziemlich wütend. In letzter Zeit benimmt er sich wie ein Verrückter. Ich verstehe nicht, was mit ihm los ist. Seitdem ich im letzten Jahr nach Rocky Springs zurückgekommen bin, verhält er sich merkwürdig.«

Er ist ein Arschloch. Höchstwahrscheinlich hatte er sich schon immer so benommen, aber Chloe war nicht oft genug mit ihrem Verlobten zusammen gewesen, während sie mit ihrem Studium beschäftigt gewesen war, um zu erkennen, dass er ein Scheißkerl ist. Das Tiermedizinstudium musste sehr intensiv sein. »Haben Sie dasselbe College besucht?«

»Nein.« Chloe senkte ihren Blick. »Er ist vier Jahre älter als ich und hatte sein Grundstudium bereits erfolgreich hinter sich gebracht, als ich die High School beendete. Nach dem Sommer haben wir uns in unterschiedlichen Staaten aufgehalten. Im gleichen Jahr, in dem ich mein Grundstudium begann, hat er bereits die medizinische Fakultät besucht. Wir haben uns während des Sommers getroffen, bevor wir wegen des Studiums getrennte Wege einschlagen mussten. Wir haben uns nur gesehen, wenn wir es einrichten konnten.«

»Menschen ändern sich«, begann Lara vorsichtig. »Vielleicht ist es an der Zeit, die Heirat neu zu überdenken.« Es ging sie zwar nichts an, dennoch missfiel es Lara, dass Chloe einen gewalttätigen Mann heiraten wollte. Das wünschte sie *keiner* Frau.

»Er hat sich entschuldigt. Er sagte, er hätte eine Menge Stress«, erklärte Chloe zaghaft.

»Das ist keine Entschuldigung. Schießen Sie ihn in den Wind, Chloe! Sie sind gebildet, hübsch und jung.«

Chloe seufzte. »Das hat Tate auch gesagt.«

»Dann würde ich an Ihrer Stelle auf ihn hören«, riet Lara eindringlich, überrascht, dass sie mit Tate Colter in einer Sache vollkommen übereinstimmte.

»Eins ist sicher, ich gebe den Versuch auf, von ihm irgendeinen Kampfsport zu erlernen«, versicherte Chloe. »Ich habe mich gefragt, ob Sie mich unterweisen würden.«

Lara verfluchte insgeheim den flehentlichen Ausdruck in Chloes Augen. Sie war keine Lehrerin. »Ich unterrichte eigentlich nicht, Chloe –«

»Bitte! Ich würde es so gern erlernen«, bettelte Chloe.

Lara hatte schon den Mund geöffnet, um abzulehnen, als ihr Bauchgefühl ihr plötzlich etwas anderes sagte. Vielleicht würde es dieser Frau eines Tages das Leben retten, wenn sie ihr ein paar Grundlagen beibrachte. »Ich werde mich nicht sehr lange hier aufhalten. Aber bevor ich wieder gehe, werde ich Ihnen ein paar Selbstverteidigungsmaßnahmen beibringen.«

Chloe sah erleichtert aus. »Danke!«

»Haben Sie vor, nach draußen zu gehen?« Lara machte eine Kopfbewegung in Richtung der winterlichen Ausrüstung auf Chloes Arm.

»Ja. Ich will versuchen, ob ich nicht noch ein paar Abfahrten auf den Pisten machen kann, bevor der Schneesturm hier eintrifft. Die Vorhersage warnt, dass er uns am späten Nachmittag erreicht. Sobald der Wind zu stark und die Sicht eingeschränkt ist, werden die Pisten geschlossen.« Chloe musterte Lara von Kopf bis Fuß. »Sie sehen auch so aus, als ob Sie ins Freie wollen. Möchten Sie mich nicht begleiten?«

»Eigentlich bin ich keine Skifahrerin«, gab Lara zu. »Ich habe für heute einen Motorschlitten gemietet. Die Schlittenpisten erscheinen mir fantastisch.« In der Umgebung des Resorts gab es zwar ausgedehnte Fahrwege für den Motorschlitten, doch sie hatte keineswegs vor, alle zu erkunden.

Wenn Marcus Colter nicht zu mir kommt, muss ich eben ihn aufsuchen.

»Seien Sie vorsichtig!«, warnte Chloe eindringlich. »Später erwarten wir den Schneesturm. Wissen Sie, wie man in bergigem Gelände mit dem Schlitten umgeht? Die Pisten sind im Allgemeinen leicht zu befahren, doch auf einigen der steileren Abschnitte wird es ein bisschen knifflig.«

»Unbedingt«, log Lara das Blaue vom Himmel herunter. Es hatte ein paar Sekunden gedauert, bevor sie verstanden hatte, dass Chloe mit dem »Schlitten« den Motorschlitten gemeint hatte. *Nennen sie das Fahrzeug hier so?* »Ich werde vorsichtig sein«, fügte sie Chloe zuliebe hinzu.

»Gut. Viel Spaß!« Chloe strahlte sie an. »Halten Sie sich an die Anfängerpfade und seien Sie zurück, bevor der Sturm zuschlägt.«

Lara hatte noch nicht einmal gewusst, dass ein Sturm erwartet *wurde.* Sie war zu sehr mit ihren Nachforschungen beschäftigt gewesen und damit herauszufinden, wo genau sich Marcus Colters Haus befand. Ein Schneesturm mochte ihr vielleicht zum Vorteil geraten. Natürlich konnte sie nicht einfach ohne Grund Marcus Grundstück betreten. Doch sie konnte mit dem Motorschlitten losfahren und sich zufälligerweise verfahren, richtig? Ein Sturm bricht los, der Schnee verdeckt die Fahrspuren und sie landet bei Marcus Colter, ohne Verdacht zu erregen. Nur eine arme, doofe Touristin, die sich in den Bergen verirrt hat.

Perfekt.

Lara lächelte und winkte Chloe zu, nachdem sie gemeinsam die Empfangshalle verlassen hatten und jeder seiner Wege ging. Sie machte sich geradewegs zu ihrem gemieteten Motorschlitten auf und zupfte an ihrer Kleidung herum, nun doch etwas nervös, den Job zu erledigen, wegen dem sie nach Rocky Springs gekommen war. Ihr blieb jedoch keine andere Wahl. Die Zeit lief ihr davon.

Einige Stunden später fand Lara heraus, dass sie die Herausforderung, den Motorschlitten in bergigem Gelände zu steuern, ohne Probleme bewältigen konnte. Es war das Unbekannte, der Mangel an Kenntnis des Geländes, der dazu führte, dass sie sich plötzlich auf ihrem Hinterteil im Schnee wiederfand. Obwohl sie nicht sehr schnell gefahren war, war die Kiefer aus dem Nichts vor ihr aufgetaucht, als sie über die Kuppe eines Hanges fuhr, und sie war direkt auf den Stamm des massiven Hindernisses geprallt.

»Verdammt!« Sie rollte sich auf die Füße, wütend auf sich selbst, dass sie sich ihres einzigen Transportmittels beraubt hatte. Bei dem Aufprall war eine der vorderen Kufen des Schlittens zerbrochen und sie hatte erst ungefähr eine Meile zurückgelegt, seit sie von der Fahrspur abgewichen war, was bedeutete, sie befand sich noch einige Meilen von Marcus Colters Haus entfernt.

»Mist! Mist! Mist!«, murmelte sie gereizt vor sich hin, während sie auf die nicht zu reparierende Kufe starrte. »Ich denke, ich muss laufen.«

Der Wind hatte sich bereits verstärkt und die Sicht verschlechtert, was einer der Gründe gewesen war, warum sie den Baum nicht schnell genug wahrgenommen hatte. Der Schnee fiel in schweren Flocken. Ihre Stiefel waren beinahe bis zu den Knien im Schnee versunken, da sie die Piste verlassen hatte.

Soll ich mich auf den Weg zurück zur Piste machen oder soll ich weiterhin versuchen, Marcus Haus zu finden?

Sie nahm den Helm vom Kopf und machte einen Schritt in Richtung des Motorschlittens, von dem sie nur vor wenigen Minuten heruntergeflogen war. Ihr rechter Oberschenkelmuskel protestierte, sodass sie heftig zusammenzuckte. Ihr Bein war überdehnt worden, denn es hatte sich im Schlitten verfangen und war etwas in die Länge gezogen worden, bevor sie fortgeschleudert worden war. Als sie sich den schmerzenden großen Muskel rieb, ohne dass Erleichterung eintrat, wusste sie, jetzt blieb ihr als sicherste Möglichkeit nur der Versuch, zurück zur Piste zu gelangen, bevor der Schnee sie bedeckte, damit sie den Rückweg ins Resort finden konnte.

Sie griff in die mit einem Reißverschluss versehene Tasche ihrer Jacke und holte ihr Mobiltelefon heraus. »Natürlich. Kein Empfang«, murmelte sie vor sich hin, während sie an der Tasche herumfummelte, um das Handy wieder hineinzustecken. Falls der Signalausfall daran lag, dass sie sich außerhalb des Empfangsbereichs aufhielt, sollte sich dieser verbessern, je mehr sie sich dem Resort näherte. Falls jedoch der Sturm die Ursache war, wäre sie aufgeschmissen.

Während sie in Richtung der Fahrspur humpelte, wünschte sie sich verzweifelt, auf dem Weg zu den Motorschlittenpisten nicht an dem Sportgeschäft in der Nähe des Resorts angehalten zu haben. Sie besaß jetzt einen wärmeren Helm, einen Schal und dickere Handschuhe, was natürlich auch eine positive Seite beinhaltete, jetzt, da sie in einem Schneesturm festsaß. Aber natürlich wäre es besser gewesen, sofort durchzufahren, ohne einen Halt einzulegen, um eine wärmere Ausstattung zu kaufen und ihren Chef anzurufen. Mit diesen beiden Unternehmungen hatte sie Zeit verloren und genau auf diese anderthalb Stunden war es angekommen, wenn man berücksichtigte, dass der Wintersturm genau zu diesem Zeitpunkt eingesetzt hatte. Sie hätte jetzt bereits bei Marcus Colter sein können.

Mit dem Schal vor dem Gesicht, um es vor dem brutalen Wind und der eisigen Kälte zu schützen, kämpfte sich Lara unter Schmerzen zurück zu der Stelle, an der sie die Fahrspur verlassen hatte. Viel zu oft legte sie eine Pause ein, da ihr Bein sie beinahe umbrachte.

Geh weiter! Halte dich in Bewegung!

Es war viel zu kalt, um langsamer zu gehen. Und es wurde ihr beinahe unmöglich, auch nur irgendetwas zu erkennen. Die Orientierungspunkte, die sie sich auf der Hinfahrt eingeprägt hatte, waren nicht mehr zu sehen. In der Hoffnung, durch das Visier eine bessere Sicht zu haben, setzte sie sich ihren Helm wieder auf, aber das nützte ihr auch nichts.

Sie steckte in einem ausgewachsenen Schneesturm fest und gab resigniert den Versuch auf, sich zu orientieren. Gegen die aufkeimende Panik ankämpfend lehnte sie sich gegen einen Baum und spähte in die wirbelnde weiße Masse, die ihr die Sicht nahm. Im selben Moment meinte sie das Geräusch eines Motors zu hören, das sich mit dem Heulen des Windes vermischte.

Das bilde ich mir nur ein. Niemand anderes wagt sich in dieses Wetter hinaus.

Doch das Geräusch wurde stärker und kam näher. Lara winkte mit den Armen, in der Hoffnung, dass, wer auch immer verrückt genug war, sich wie sie hier draußen aufzuhalten, sie sehen würde. Glücklicherweise trug sie größtenteils schwarze Schneekleidung. In der weißen Umgebung sollte sie sich abheben.

Jemand hatte sie bemerkt und Lara war verblüfft, als ein starker, schwarzer Motorschlitten direkt neben ihr anhielt. Die Person am Steuer war groß, wahrscheinlich männlich, doch das Gesicht konnte sie nicht erkennen. Alles, was sie ausmachen konnte, waren der Helm und die Schneebrille, die seine Augen schützte.

»Verdammt, Lara! Steigen Sie sofort hinten auf! Jetzt!«

Das Geheimnis, wer sich außer ihr hier draußen im Sturm aufhielt, war gelöst, als sie das ärgerliche männliche Gebrüll Tate Colters vernahm. Seine Stimme war laut genug, um das brutale Jammern des Windes zu übertönen.

Ohne Zögern gestand sie ihre Erleichterung ein, als sie ein Bein über den hinteren Teil des kräftigen Fahrzeugs schwang und ihre Arme behutsam um den starken Körper des Fahrers legte. Es war ihr egal, dass er ihr böse war. In diesem Augenblick war sie jedem dankbar, der auf einem funktionierenden Transportmittel auftauchte.

»Halten Sie sich gut fest!«, brüllte er so laut, dass sie ihn hören konnte.

Am Ende blieb ihr keine andere Wahl, als sich an ihm festzuklammern, denn er ließ ihr keine Zeit, nach einem Mitfahrerhaltegriff zu suchen. Im selben Augenblick, in dem sie sicher saß und ihre Füße abgestellt hatte, schoss er wie ein geölter Blitz davon. Sein Schlitten besaß einen weitaus stärkeren Motor als der, den sie gemietet hatte. Sie klammerte sich an ihn und ihr Herzschlag beschleunigte sich, während sie sich fragte, ob der Kerl vielleicht Selbstmordgedanken hegte und sie mit sich in den Tod reißen wollte. Mit halsbrecherischer Geschwindigkeit flog er durch den Schneesturm. Wenn sie nicht so erschrocken gewesen wäre, hätte sie es vielleicht als aufregend empfunden.

Woher wusste er, wohin er fuhr? Alles, was Lara erkennen konnte, war schieres Weiß, überall. Schließlich duckte Lara ihren

Kopf in den Windschatten hinter seinen Rücken und es blieb ihr nichts weiter übrig, als ihm zu vertrauen und ihren tödlichen Griff um seine Taille beizubehalten. Sie bemühte sich, ihn nicht beim Fahren zu behindern. Sie versuchte, sich seinen Bewegungen anzupassen, wenn es nötig war, doch es war ihr beinahe unmöglich, sie vorauszusehen, denn er agierte so blitzschnell, dass ihre Reaktionen jedes Mal zu spät kamen.

Nach ein paar Minuten beruhigte sich ihr Herzschlag und ihre unregelmäßige Atmung normalisierte sich wieder, als sie erkannte, dass Tate genau zu wissen schien, was er tat.

Da wir noch nicht tot sind, weiß er augenscheinlich, was er tut.

Sie waren von Bäumen umgeben und flogen ohne ein einziges Missgeschick die Hänge hinauf und hinunter. Tate meisterte die Fahrt, als ob er das schon millionenfach getan hätte. Sie hielt ihn zwar immer noch für wahnsinnig, unter diesen widrigen Umständen so schnell zu fahren, doch er fühlte sich offensichtlich wohl und schien mit dem Gelände vollkommen vertraut.

Lara zitterte, ihr Körper war wegen des eisigen Sturms schon halb erfroren.

Lara hielt den Atem an, als die Kufen des Schlittens plötzlich vom Boden abhoben und sie über einen engen Graben schwebten. Als sie geschickt und überraschend sanft auf der anderen Seite landeten, stieß sie erleichtert die Luft aus. Nun flogen sie, wie es schien, zum tausendsten Mal einen Abhang hinunter und Tate bog in eine Spur ein, die wahrscheinlich eine Straße markierte, ein schmaler Streifen, der weniger hoch mit Schnee bedeckt war. Tate gab Gas und brachte den Motor zur Höchstleistung, während sie durch weites, baumloses Land rasten.

Sie hatte das Haus noch nicht einmal bemerkt, bis sie beinahe darauf landeten. Tate verlangsamte die Fahrt und hielt vor einem großen Blockhaus an.

»Gehen Sie hinein und wärmen Sie sich auf! Die Vordertür ist offen. Ich muss den Schlitten versorgen.« Seine Stimme klang energiegeladen und ernst.

Lara erhob keine Einwände. Sie kletterte vom Schlitten und klammerte sich dabei an Tate, um ihr lahmes Bein zu entlasten. Als sie in Richtung Tür taumelte, sah sie ihn gerade noch im weißen Dunst verschwinden. Sie drehte den Knauf der wunderschönen Eingangstür und diese gab sofort nach. Als sie sich auf einem wunderschönen Holzfußboden im Eingangsbereich wiederfand, befreite sie sich so schnell wie möglich von ihrer tropfenden Schneekleidung. Lara runzelte die Stirn. Sie wünschte, sie wäre zuerst in eine Art Waschküche gelangt. Nachdem sie ihre durchweichten Stiefel, Socken, Schneehose, Jacke und die restliche nasse Winterausrüstung eingesammelt hatte, entdeckte sie einen Raum, der wie eine Küche aussah, und durchquerte ein hübsches, rustikales Wohnzimmer, dessen Wände und Regale mit antiker Feuerwehrausrüstung dekoriert waren. Da sie mit Bergen von nasser Kleidung beladen war, blieb ihr keine Zeit, die geräumige Küche zu bewundern, die der Traum eines jeden Koches zu sein schien.

Erleichtert entdeckte sie die Waschküche und den Abstellraum neben der Garage außerhalb der Küche. Sie hing ihre nassen Sachen auf die dafür vorgesehenen Haken und suchte in der Küche nach einem Handtuch. Das Haus war wunderschön und sie wollte auf keinen Fall Wasser auf den hübschen Holzfußböden hinterlassen. Dies mochte vielleicht ein Blockhaus sein, doch es wirkte eher wie ein Anwesen als wie eine kleine Hütte in den Wäldern. Alles schien maßgefertigt, die Liebe zum Detail drückte sich in jedem einzelnen Holzbalken aus, angefangen bei der verzierten Decke bis hin zu den luxuriösen Fußböden. Es war interessant, wie der Erbauer es bewerkstelligt hatte, dem Ganzen einen rustikalen, aber dennoch eleganten Anstrich zu verleihen.

Gerade, als sie die Pfützen auf dem Fußboden nahe der Tür aufwischte, weil sie befürchtete, das Wasser könnte den Holzbelag beschädigen, betrat Tate das Haus.

»Was zum Teufel machen Sie da?« In seiner tiefen Stimme schwang ein Anflug von Ärger mit.

»Ich wische das Wasser vom Boden auf. Meine Sachen waren tropfnass.«

»Lassen Sie das!«

Schnell beendete Lara ihre Arbeit und richtete sich auf, wobei sie wegen ihres schmerzenden Oberschenkels das Gesicht verzog.

»Haben Sie sich verletzt?« Sein Tonfall drückte jetzt freundliche Besorgnis aus.

»Ist schon okay. Ich bin mit dem Motorschlitten vom Resort gegen einen Baum gefahren. Ich habe eine der Kufen zerbrochen. Es tut mir leid.« Sie machte sich auf den Weg in die Waschküche, um das Handtuch loszuwerden.

»Ich sagte doch, lassen Sie das liegen!« Er nahm ihr das Handtuch aus der Hand, geleitete sie zu der Couch im Wohnzimmer und wies sie an, sich zu setzen. »Ich werde jemanden dorthin schicken, um den Motorschlitten zu bergen, wenn das Wetter aufklart. Das ist keine große Sache.«

Sie ließ sich erleichtert auf dem Sofa nieder und seufzte, als ihr Bein vom Gewicht ihres Körpers entlastet wurde, was dem Oberschenkelmuskel endlich erlaubte, sich zu entspannen.

Nachdem Tate das Feuer in dem mit Gas betriebenen Kamin entzündet hatte, ging er selbst in die Waschküche, um das Handtuch zu entsorgen. Nach ein paar Minuten tauchte er mit zwei Tassen heißer Schokolade und einer Decke wieder auf. Fürsorglich wickelte er letztere um ihren Körper und reichte ihr einen der dampfenden Becher, bevor er sich auf dem anderen Ende der Couch niederließ.

»Haben Sie etwas dagegen, mir zu erklären, von welchen bösen Geistern Sie besessen waren, dort draußen zu bleiben und zu allem Überfluss auch noch die Fahrspur zu verlassen, obwohl Sie wussten, dass ein Sturm erwartet wurde? Mit Schneestürmen ist in Colorado nicht zu spaßen. Ich habe mit Chloe gesprochen. Sie sagte mir, dass sie Sie vor dem Schneesturm gewarnt hat«, grollte Tate. Seine grauen Augen musterten sie aufmerksam, während er einen Schluck von seiner Schokolade nahm.

»I-ich habe mich... verfahren«, log sie unglücklich. Zwar wollte sie den Mann, der sich in einem solch teuflischen Sturm nach draußen gewagt hatte, um sie zu retten, nicht beschwindeln, doch es blieb ihr keine andere Wahl. »Hat Chloe sich Sorgen um mich gemacht? Hat sie Sie hinter mir hergeschickt?«

Er nickte und warf ihr einen ärgerlichen Blick zu.

»Es tut mir leid. Es war dumm von mir.«

Er nickte wieder, sein Blick war scharf und abschätzend.

Großartig! Jetzt hält er mich für eine Idiotin, eine dumme Blondine, die nicht schlau genug ist, einen einbrechenden Schneesturm zu meiden. Ich kann ihm noch nicht einmal einen Vorwurf daraus machen, dass er jetzt so über mich denkt. Aber gefallen tut es mir nicht.

Merkwürdig, jetzt kümmerte es sie doch tatsächlich, was Tate über sie dachte. Immerhin hatte er sein eigenes Leben riskiert, um ihres zu retten. Er war verärgert und hatte allen Grund dazu. Irgendwie vermisste sie sein übliches Grübchen hervorzauberndes Lächeln und sein eingebildetes Gebaren. Im Moment machte er ein finsteres Gesicht und wirkte ernster, als sie ihn bisher erlebt hatte, und unter diesem wilden Blick wand sie sich unruhig hin und her.

»Warum haben Sie das getan? Was haben Sie wirklich vorgehabt, Lara? Sie sind von der Piste abgewichen und ich kaufe es Ihnen nicht ab, dass Sie sich total verfahren haben.« Er sah ihr tief in die Augen und sein prüfender Blick bohrte sich bis auf den Grund ihrer Seele.

Sie öffnete den Mund, schloss ihn aber gleich wieder, unsicher, was sie ihm sagen sollte.

Ich möchte ihn nicht belügen.

Ein schwaches Jaulen befreite sie schließlich aus ihrer misslichen Lage, als der niedlichste kleine Schäferhundwelpe, den Lara je zu Gesicht bekommen hatte, ins Zimmer gehüpft kam und sie einer Antwort enthob.

Lächelnd beobachtete sie, wie das zierliche Wesen zu Tate lief und aufgeregt um dessen Beine wirbelte. Tate hob das kleine Hündchen mit einer Sanftheit vom Boden hoch, die Laras Herz höher schlagen ließ. »Und wen haben wir da?«

Tate kraulte den kleinen Welpen. »Das ist Shep.«

»Nicht gerade ein ausgefallener Name, Colter«, tadelte sie sanft.

»Gehört er Ihnen?«

»Ich habe ihn mir nicht gerade ausgesucht«, knurrte Tate, fuhr aber fort, das zitternde Hündchen zu streicheln. »Jemand hat ihn auf der Autobahn ausgesetzt. Wahrscheinlich handelt es sich bei ihm um ein Weihnachtsgeschenk und jemand hat entschieden, sich nicht von ihm die Möbel anknabbern zu lassen. Chloe hat mich beredet, ihn zu behalten.« Tate zuckte mit den Schultern. »Zur Hölle, ich dachte mir, bei mir ist er bestimmt besser aufgehoben als bei seinen Vorbesitzern.«

Offensichtlich kümmerte er sich sehr gut um das kleine Fellknäuel und Lara konnte spüren, dass Tate den kleinen Welpen bereits liebte, ungeachtet dessen, wie sehr er sich beklagte, das kleine Tier adoptiert zu haben. »Er scheint mir kaum alt genug, um entwöhnt zu sein«, schätzte sie nachdenklich.

»Chloe meint er ist ungefähr zehn, höchstens zwölf Wochen alt.«

Jetzt fiel der kleine Shep von Tates Oberschenkeln herunter und kroch eifrig auf Lara zu, die den Welpen auf den Schoß nahm. »Er ist entzückend.« Sie knuddelte das Hündchen an ihre Brust und streichelte über sein seidiges Fell, während das Tier ihr das Kinn leckte. »Wie kann jemand nur so grausam sein? Er hätte erfrieren können. Er ist noch zu klein und verfügt über keine Reserven, um draußen lange zu überleben.«

»Er war schon beinahe erfroren. Es war ziemlich kalt, als ich ihn gefunden habe. Ich bin froh, dass Chloe sofort zur Stelle war, um ihn zu behandeln. Er hätte auch leicht unter ein Auto geraten können. Im Winter herrscht reger Verkehr auf der Autobahn, wenn alle Leute in den Skiurlaub fahren«, erklärte Tate.

Es war schwer, Männer nicht zu mögen, die kleine Welpen – und Frauen – in Not retteten. Tate mochte ihr im Moment nicht gut gesinnt sein, doch immerhin hatte er sie gerettet. Lara sah auf und lächelte Tate an, der dieses Mienenspiel erwiderte, als Shep seine kleinen Zähne tief in ihren Pullover grub und daran zu zerren begann. Sie lachte herzhaft auf und löste das schwarzbraune Fellknäuel von ihrer Kleidung. »Es gefällt ihm, an etwas herumzukauen.«

»Er wird ein kräftiger Kerl«, stimmte Tate zu und klang nicht im Geringsten entmutigt.

»Er erinnert mich so sehr an Chief, als er noch ein Welpe war. Ich habe ihn zu meinem zehnten Geburtstag bekommen. Er war auch ein Schäferhund und sah ähnlich aus. Chief war jahrelang mein treuer Gefährte.« Lara seufzte. Verdammt! Sie vermisste ihren Hund immer noch.

»Was ist mit ihm geschehen?«, erkundigte sich Tate neugierig. Shep versuchte jetzt, den Inhalt ihrer Tasse zu untersuchen, und Lara lachte über seine Possen. Sie erinnerte sich plötzlich daran, wie viel Spaß man mit einem Welpen haben konnte. »Die Schokolade bekommst du nicht, mein Kleiner. Sie ist nicht gut für dich.« Sie hielt die halb geleerte Tasse ein bisschen höher. Dann blickte sie Tate an und antwortete zögernd: »Ich musste ihn weggeben. Meine Eltern starben, als ich sechzehn Jahre alt war. Ich musste zu meiner Tante ziehen und mein Onkel hasste Hunde.« Sie streichelte den Welpen auf ihrem Schoß, trank den Rest ihrer heißen Schokolade und stellte die Tasse behutsam auf dem Unterteller auf dem Kaffeetisch ab. Ihr Onkel hatte alles und jeden gehasst, einschließlich seiner Frau.

»Mein Gott, Lara! Ihre Eltern starben gleichzeitig? Wie ist das geschehen?«

Obwohl mehr als dreizehn Jahre seit diesem schrecklichen Tag vergangen waren, fiel es Lara immer noch schwer, über den Tod ihrer Eltern zu reden. »Sie wurden ermordet.«

»Erzählen Sie! Auf welche Art?« Tates Stimme klang zärtlich und mitfühlend.

Lara suchte seinen Blick, während sie Shep trostsuchend an sich drückte. Sie kamen beide am 11. September 2001 ums Leben.« Sie wusste instinktiv, dass Tate die richtige Schlussfolgerung ziehen und sie nichts weiter würde sagen müssen.

Tates Miene drückte nun Erstaunen aus. »Sie starben beide bei dem Angriff auf das World Trade Center?«

Lara nickte traurig, ihre Augen feucht vor Tränen. »Südturm. Sie hatten keine Chance. Mein Vater war Anwalt. Er hatte geschäftlich in New York zu tun und meine Mutter hatte ihn begleitet, da sie am

12. September ihren Hochzeitstag in New York City feiern wollten. An jenem Tag fuhr sie mit ihm zum World Trade Center. Morgens hatte Mom meiner Tante erzählt, dass mein Vater nur kurz dort vorbeischauen wollte, um sie danach zum Mittagessen auszuführen. »Sie waren beide lediglich zur falschen Zeit am falschen Ort.« Wie oft hatte Lara sich das schon gesagt? Es war ja nicht so, als ob ihr Vater sich täglich dort aufgehalten hätte. Wenn ihre Eltern das Gebäude doch nur einen Tag vorher aufgesucht hätten! Wenn ihr Vater doch nicht solch ein Frühaufsteher gewesen wäre und seinen Besuch dort ein bisschen später am Tag eingeplant hätte! Wenn...

»Das tut mir aufrichtig leid, Lara«, krächzte Tate, während er näher an Lara heran rutschte, einen Arm um ihre Schultern legte und Shep behutsam auf den Boden setzte.

Er zog ihren widerstandslosen Körper in seine Arme und drückte ihren Kopf an seine Brust und Lara ließ ihn gewähren. Es fühlte sich so verdammt gut an, einmal wieder menschliche Verbundenheit zu spüren und sich trösten zu lassen, obwohl sie das eigentlich nicht zulassen sollte. »Ich vermisse sie immer noch.« Jener schicksalhafte Tag hatte sich für immer in ihr Gedächtnis eingebrannt.

»Ich weiß. Manchmal vermisse auch ich meinen Vater noch, selbst, wenn es mir immer schwerer fällt, mich an ihn zu erinnern.«

»Was ist geschehen?« Lara wusste, dass Tates Vater vor Jahren gestorben war, doch unter welchen Umständen, hatte sie nicht in Erfahrung bringen können.

»Merkwürdigerweise ist er ebenfalls bei einem Terrorakt ums Leben gekommen, allerdings nicht in den Vereinigten Staaten. Mitte der neunziger Jahre hatte er eine Reise in den Mittleren Osten unternommen und war, genau wie Ihre Eltern, zur falschen Zeit am falschen Ort. Er starb, als eine Autobombe explodierte. Es war aber nicht sein Auto. Er hat sich nur zufällig genau neben dem Unglücksfahrzeug aufgehalten, als dieses in die Luft flog. Die Terroristen haben sich später zu dem Attentat bekannt und waren glücklich, dass sie einen Amerikaner erwischt hatten«, knurrte Tate in sich hinein. »Hurensöhne!«

Laras Augen wurden vor Überraschung immer größer. Es war bereits äußerst seltsam, dass sie beide ihre Nächsten durch einen Terrorakt verloren hatten. Aber die Tatsache, dass es *Marcus* ebenso ergangen war, schien geradezu bizarr.

In ihrem Kopf wirbelten die Gedanken herum, als sie erfasste, welche Tragweite sich aus dem ergab, was Tate ihr gerade erzählt hatte. Die Trauer in Tates Stimme bewies, dass ihn der Tod seines Vaters immer noch bekümmerte. Erging es Marcus ebenso? Falls ja, waren die Dinge noch seltsamer und rätselhafter, als Tate es sich vorstellen konnte.

Sie klammerte sich an Tate und schlang ihm die Arme um den Hals, während er sie sanft hin und her wiegte. Sie verabscheute den Gedanken, dass dieser verrückte, eingebildete, arrogante, dabei aber nette Mann am Boden zerstört sein würde, wenn er die Wahrheit herausfand.

Kapitel 4

Tate Colter konnte man kaum mehr überraschen, aber als Lara ihm heute früher am Tag enthüllt hatte, dass ihre Eltern dem schlimmsten Terrorakt auf dem Boden der Vereinigten Staaten zum Opfer gefallen waren, hatte ihn das aus der Bahn geworfen. Seine eigene Familie war vollkommen fertig gewesen, als sein Vater umgekommen war. Er konnte sich kaum vorstellen, welchen Schmerz Lara erlitten haben musste, als sie gleich beide Elternteile gleichzeitig verloren hatte. Seine ganze Familie hatte jahrelang den Tod seines Vaters betrauert, doch hatten sie immerhin noch ihre Mutter behalten, die ihnen Halt gegeben und ihr Leben so normal wie möglich gestaltet hatte. Lara war heimatlos gewesen und hatte ihre zwei liebsten Menschen in dem schockierenden Ereignis verloren, das die ganze Nation erschüttert hatte. Gleichzeitig mit ihren Eltern waren auch ihr Zuhause und alles Normale in ihrem Leben verschwunden.

»Gütiger Himmel«, flüsterte er aufgewühlt vor sich hin. Dieses bedeutende Ereignis in ihrem Leben war in den Informationen, die er über sie eingeholt hatte, nicht erwähnt worden, aber er war auch nicht an ihrer Herkunft interessiert gewesen. Er hatte nach aktuellen

Hinweisen gesucht, die ihm verraten konnten, was sie nach Rocky Springs geführt hatte.

Lara hatte ins Resort zurückkehren wollen, doch er hatte abgelehnt. Gewiss, wenn er gewollt hätte, hätte er sie ins Resort bringen können, auch wenn die Straßen für LKWs und Autos praktisch unpassierbar waren, bis sie geräumt werden würden. Die Schneedecke war bereits über dreißig Zentimeter hoch und viele Gebiete wiesen wegen der hohen Windgeschwindigkeit noch höhere Schneewehen auf. Und die weißen Flocken fielen stetig weiter vom Himmel. Nach dem Sturm würden sie mit rund einem Meter Neuschnee rechnen müssen.

Tate hatte Lara einfach erklärt, dass sie feststecken würden, bis die Straßen geräumt wären und er sie nach dem Sturm sicher mit seinem Geländewagen zum Resort würde zurückbringen können.

Er hatte ihr aber *nicht* erzählt, dass er in einer zweiten Garage einen Wagen mit einem großen Schneepflug stehen hatte.

Als er sie zu seinem Haus gebracht hatte, waren seine Beweggründe klar gewesen: Er musste sie in sein Bett bekommen, sodass er seine wachsende Wahnvorstellung loswurde, sie besinnungslos zu ficken. Und danach hatte er all ihre Geheimnisse herausfinden wollen.

Jetzt war er sich nicht mehr so sicher, *welche* Ziele er verfolgte. Ja, natürlich sehnte er sich immer noch danach, sie zu ficken. Er begehrte sie mehr als jede andere Frau in seinem ganzen Leben. Aber sie und ihre ganze Persönlichkeit wuchsen ihm mehr und mehr ans Herz, brachten ihn zum Wahnsinn und trieben seine Besessenheit in die Grenzenlosigkeit.

Er wandte sich von dem Panoramafenster ab, an dem er gestanden hatte. *War Lara jetzt gerade nackt?* Sie aß gern, daher hatte sie eine riesengroße Mahlzeit für sie beide gekocht und sie hatten ein reichhaltiges Abendessen vertilgt, bevor er ihr seine privaten heißen Quellen gezeigt hatte. Wahrscheinlich litt sie immer noch unter der Überdehnung ihres Oberschenkelmuskels, daher hatte er ihr angeboten, die Quellen zu nutzen. Nun wünschte er sich, er hätte ihr ein gemeinsames Bad vorgeschlagen.

Sie hätte sich geweigert.

»Mist!« Tate befestigte die Leine an Sheps Halsband und ging nach draußen. Der Welpe schaute mit traurigen braunen Augen zu ihm auf, die ihn an Laras erinnerten. Zur Hölle, im Augenblick erinnerte ihn fast alles an *sie*. Er bückte sich und streichelte das Tier. »Ich lasse dich nicht allein, mein Junge. Ich habe es nur lieber, wenn du deine Geschäfte nicht im Haus verrichtest.« Tate wusste, der Welpe hatte immer noch Angst, verlassen zu werden, aber das würde er dem Tier niemals antun. Wenn er sich einmal dazu entschlossen hatte, eine Verantwortung zu übernehmen, nahm er sie auch ernst. Welches Arschloch konnte es übers Herz bringen, ein kleines, schutzloses Tier an der Straße auszusetzen und seinen wahrscheinlichen Tod in Kauf zu nehmen?

Die Lampen vor dem Haus, die auf Bewegung reagierten, schalteten sich ein, aber sie halfen nicht sehr. Der Schneesturm tobte immer noch und die Sicht ließ weiter nach. Er führte den Welpen an den Waldrand. Tate hatte auf eine Jacke verzichtet, weil er hoffte, seinen erhitzten Körper abkühlen zu können und dass seine immer gegenwärtige Erektion endlich abklingen würde, die sich unvermeidlich einstellte, wann immer er Lara sah oder an sie dachte.

Als Shep seine Blase geleert hatte, fing Tate an zu frieren, doch sein Schwanz war immer noch hart. Es war ihm einfach nicht möglich, das Bild aus seinen Gedanken zu verbannen, wie Lara sich nackt in seinem privaten mineralischen Bad vergnügte. Es schien so greifbar nahe, als ob er sie beinahe berühren könnte.

»Lass uns gehen, Kumpel!«, drängte er den Hund und ärgerte sich über sich selbst, dass ihn eine Frau so aufregen konnte. Shep sprang freudig vor ihm her, bestrebt, in eine warme Umgebung zurückzukehren.

Auf der Veranda zog sich Tate seine Stiefel aus, trat ins Haus und ließ Shep von der Leine, die er an einen Haken neben der Tür hängte. Tate streichelte den Hund. »Guter Junge!« Er wusste nicht sehr viel über Hundeerziehung, aber er hoffte, mit der Zeit würde ein kleines Lob dazu führen, dass Shep auf dem Fußboden keine Pfütze hinterlassen würde.

Tate wanderte durch sein Haus und gelangte an die Tür, die zu den heißen Quellen führte. *War Lara immer noch dort? Brauchte sie ungewöhnlich lange, oder fühlte es sich für ihn nur so an wegen seiner überaktiven Einbildung und Besessenheit?* Sie ist schon eine Weile dort drinnen – seit dem Abendessen.

»Lara!«, rief er durch die geschlossene Tür, obwohl er fast sicher war, dass sie ihn nicht hören konnte. Zwischen ihnen lagen eine Schiebetür und der steinige Pfad, der zu den überdachten Quellen führte. Er drehte den Türknauf und drückte gegen die Tür. Sie bewegte sich.

Sie hat die Tür nicht abgeschlossen.

Jetzt empfand er Schuldgefühle, war aber gleichzeitig auch stolz, dass sie ihm genügend vertraute und nicht hinter sich abgeschlossen hatte. Lautlos glitt er durch die Schiebetür und den Weg hinunter. Als er um die letzte Ecke bog, hielt er den Atem an.

Sein Blick fand sie sofort: Sie saß mit geschlossenen Augen auf einem der Felsensitze im Becken, mit dem Rücken gegen die Wand gelehnt.

Sie ist eingeschlafen.

Grunzend stieß er den Atem aus und betrachtete den Berg Kleidung neben dem Becken. *Sie ist nackt ins Wasser gestiegen.* Tate verschwendete keinen einzigen Gedanken mehr und dachte nicht daran, sein Tun in Frage zu stellen. Schnell zog er sich aus und ließ sich nackt ins Becken hinab. Er konnte sie doch nicht schlafend im Wasser zurücklassen, wollte sie aber auch nicht erschrecken. Wenn er ehrlich gewesen wäre, hätte er sich eingestehen müssen, dass es ihn danach verlangte, ihr nahe zu sein, doch in diesem Augenblick war ihm nicht danach, seine Seele zu erforschen. Tate konnte seine Augen nicht von Laras schlafender Gestalt abwenden, die Spitzen ihrer perfekten Brüste ragten aus dem Wasser.

Sie ist verdammt perfekt geformt.

Er strich ihr eine verirrte Locke ihres feuchten Haares aus dem Gesicht und musterte ihre Gesichtszüge, so weich und unschuldig im Schlaf. Zärtlich strich er ihr mit einem Finger über die vollen, sinnlichen Lippen und da er nun nicht mehr anders konnte, auch über die weiche Haut ihrer Wangen.

Er hatte schon genügend Frauen in seinem Leben besessen. Aber sicher, wegen seiner ehemaligen Mitgliedschaft bei der Spezialeinheit war keine seiner Beziehungen sehr intensiv oder von langer Dauer gewesen. Ja, seit seinem Unfall hatte er eine Periode des Desinteresses erlebt, doch das war nur zu verständlich. Wenn er noch weiter zurückdachte, hatte seine Lustlosigkeit eigentlich bereits begonnen, bevor er verletzt worden war, und bis zu dem Tag angehalten, an dem er Lara begegnet war. Es schien, als ob sein Schwanz binnen weniger Sekunden von Null auf volle Einsatzbereitschaft geschaltet hätte. Warum um alles in der Welt fühlte er sich ausgerechnet von *dieser* Frau so angezogen, einer Frau, die sich sehr wohl selbst verteidigen konnte und wahrscheinlich keinen Bedarf für seine überaktiven Beschützerinstinkte hatte, die ihn jedes Mal überkamen, wenn er sie nur ansah?

Der Schmerz, den sie durch den Verlust ihrer Eltern in solch zartem Alter erlitten hatte, tat auch ihm in der Seele weh und weckte in ihm das Verlangen, den Kerl zu verletzen, der sie betrogen hatte. Sie hatte so knallhart gehandelt. Zwar *war* sie eine starke Frau, doch er spürte eine verborgene Weichheit in Lara, die er erreichen wollte, an die er rühren musste. Er liebte ihre rauen Kanten und Ecken und ihr knallhartes Äußeres, doch es verlangte ihn nach ihrer Unterwerfung und dass sie sich ihm hingab, und nur ihm.

»Wach auf, Liebes!«, flüsterte er ihr heiser ins Ohr.

Sie bewegte sich und schlang ihm die Arme um den Hals. »Tate.« Sie seufzte leise.

Der Klang seines Namens auf ihren Lippen brannte in seinem Unterleib. Ihre sanfte Kapitulation ließ seinen Schwanz härter werden, als er es jemals zuvor gewesen war. »Wach auf, Baby!« Er würde auf keinen Fall ihren schläfrigen Zustand zu seinem Vorteil ausnutzen. Er wünschte sich zwar sehnlichst, ihr im Schlaf einen Kuss von ihren Lippen zu stehlen... aber sein verdammtes Gewissen hinderte ihn daran.

»Ich bin jetzt wach«, murmelte sie sinnlich. Dann zog sie plötzlich seinen Kopf zu sich herunter und drückte seine Lippen auf ihre. Verdammt! Ein Mann konnte nicht alles aushalten und Tate hatte seine Grenze erreicht. Seine Begierde übernahm die Führung. Er stürzte sich auf ihre Lippen wie ein verhungernder Mann auf ein Festmahl und verlor den Kampf mit seinem Gewissen, während sein verräterischer Körper und sein tückischer Geist ihr eigenes verdammtes Fest zelebrierten.

Laras schläfriger Verstand war sich sehr wohl bewusst, wer sie küsste, und sie öffnete sich Tate wie eine Blüte, die das Sonnenlicht in sich aufnehmen will. Er eroberte und liebkoste, reizte und zähmte und plünderte ihren Mund, als ob er sein Eigentum wäre. Lara stöhnte gegen seine Lippen und ihre Zunge lieferte sich mit seiner ein Duell um die Vorherrschaft. Sie verlor und feierte ihre Niederlage und überließ dem Mann, der sie sich so weiblich fühlen ließ, die Führung. Er stellte die Regeln auf und sie folgte vom Glück berauscht, nicht denken zu müssen, sondern einfach nur zu reagieren. Obwohl er dominierte, hatte sie sich niemals geborgener gefühlt, oder begehrter und gewollter.

Er hob sie auf seine Arme und löste sich schließlich von ihrem Mund, als er sie die steinigen Stufen hinauf und durchs Haus in das große Badezimmer trug, das an ein geräumiges Schlafzimmer grenzte. Nachdem er sie langsam auf ihre Füße gestellt hatte, drehte Tate mit einer kurzen Bewegung seines kräftigen Handgelenkes die Dusche auf.

»Wir müssen uns abduschen«, erklärte er mit rauer Stimme.

Der penetrante Geruch der mineralischen Quellen hing noch in ihrer feuchten Haut und sie stieg willig unter den warmen Wasserstrahl. Behaglich hielt sie ihren Kopf direkt unter die Brause und ließ die pulsierende Wärme über ihren ohnehin schon schlaffen Körper strömen, der sich nun noch mehr entspannte.

Jetzt gesellte sich Tate zu ihr und stellte sich hinter sie. Er verteilte ein bisschen Shampoo auf ihrem Scheitel, verrieb es und massierte es in ihre Haare ein.

Oh Gott! Er fühlt sich gut an.

Lara lehnte sich entspannt gegen seinen kräftigen Oberkörper und muskulösen Bauch, ohne zu hinterfragen, *warum* sie Tate vertraute. Es fühlte sich richtig an und sie folgte einfach ihrem Gespür. Vielleicht sollte es ihr peinlich sein, sich in der Dusche gegen einen nackten Mann zu lehnen, einen Mann, den sie kaum kannte, insbesondere da sie so nackt war wie an dem Tag ihrer Geburt. Doch im Gegenteil, die Nähe und körperliche Intimität weckten in ihr die Sehnsucht nach einer noch tieferen Verbindung mit Tate, ein Gefühl, das sie noch niemals zuvor erfahren hatte.

»Geht es dir gut?«, krächzte er heiser in ihr Ohr.

»M-mir geht es gut. Es tut mir leid, dass ich eingeschlafen bin.«

»Das muss dir nicht leid tun, Lara. Ich war doch hier. Du wusstest, dass dir nichts geschehen kann«, erwiderte er in seinem tiefen, sexy Bariton. »Wie geht es deinem Bein?«

Sie schwieg eine Weile, während er behutsam ihren Kopf vornüber beugte und ihre Haare ausspülte.

»Es ist schon viel besser«, erklärte sie ihm mit bebender Stimme, als er vorsichtig mit ihr die Position tauschte, damit er sich ebenfalls die Seife aus den Haaren waschen konnte. Das Bad in den heißen Quellen hatte ihren Oberschenkelmuskel entspannt und der Schmerz war nur noch dumpf und kaum noch zu spüren.

Nun seifte er erst seinen Körper ein, um dann seine Handfläche wieder mit Duschgel zu füllen und es sanft über ihre Schultern und ihren Rücken zu verteilen. »Du bist so verdammt schön, Lara.« Seine Stimme klang rau und rasselnd.

Sie schauderte, als seine glitschigen Hände um ihren Oberkörper herum und nach oben glitten, um ihre Brüste zu umfassen. »Tate«, flüsterte sie. Ihr Kopf fiel gegen seine Schulter.

»So ist es richtig, Baby! Sag weiter meinen Namen! Stöhne ihn hinaus, während du kommst! Sei dir bewusst, wer diese Gefühle bei dir auslöst!«, befahl er, während seine Finger ihre empfindlichen Brustwarzen umkreisten.

Ihr Unterleib zog sich beinahe lasterhaft zusammen, als Tate ihr leicht in die hart gewordenen Knospen kniff und ihren Körper zu verzweifelter Begierde hochpeitschte. »Bitte, Tate!«, wimmerte sie. Seine harte Erektion presste sich gegen ihre Lenden. »Ich brauche... ich brauche...«

»Ich weiß, was du brauchst«, erwiderte er schroff. Seine Hand glitt jetzt über ihren Bauch und zwischen die getrimmten Haare ihres Venushügels. »Du brauchst einen Orgasmus. Und ich werde ihn dir schenken«, brummte er in ihr Ohr.

»Ja.« Sie stieß vor Erleichterung einen gequälten Seufzer aus, als seine Finger endlich zwischen ihre Schenkel vordrangen, während er mit der anderen Hand weiterhin erbarmungslos ihre Brustwarzen reizte.

»Mein Gott! Du bist so verdammt feucht für mich, Lara. So heiß und eng.« Er untersuchte jetzt ihre Muschi mit dem Zeigefinger. »Bist du so glitschig, weil du meinen Schwanz in dir haben willst?«

»Oh Gott, ja!« Lara begehrte Tate mehr als jeden anderen Mann in ihrem bisherigen Leben. In den heißen Quellen, bevor er sie aufgeweckt hatte, hatte sie von ihm geträumt, von dem, was er jetzt tat. Nun war sie sich nicht mehr sicher, an welcher Stelle der Traum aufgehört und die Wirklichkeit begonnen hatte. Sie wusste nur noch, dass er heiß und hart war und sie ihn brauchte. »Fick mich, Tate! Bitte!«

Er drückte ihre Brustwarzen ein bisschen fester. Fordernde Finger suchten und fanden ihre Klitoris. Grob strich er über das pulsierende Nervenknötchen. »Weißt du, was das bei mir auslöst, wenn ich höre, wie du darum bettelst, von mir gefickt zu werden? Ich will dir dann genau das geben, wonach es dich verlangt.«

Lara stöhnte vor Lust, als ihr glitschiger Körper an seiner muskulösen Gestalt entlangglitt, und sie wölbte den Rücken, als er ihre Klitoris mit Daumen und Zeigefinger noch gröber stimulierte. »Oh Gott! Ich halte es nicht mehr aus!«, schrie sie. In ihrem Bauch breitete sich spiralförmig die Hitze aus.

»Doch, das tust du. Lass dich gehen, Lara! Komm für mich, Baby!«, kommandierte er barsch, den Mund an ihrem Ohr.

Seine heisere, lüsterne Stimme ließ sie am ganzen Körper erzittern und als sein Mund zu ihrem Hals wanderte und leicht an der empfindlichen Haut zwickte und leckte, zerbarst sie vollkommen. »Tate!« Die Falten ihres Tunnels verkrampften sich. Der Höhepunkt traf sie hart und gönnte ihr keine Erlösung.

»Ich muss fühlen, wie du kommst«, knurrte Tate.

Instinktiv wusste sie genau, was er wollte. Blindlings drehte sie sich herum, schlang ihm die Arme um den Hals und sprang ihn an. Schnell umklammerte sie seine Taille mit ihren Beinen. »Dann fühle es jetzt!«, keuchte sie. »Genau jetzt!«

»Mist! Lara. Ich wollte nicht –«

Da sie jetzt wusste, dass er es mochte, wenn sie ihn anbettelte, flehte sie: »Fick mich, Tate! Ich brauche jetzt deinen Schwanz in mir. Kein Warten mehr!« Lara wünschte sich, dass er vollkommen die Beherrschung verlor.

Sie blickte zu ihm auf. Die Anspannung stand ihm ins Gesicht geschrieben. Ihre Blicke versanken ineinander und sie sah seine Augen in heftigem Verlangen flackern. »Ich will dich!« Sie streckte ihre Hand aus und langte zwischen ihre Körper. Ungeduldig ergriff sie seinen mächtigen Schaft und führte ihn an den Eingang zu ihrer Muschi.

»Oh, Himmel, ja! Du gehörst mir«, knurrte er, als er sie gegen die Duschkabinenwand nagelte und sich bis zu den Hoden in ihr vergrub.

Lara schnappte nach Luft, doch sie hielt den Blickkontakt mit Tate aufrecht. Ihr Orgasmus war vorüber, die Muskeln ihres Tunnels entspannten sich, erlaubten seinem riesigen Schwanz in sie einzudringen und schlossen sich um ihn wie ein Handschuh. Seine Finger gruben sich in ihre Pobacken, denn er hielt sie fest gegen seine Leisten gepresst. Sie fuhr ihm mit den Fingern durch sein nasses Haar. »Fick mich –«

»Sag das nicht noch einmal, Lara, oder du wirst mehr bekommen, als du erbeten hast!«, erwiderte Tate mit einem gefährlichen Krächzen, das offenbarte, dass er die Beherrschung verloren hatte. Seine Augen schimmerten wild und wollüstig und Lara versank in ihnen. »Fick mich!«, wiederholte Lara absichtlich. »Bitte fick mich!« Sie fürchtete die urtümliche Wildheit dieses Mannes nicht, im Gegenteil, sie trieb ihre Erregung in Höhen, die sie nie zuvor erlebt hatte, und sie reagierte tief in ihrem Inneren mit dem Verlangen, ihn bis an seine Grenzen zu treiben.

Tate entwich ein Geräusch, das sowohl einem Knurren als auch einem Stöhnen glich, bevor sein Mund auf ihren hinab stieß. Seine Hüften bewegten sich in einem mörderischen Rhythmus, um seinen Schwanz immer und immer wieder in sie hineinzutreiben.

Tate fickte ihren Mund mit seiner Zunge auf die gleiche Weise, wie er seinen Schwanz benutzte: heiß, hart, wild und urtümlich derb. Seine Bewegungen waren so schnell, dass Lara kaum mithalten konnte. Also klammerte sie sich einfach an ihn und genoss den erotischen Ritt.

Unvermittelt riss er seinen Mund von ihrem los und lehnte seinen Kopf gegen die Duschkabinenwand; sein Brustkorb hob und senkte sich heftig. Mit jedem Stoß rieb er seine Hüften an ihrer Muschi und peitschte sie in den siebten Himmel und nahe an einen zweiten, noch explosiveren Orgasmus. »Es fühlt sich so gut an«, keuchte sie.

»Zu verdammt gut«, stieß er mit einem leidenschaftlichen Grunzen hervor. »Ich. Muss. Dich. Vor. Mir. Zum. Kommen. Bringen.«

Jeder Stoß brachte sie dem Himmel näher und ohne Zweifel würde sie bald den Höhepunkt erreichen. Aber Tate klang verzweifelt, getrieben. Sie wollte nicht, dass er sich noch länger zurückhielt. Hastig zog sie eine Hand aus seinem Haar und schob ihre Finger zwischen ihre Körper, um ihre Klitoris zu stimulieren. Mit einem scharfen Atemzug schickte sie sich wie eine Rakete ins Universum; ihre Muschi umklammerte seinen Schaft jedes Mal, wenn er in sie eindrang.

»Fuck, Baby!«, knurrte er. Sein großer Körper erbebte an ihrem. Lara schrie laut auf, als ihr Orgasmus durch ihren Körper tobte. Ihre inneren Wände pressten sich um Tate und brachten ihm die Erlösung. Ein letztes Mal vergrub er sich mit einem tierischen Stöhnen tief in ihr.

Tate hielt sie fest an sich gedrückt, setzte sich auf einen marmornen Sitz in der weiträumigen Duschkabine und umklammerte ihren Körper, als ob er sie nie wieder loslassen wollte. Er drückte seinen Mund auf ihren und küsste sie zärtlich, bevor er sich von ihren Lippen löste und seinen Kopf auf ihre Schulter bettete.

»Du hast mich beinahe umgebracht«, keuchte er.

»Soll das eine Beschwerde sein?«, neckte sie ihn, selbst noch außer Atem.

»Oh Gott, nein! Das wäre doch ein wahrlich beeindruckender Abgang.« Er lehnte sich zurück und warf ihr sein schelmisches Lächeln zu, welches das typische Grübchen auf seine Wange zauberte.

Kapitel 5

A m nächsten Morgen sprang Lara aus dem großen Bett – vermutlich Tates – und eilte zum Kleiderschrank, um nach etwas zu suchen, das sie sich überwerfen konnte. Sie nahm einen braunen Bademantel vom Bügel, schlüpfte hinein und hastete in die Küche, während ihr Verstand auf Hochtouren arbeitete.

Was zum Teufel habe ich mir dabei gedacht?

In Wahrheit hatte sie überhaupt nicht gedacht. Sie hatte einfach reagiert. Gestern Abend war sie in einen Dämmerschlaf gefallen und hatte sich mitten in einer erotischen Traumfantasie über Tate befunden, als sie plötzlich neben sich im Becken seine Stimme vernommen hatte. Da sie sich gewünscht hatte, ihr Traum wäre real, hatte sie ihn Wirklichkeit werden lassen. Tate Colter erschien jeder Frau als *der* Traummann und sie war weit davon entfernt, ihm gegenüber immun zu sein. Sie hatte sich gegen dieses befremdliche Verbundenheitsgefühl und seine Anziehungskraft gewehrt, seitdem er sie zum ersten Mal angelächelt hatte. Auch hatte sie der Versuchung widerstehen müssen, dieses sexy Grübchen zu küssen, seitdem sie es entdeckt hatte.

Lara lächelte auf Shep herab, als das kleine Pelzknäuel um ihre Füße herumtanzte. »Du musst Gassi gehen, nicht wahr?« Als sie sich aufmerksam umsah, war sie erstaunt, dass auf dem Fußboden nicht bereits eine kleine Pfütze zu entdecken war.

»Ich werde mit ihm nach draußen gehen«, ertönte plötzlich Tates schlaftrunkene Stimme hinter Lara.

Erschrocken wirbelte Lara herum und bemerkte, dass seine Augen über den seidenen Bademantel glitten, der ihren Körper eng umschloss. »Ich habe ihn mir geborgt. Entschuldige bitte!«

»Seine Lippen verzogen sich auf eine sinnliche Art. »Entschuldige dich nicht! Du siehst verdammt sexy aus darin und ich benutze ihn nicht.«

Er war bereits in Jeans und Sweatshirt gekleidet, jedoch barfuß. »Lass uns gehen, Kumpel, bevor du dein Geschäft auf dem Boden verrichtest!« Tate öffnete die Haustür und begann, seine Stiefel anzuziehen.

Bevor Tate ihn aufhalten konnte, kam Shep angesaust und verschwand durch die Tür.

»Oh, nein!«, stöhnte Lara.

»Er wird nicht weit laufen. Ich schätze, er hatte es eilig«, bemerkte Tate erheitert.

»Es friert.« Lara zog den Bademantel enger um sich und lehnte sich gegen den Türpfosten, um den Welpen zu beobachten, der dem Waldrand zustrebte. »Willst du keine Jacke überziehen?«

»Sorgst du dich um mich?« Tate richtete sich auf, nachdem er seine Stiefel angezogen hatte, und hörte sich an, als ob ihm der Gedanke zusagte, dass sie sich für sein Wohlergehen interessierte. Er drückte sie gegen den Türrahmen und hielt sie in der Falle, eine Hand auf die äußere und eine auf die innere Wand gestützt. »Ich bin heute mit bereits steifem Schwanz aufgewacht und die Ansicht deines süßen nackten Hinterns, der zum Schrank hinüber wackelte, hat mich auch nicht gerade beruhigt. Ich glaube, ich muss mich ein bisschen abkühlen.« Sein Blick liebkoste ihr Gesicht, als ob er nach etwas suchen würde.

»Okay.« Beinahe errötete sie wie ein Teenager. *Verdammt!* Tate Colter konnte sie mit den einfachsten Bemerkungen aus der Fassung bringen – bis zur Bewusstlosigkeit. Die letzte Nacht hatte das mit aller Macht bewiesen.

Als er seine Arme senkte und sich abwendete, um Shep zu folgen, holte Lara tief Luft.

Reiß dich zusammen, Lara! Es ist schlimm genug, dass du den Mann letzte Nacht angebettelt hast, dich zu ficken. Du musst wieder einen klaren Kopf bekommen! Du hast eine Mission zu erfüllen und sich mit Tate Colter einzulassen, bedeutet Ärger.

Ärgerlich auf sich selbst, begann Lara, die Tür zu schließen, als sie plötzlich aus dem Augenwinkel eine jähe Bewegung wahrnahm. Schnell öffnete sie die Tür wieder, ohne diesmal den bitterkalten Wind zu beachten. Ihre Brauen zogen sich misstrauisch zusammen, als sie erkannte, dass es sich keineswegs um einen größeren Hund handelte, der den Welpen verfolgte. Es war ein großer Kojote.

»Tate!«, schrie sie und verlieh ihrer Stimme besondere Dringlichkeit, als sie sah, dass den Präriewolf nunmehr nur noch zehn oder zwölf Meter von dem kleinen Shep trennten.

»Ich sehe ihn!«, rief Tate, wobei er das Raubtier nicht aus den Augen ließ. Nun bückte er sich und grub im Schnee. Er sammelte ein paar Äste und Steine auf und schleuderte sie zielsicher dem Kojoten entgegen. Das Tier jaulte zwar auf, als ein kleinerer Stein es traf, rannte jedoch nicht davon wie gewöhnlich, wenn es von einem Menschen attackiert wurde. Tate fluchte und brüllte und warf alles, was er finden konnte, in Richtung des Räubers, doch der Kojote stieß nur ein lautes, wildes Knurren aus.

Lara konnte die Rippen des wilden Hundes erkennen; er war abgemagert und offensichtlich hungrig genug, um nichts zu verschmähen, was ihn ernähren konnte. »Du wirst Tates unschuldigen Welpen nicht zu deinem Frühstück machen!«, schimpfte Lara zornig. Hastig rannte sie ins Schlafzimmer, wo sie am Abend zuvor ihre Kleidung deponiert hatte, und war innerhalb von Sekunden wieder an der Tür.

Sie trat gerade früh genug nach draußen, um zu sehen, dass Tate sich den Welpen genau in dem Moment schnappte, als der Kojote gerade zum tödlichen Sprung ansetzte. Sie hob die Arme, als Tate mit dem Hündchen auf dem Arm zur Tür zu sprinten begann. Das

Raubtier drehte sich herum und nahm mit wütendem Geheul die Verfolgung auf.

Der Kojote würde in wenigen Momenten Tate erreicht haben, falls sie nicht...

Da ihr keine andere Wahl blieb, nahm Lara den Räuber ins Visier und schoss ihm direkt zwischen die Augen.

Langsam senkte sie die Arme; die Glock 23 Pistole ruhte an ihrem Oberschenkel. Sie seufzte erleichtert auf. Ohne Zweifel hatte der Kojote es auf den Welpen abgesehen. Diese Tiere griffen Menschen eigentlich selten an. Doch falls ihm Tate im Weg gewesen wäre, hätte er leicht zerrissen oder sogar getötet werden können. Sie war nicht gewillt zuzulassen, dass der Welpe oder Tate verletzt wurden, wenn sie es verhindern konnte.

Doch jetzt musste sie sich eiligst eine gute Erklärung einfallen lassen.

»Das war ein teuflisch guter Schuss«, polterte Tate, als er die Stufe zur Veranda hinauflief. Shep auf seinem Arm winselte. Er setzte den Welpen auf der Türschwelle ab und der Kleine hüpfte erleichtert ins Haus. »Ich bin mir nicht sicher, ob ihm der Kojote oder der Schuss solche Angst eingejagt haben«, bemerkte Tate mit schleppender Stimme, während er beobachtete, wie Shep Deckung suchend ins Haus lief, scheinbar unberührt von der Tatsache, dass er hätte verwundet werden können.

»Es tut mir leid. Ich hatte keine andere Wahl. Der Kojote hatte die Verfolgung aufgenommen und du hättest es nicht bis ins Haus geschafft«, verteidigte sich Lara.

Tate ging zu dem toten Tier hinüber und kam dann zu Lara zurück. Er drängte sie ins Haus. »Du hast keine Schuhe an. Geh rein!«

Folgsam kehrte sie ins Haus zurück und legte ihre Waffe behutsam auf einen hohen Küchenschrank, damit Shep nicht an sie heran gelangen konnte. »Mir blieb wirklich keine andere Möglichkeit«, beteuerte Lara noch einmal, als sie Tate hinter sich spürte, und drehte sich zu ihm herum.

»Hey!« Er legte ihr die Hände auf die Schultern. »Ich mache dir keineswegs einen Vorwurf. Deine schnelle Reaktion und dein verdammt eindrucksvoller Scharfschützenschuss haben mir wahrscheinlich einige Verletzungen erspart und Shep das Leben gerettet. Manche Kojoten werden zu dreist. Ich weiß zwar nicht, ob dieser mit Tollwut infiziert war, doch zumindest war er äußerst hungrig. Die Touristen machen sich einen Spaß daraus, den Raubtieren etwas zum Fressen hinzulegen, was zur Folge hat, dass sie ihre natürliche Angst vor den Menschen verlieren und sich an uns gewöhnen. Definitiv wollte dieses Exemplar Shep zum Frühstück verschlingen. Ich bin dir nicht böse. Ich bin dir dankbar.«

»Wirklich?« Lara sah Tate verwirrt an.

Er nickte. »Du bist eine verdammt gute Schützin. Und du trägst eine Waffe. Warum?«

Das waren genau die Fragen, denen Lara gern ausgewichen wäre. »Weil i-ich...«

Tate legte ihr zwei Finger auf die Lippen. »Lüg mich nicht an! Ich weiß, dass du das vorhast oder zumindest meinst, das tun zu müssen. Aber das kannst du dir sparen.« Mit zusammengezogenen Brauen studierte er aufmerksam ihr Gesicht. »Du bist Spezialagentin Lara Bailey vom FBI. Du gehörst zur Antiterror-Einheit, was jetzt für mich auch einen Sinn ergibt, da ich weiß, auf welche Art du deine Eltern verloren hast. Meine Frage lautet nicht, *wer* du bist, sondern was zum Teufel du *hier* in Rocky Springs, Colorado zu suchen hast?«

Sie trat ein paar Schritte zurück, sodass seine Hände von ihren Schultern fielen. Sie war vollkommen geschockt, dass ihre Stellung als Agentin so leicht aufgedeckt worden war. »Woher weißt du das?« Natürlich würde sie nicht leugnen. Dazu war es offensichtlich zu spät.

Er grinste wissend. »Du würdest nicht glauben, welche Verbindungen ich habe. Es hat mich nur ein Telefongespräch gekostet. Was ich aber nicht herausgefunden habe, ist deine Mission. Du bist keine gestresste Angestellte auf Erholungsurlaub. Du bist doch aus einem ganz bestimmten Grund hier.«

Sie verschränkte die Arme vor der Brust. »Woher willst du das wissen? Außenagenten haben einen anstrengenden Job. Und wir werden tatsächlich in den Urlaub geschickt.« Lara konnte sich allerdings nicht daran erinnern, sich jemals freigenommen zu haben.

Sie holte tief Luft, bevor sie fortfuhr. »Und warum ist es dir möglich, meine Stellung so leicht herauszufinden? Ich weiß, dass du ein Navy SEAL warst, aber das stand nicht in deiner Militärakte. Warum nicht? Und wie kommt es, dass du immer noch über so einflussreiche Kontakte verfügst?«

Tate kreuzte nun seinerseits die Arme vor der Brust und ahmte ihre Haltung nach. »Vielleicht war ich kein SEAL«, schlug er ruhig vor. »Wenn es nicht in meinen Unterlagen erwähnt ist, dann war ich es auch nicht.«

»Schwachsinn.« Sie blickte ihm fest in die Augen. »Du hast das BUD/s Härtetraining und das Qualifikationstraining SQT der Navy SEALS erfolgreich absolviert und du hast das SEALs Trident Abzeichen der Kampfschwimmer erhalten. Danach scheint es so, als ob du verschwunden warst. Erwähnt wird nur noch, dass du als Offizier bei der Spezialeinheit vorbildliche Beurteilungen erhalten hast. Du hast die Einheit verlassen, weil du während der Pflichterfüllung verletzt worden bist, doch deine Mission stand unter höchster Geheimhaltung. Welche Art von Auftrag wird vor einer FBI-Agentin geheim gehalten?«

»Einer, von dem noch nicht einmal die meisten Regierungsangehörigen Kenntnis haben«, erläuterte er gleichmütig. »Und ich habe niemals behauptet, ein SEAL zu sein. Ich muss allerdings zugeben, dass ich jeden, der diese Überzeugung vertrat, in diesem Glauben gelassen habe. Mir blieb keine andere Wahl.«

Lara starrte ihn an. »Du warst Mitglied einer höchst geheimen Spezialeinheit? Sie haben dich aus dem SEALs-Team rekrutiert, nicht wahr?«

Ihr waren gelegentlich schon Gerüchte über ein ausgezeichnetes spezielles Operationsteam zu Ohren gekommen, von dem fast niemandem etwas bekannt war, noch nicht einmal den oberen Chargen des FBIs. Doch sie hatte die fortwährenden Munkeleien nicht beachtet. Die Angaben in seiner Militärakte ergaben jetzt einen Sinn. Wenn er weiterhin bei den Navy SEALs geblieben wäre, wäre das in seinen Unterlagen erwähnt worden. Die Aktionen der SEALs wurden nicht vor dem FBI geheim gehalten. Mit keiner der bekannten Spezialeinheiten wurde so verfahren. Die einzig mögliche Antwort auf die Lücken in seiner Militärlaufbahn bestand in der Mitgliedschaft in einem Team der höchsten Geheimhaltungsstufe, so elitär, dass niemand davon wusste, außer den allerhöchsten Köpfen in der Informationskette der Regierung. Sie hatte niemals eine militärische Akte zu Gesicht bekommen, die Tates ähnlich sah, doch jetzt ergab alles einen Sinn.

Sie zog eine Braue in die Höhe, als er keine Antwort gab, sondern nur mit den Schultern zuckte. »Ich würde viel lieber etwas über Sie erfahren, Spezialagentin Bailey. Zum Beispiel, was zum Teufel du hier zu suchen hast? Und versuch nicht, mich mit dem Erholungsurlaubsschwachsinn abzuspeisen. Das kaufe ich dir nicht ab. Das Einzige, was ich mir nicht zusammenreimen konnte, ist, warum du als Antiterror-Agentin ausgerechnet hier eingesetzt bist. Versteckt sich hier in Rocky Springs etwa ein Terrorist?«

»Schon möglich«, wich sie aus.

»Wer?«

»Diese Information kann ich dir nicht geben, Colter. Du solltest doch am Besten verstehen, was es heißt, Geheimnisse zu bewahren.«

Tate bewegte sich auf sie zu und presste sie gegen den Küchenschrank. »Vor mir brauchst du das nicht geheim zu halten. Ich bin hier aufgewachsen. Ich lebe hier. Und ich bin mir verdammt sicher, dass meine Sicherheitseinstufung höher ist als deine. Du hast keinen Grund, es mir *nicht* zu sagen. Dies ist mein Grund und Boden. Mein Bruder ist ein verdammter US-Senator. Was, wenn er das Ziel ist?«, grollte er. Seine grimmigen Augen starrten sie furchteinflößend an.

»Es geht nicht um ihn«, erwiderte sie scharf. Soviel konnte sie ihm mitteilen. Sie wollte auf keinen Fall, dass er glaubte, sein Bruder Blake wäre in Gefahr. »Und da du aus dem Militär ausgeschieden bist, besitzt du nicht länger den Sicherheitsstatus.«

Tate sah sie an und sprach, als würde er sich jedes Wort gut überlegen. »Doch, ich bin immer noch so eingestuft. Lass uns einfach sagen, ich bin jetzt so eine Art Berater.«

»Für wen?« Darauf gab es nicht einen einzigen Hinweis in seiner Akte, aber es hatte auch noch nie eine wie seine gegeben. Aus irgendeinem Grund wurden die meisten Informationen über Tate Colter geheim gehalten und unter irgendwelchem oberflächlichen Schwachsinn begraben.

Er zuckte mit den Schultern.

»Gehörst du noch dem Militär an? Was für eine Art Unfall hattest du?«

Er sah sie mit unschuldiger Miene an. »Ich habe mir bei einem Skiunfall mein Bein gebrochen.«

Lara verdrehte die Augen. »Sicher. Der Unfall ist in deiner Akte vermerkt, Colter. Er hat stattgefunden, während du im Dienst warst. Du bist deswegen aus dem Militär ausgeschieden. Es wird nur nicht erwähnt, was genau passiert ist.«

»Niemand aus meiner Familie weiß das. Ich habe ihnen erzählt, dass der Unfall während eines Skiausflugs in Vail geschah. Meine Familie ist davon überzeugt, dass er nichts mit meinem Job zu tun hatte. Sobald ich meine letzte Operation hinter mir hatte, habe ich Colorado verlassen, nur um wegzukommen. Ich fand einen Ort in Florida, wo ich mit einem Freund herumgehangen habe, damit ich meine Familie nicht weiter anlügen musste. Ich bin nicht hierher zurückgekehrt, bevor ich nicht vollständig geheilt war.«

»Von mir werden sie es auch nicht erfahren.«

»Es geschah bei einem Hubschrauberabsturz. Ich war der Pilot. Wenn ich die Maschine nicht geflogen hätte, wäre ich jetzt tot. Wir sind alle mit dem Leben davongekommen. Aber ich war gezwungen, korrigierende Operationen vornehmen zu lassen. Mein Bein wurde mit Metallstiften wieder zusammengeflickt«, erklärte er langsam und vorsichtig.

»Niemand würde das jemals vermuten. Du hinkst nicht.«

Tate schüttelte den Kopf. »Aber *ich* weiß es. Es macht mich langsamer. Und das bedeutet den sicheren Tod und beinhaltet außerdem das Risiko, eventuell den Tod oder die Verwundung der anderen Teammitglieder zu verursachen.«

Gütiger Himmel. Wenn Tate Colter jetzt langsam war, hätte er sie vor seinem Unfall schwindlig gemacht. »Also hast du deine Position in der Spezialeinheit aufgegeben.«

»Das musste ich. Ich wusste, dass ich nicht mehr über eine perfekte körperliche Konstitution verfügte.« Seine Stimme verriet einen gewissen Schmerz über das Eingeständnis, dass er nicht makelos war.

»Hat es sehr wehgetan? Zuzugeben, dass du auch nur ein Mensch bist?«. fragte sie ihn leise. Mitglieder der Spezialeinheit waren aus gutem Grund ziemlich von sich eingenommen. Denn falls sie nicht absolutes Vertrauen in ihre Fähigkeiten setzten, alles tun und jede Mission bewältigen zu können, konnten sie sehr leicht ums Leben kommen. Offensichtlich war Tate in der Lage, seine Situation einzuschätzen und die Konsequenzen zu ziehen. Sie bewunderte diese Fähigkeit und meinte ihre Frage keineswegs spöttisch.

»Verdammt richtig, es tut weh«, knurrte er. »Aber ich will nicht, dass irgendjemand getötet wird, nur weil ich nicht zugeben kann, dass ich nicht mehr derselbe bin wie vor dem... Unfall.«

Lara hegte den Verdacht, dass der Hubschrauber nicht einfach nur abgestürzt war. Wahrscheinlich wurde er abgeschossen. Aber sie fragte nicht weiter nach, denn augenscheinlich würde er diese Erfahrung nicht teilen. Falls er an einer Art höchst geheimer verdeckter Operation beteiligt gewesen war, würde er mit einer quasi Fremden nicht darüber reden, auch wenn diese dem FBI angehörte.

Eigentlich sind wir uns nicht fremd. Wir waren intim miteinander. Also gut... vielleicht ist intim das falsche Wort... vielleicht war es für ihn nur ein Abenteuer.

Er hatte sie behandelt, als ob sie etwas Besonderes wäre, und so sehr sie sich auch bemühte, sie konnte die letzte Nacht nicht vergessen. Nachdem sie die Dusche verlassen hatten, hatte er sie so zärtlich abgetrocknet, als ob sie ihm etwas bedeutete, hatte ihr das Haar gebürstet, sie auf den Arm genommen und ins Bett getragen. Sobald ihr Kopf das Kissen berührt hatte, war sie beinahe sofort im Schutz von Tates Körper eingeschlafen.

»Es tut mir leid, dass ich es dir nicht erzählt habe«, murmelte sie und bemerkte, wie in Tates Augen ganz kurz ein Ausdruck von Verwundbarkeit aufblitzte.

»Es war nicht schwierig für mich, das herauszufinden. Und ich war keineswegs verärgert. Du bist eine Agentin. Du wirst nicht herumlaufen und es allen Leuten gleich auf die Nase binden. Ich weiß, wie es ist, gewisse Teile seines Lebens verbergen zu müssen.« Er legte eine Pause ein und fuhr ihr mit den Fingern durchs Haar. Dann hob er ihr Kinn und musterte ihr Gesicht, bevor er hinzufügte: »Man ist einsam.«

Sie nickte langsam und sah ihn weiter an. »Es kann einsam sein, ja. Ich besitze nicht viele echte Freunde, weil ich nur für meine Arbeit lebe. Ich werde fast rund um die Uhr und alle sieben Tage der Woche von meinem Job in Anspruch genommen. Da bleibt mir nicht viel Zeit für soziale Kontakte.«

»Und das Arschloch, das dich betrogen hat?«

»Das ist schon zwei Jahre her. Er war wie ich ein Agent. Gott sei Dank gehört er einer anderen Abteilung an, sodass wir uns nicht jeden Tag über den Weg laufen. Es war einfach praktisch. Wir mussten beide lange arbeiten und haben uns getroffen, wenn wir Zeit hatten. Ich glaubte, wir wären beide monogam. Er war es nicht. Es tat weh, doch es hat mich nicht zerbrochen.« Sie versuchte, seinem Blick auszuweichen, doch er hob ihren Kopf wieder an, um Augenkontakt zu halten.

»Und mit wem bist du seitdem zusammen gewesen?« Seine Stimme klang fordernd.

»Mit niemandem außer mit dir«, gab sie zu. »Ich weiß, wir haben letzte Nacht kein Kondom benutzt. Das war ziemlich unvorsichtig von uns beiden. Aber ich bin sauber und verhüte immer noch –«

»Ich weiß, dass du gesund bist. Ich habe deinen letzten medizinischen Untersuchungsbericht gelesen. Ich wusste auch, dass du verhütest. Das stand ebenfalls in deinen Unterlagen.«

»Du hast meine verdammte Krankenakte gelesen!«, stellte sie gereizt fest. Wirklich, zu was konnte er sich außerdem noch Zugang verschaffen?

»Du hast meine Akte auch gesehen«, erinnerte er sie scherzend. »Damit sind wir quitt. Und falls du keinen ärztlichen Bericht gefunden hast, heißt das, dass ich keinerlei Krankheiten hatte. Ich ficke niemals ohne Kondom. Und seit meinem Unfall war ich mit niemandem mehr zusammen.«

Sie schnappte nach Luft. »Warum nicht?« Sie hätte angenommen, dass die Frauen Schlange ständen, um in Tate Colters Bett zu hüpfen. Weil es keine Frau gab, mit der ich zusammen sein wollte, Lara. Mein Bein ist nicht gerade ein schöner Anblick und ich verspürte auch kein Verlangen«, gab er offen zur Antwort. »Und davor habe ich ebenfalls nur für meinen Job gelebt.«

»Warum hat sich das geändert?« Sie hielt den Atem an. Sein Blick bohrte sich in ihre Augen, rauchig und besitzergreifend.

»Ich habe dich getroffen.« Er strich ihr eine ungebärdige Locke von der Wange. »Seitdem trage ich einen steifen Schwanz mit mir herum«, gab er unglücklich zu.

Lara lachte, bis sie prustete.

»Das ist nicht lustig!«, brummte Tate verärgert.

»Ich bin nicht gerade eine Femme Fatale.« Allein die Vorstellung brachte sie zum Lachen. »Ich esse wie ein Schwein. Ich hasse es, hochhackige Schuhe zu tragen, und ich benutze kein Make-up, außer ich bin dazu gezwungen. Ich kümmere mich nicht groß um meine Frisur und kleide mich meist bequem in Jeans oder einen dunklen Hosenanzug und hässliche, bequeme flache Schuhe für die Arbeit. Ich arbeite in einem von Männern dominierten Bereich, daher muss ich Härte zeigen. Überwiegend trete ich den Jungs lieber in den Hintern, statt mit einem ins Bett zu steigen. Erscheint dir das sexy?« Sie schob seinen Oberkörper von sich und trat zurück, um einen sicheren Abstand zwischen sie zu bringen.

Er lehnte eine jeansbekleidete Hüfte gegen die Arbeitsplatte und grinste sie an. »Es hat etwas sehr Erotisches an sich, eine Frau mit einer Waffe, die mich attackieren will.«

»Du bist gestört.« Sie hielt sich die Hand vor den Mund, um ein Lachen zu unterdrücken. Verdammt! Er war so ausgeflippt heiß, dass sie ihn *tatsächlich* am liebsten angesprungen hätte. Es ließ sich nicht leugnen, dass sie sich voneinander angezogen fühlten. Die Funken waren beinahe sichtbar, als die Hitze und die Körperchemie zwischen ihnen hin und her flossen, und es fiel ihr sehr schwer, ihre Hände bei sich zu behalten.

Eine der attraktivsten Seiten an Tate – und derer gab es leider viel zu viele – bestand darin, dass er sie genauso akzeptierte, wie sie war. Er fand sie begehrenswert, obwohl sie sich kaum von ihrer weiblichen Seite zeigte. Er fühlte sich nicht nur von ihr angezogen, nein, er schien sie tatsächlich zu *mögen*.

Er kam wieder auf sie zu. »Ich habe dir doch bereits gesagt, dass mich eine Frau mit gesundem Appetit anmacht.«

Nun machte sie wieder ein paar Schritte rückwärts, um aus seinem gefährlichen Zugriffsbereich zu gelangen. »Das erinnert mich daran, dass ich Hunger habe.« In Wahrheit hüpfte ihr Herz vor Freude. Jeder Zug an ihr, den er als sexy empfand, ließ sie ein bisschen schwindliger werden. »Ich wollte eigentlich ein Frühstück zubereiten. Jetzt, da das Wetter sich aufgeklart hat, muss ich nach dem Frühstück aufbrechen.«

Nun machte er ein grimmiges Gesicht. »Du musst mir sagen, was hier läuft, Lara. Ich kann helfen. Wenn du es mir nicht erzählst, werde ich dich beschatten. Also kannst du es genauso gut ausspucken. Ich weiß, dass du auf dem Weg zu Marcus warst, als du mit dem Schlitten verunglückt bist. Wolltest du versuchen, seine Unterstützung für deine Nachforschungen zu bekommen?«

Ihr Herz zog sich zusammen und sie zögerte. Sie *sollte* ihm eigentlich nichts verraten, doch er hatte ein *Recht* darauf, es zu wissen, und vielleicht war er in der Lage, ihr zu helfen. Wie dem auch sei, sie wollte ihn nicht verletzen. »Nein. Ich wollte ihn nicht um seine Unterstützung bitten.«

Er warf ihr einen fragenden Blick zu. »Was hattest du dann vor?«

Sie seufzte. »Dein Bruder Marcus ist ein Verdächtiger. Wir haben sehr gute Gründe anzunehmen, dass dein Bruder an dem Versuch beteiligt ist, einen großangelegten terroristischen Angriff zu organisieren. Ich wurde hierher geschickt, um Nachforschungen über deinen ältesten Bruder anzustellen. Es tut mir so leid für dich, Tate.«

Er reagierte überhaupt nicht so, wie Lara erwartet hatte. Tate Colter tat das Letzte, was ihr an möglichen Reaktionen in den Sinn gekommen wäre, wenn er mit der Wahrheit über Marcus konfrontiert wurde.

Er lachte.

Kapitel 6

»Hast du dich jemals mit Dad gestritten?«, erkundigte sich Chloe Colter bei ihrer Mutter, als die beiden bei einem späten Frühstück beisammen saßen. Ihre Mutter war mit einem Flugzeug früh am Morgen zu Hause angekommen und Chloe hatte sie an der Landebahn abgeholt.

Aileen Colter liebte alle ihre Kinder gleichermaßen und sorgte sich um jedes entsprechend ihrer individuellen Probleme. Doch im Moment machte ihr Chloe Sorgen. Ihre einzige Tochter und ihr jüngstes Kind hatte immer das sonnigste Gemüt besessen, ein Glücksgefühl, das von ihrem ganzen Sein auszustrahlen schien. Seit Kurzem schien das helle Licht, das ihre Chloe verkörperte, erloschen. »Ja, das ist durchaus vorgekommen«, gab sie ihrer Tochter vorsichtig zur Antwort und fragte sich, warum Chloe sich nach ihrer Beziehung zu ihrem Ehemann, Chloes Vater, erkundigte.

Chloe legte ihre Gabel zur Seite und griff nach ihrer Kaffeetasse. Ihr Frühstück blieb unberührt. »Ich kann mich nicht erinnern, euch beide streiten gehört zu haben.«

Aileen betrachtete Chloes vollen Teller und runzelte die Stirn. »Was ist mit deinem Handgelenk passiert?« Als ihre Tochter die Gabel abgelegt hatte, hatte sie Quetschungen an deren Arm bemerkt.

»James hat versucht, mir einige Kampfsportbewegungen beizubringen. Es war ein Unfall«, erklärte Chloe.

Ein Unfall? Vielleicht war es unbeabsichtigt geschehen, doch wie konnte James Chloes Arm während eines Anfängerunterrichts derart verletzen? Es war keineswegs nur eine leichte Quetschung. Handgelenk und Arm waren vollkommen violett und gelb verfärbt. »Dein Vater und ich hatten zwar manchmal Auseinandersetzungen, doch wir hatten genügend Respekt voreinander, um uns nicht anzuschreien.« Ihr verstorbener Ehemann, Russell Colter, *war* ein kräftiger Kerl gewesen – genau wie seine Jungs – trotzdem hatte er niemals seine Stimme erhoben. Er hatte es nicht nötig gehabt. Aileen hatte stets gespürt, wenn etwas im Argen lag, und sie hatten alles durch ein Gespräch klären können. Falls sie einmal die Beherrschung verloren hatten und sich hatten Luft machen müssen, so hatten sie das niemals vor den Kindern ausgefochten und sich niemals gegenseitig respektlos behandelt.

»Auf ihm lastete eine große Verantwortung«, bemerkte Chloe nachdenklich. »Ist er niemals wütend geworden und hat es an dir ausgelassen?«

»Niemals«, versicherte Aileen ihrer Tochter. »Er hat mit mir darüber geredet, doch er hat mir niemals etwas vorgeworfen, an dem ich keine Schuld trug.« Aufmerksam studierte sie das Gesicht ihrer Tochter und bemerkte dunkle Ringe unter Chloes Augen und Sorgenfalten um ihren Mund. »Ist alles in Ordnung zwischen dir und James, mein Liebes?«

»Ja. Gut. Alles in Ordnung«, antwortete Chloe schnell. Vielleicht etwas zu schnell. »Er scheint einfach nur zu sehr von seiner Arbeit in Anspruch genommen und gestresst zu sein. Dazu kommt noch, dass ich gerade meine Praxis eröffnet habe. Das ist alles ein bisschen zu viel, denke ich.«

Etwas stimmte *nicht*. Aileen konnte es spüren. Aber ihre Tochter war erwachsen, beinahe dreißig Jahre alt, und sie war so stolz auf Chloe. Sie wollte zwar nicht neugierig sein, doch sie nahm sich vor, Chloes Beziehung etwas näher unter die Lupe zu nehmen. Auf ihre Mutterinstinkte konnte sie sich verlassen. »Du weißt, dass du über alles mit mir reden kannst?«

Chloe schenkte ihr ein schwaches Lächeln. »Ich weiß, Mom. Danke. Ich habe dich vermisst, während du unterwegs warst.«

Aileen hatte auch Heimweh nach ihren Kindern gehabt. Chloe war während ihrer Ausbildung so lange von zu Hause fort gewesen und nun würde sie heiraten und in ein paar Monaten das Haus wieder verlassen. Glücklicherweise praktizierte James als Arzt hier in Rocky Springs und die beiden würden in der Nähe leben, doch sie hatte sich so daran gewöhnt, Chloe wieder um sich zu haben, und es würde ihr schwerfallen, wenn sie wieder auszog.

Ich wünschte, ich könnte dieses nagende mütterliche Gefühl loswerden, dass mit Chloe etwas nicht stimmt. Gewiss kommt es einfach daher, dass ich traurig bin, weil sie mich verlässt. James ist ein Mediziner, ein respektierter Arzt, und meine Tochter mittlerweile eine ortsansässige Tierärztin. Die beiden sollten einem wunderbaren gemeinsamen Leben entgegensehen.

Leider wirkte Chloe aber überhaupt nicht wie eine glückliche zukünftige Braut und James benahm sich höflich, aber distanziert. So war er schon immer gewesen, daher war es schwierig, ihn näher kennenzulernen. »Ihr habt eure Eheringe noch nicht gekauft?« Aileen wusste, dass ihre Tochter sich sehnlichst einen Ring wünschte. Sie hatte gesehen, wie Chloe sich seit Monaten sehnsüchtig Eheringe und Diamanten anschaute. Und sie wusste, dass Chloe sich schließlich auch ein Kind wünschte. Da Chloe noch genügend Zeit verblieb, ein Baby zu bekommen, fragte sich Aileen, ob ihre Tochter bereits ihre biologische Uhr ticken hörte. Es gab Momente, in denen sie sogar überlegte, ob Chloe sich vielmehr nach einem Kind als nach einem Ehemann sehnte.

»Er will immer noch warten, bis der Hochzeitstermin näher gerückt ist.«

Plötzlich schreckte sie eine männliche Stimme auf, die hinter Aileen ertönte.

»Dann vergiss den Versager und heirate stattdessen mich!«

Aileen lächelte und drehte sich herum, glücklich, ihren Sohn Blake und dessen Freund Gabriel Walker begrüßen zu können, die geheimnisvolle männliche Stimme, die ihre Tochter geneckt hatte.

»Blake!«, rief Aileen aufgeregt aus und sprang für eine Frau ihres Alters mit erstaunlicher Schnelligkeit vom Stuhl, um sich ihrem Sohn an den Hals zu werfen.

Blakes Pflichten als US-Senator hatten ihn viel zu lange in Washington, D.C. aufgehalten. Er war bereits seit Monaten nicht mehr in Rocky Springs gewesen.

Er nahm sie hoch und schwenkte sie herum. »Wie geht es meiner Lieblingsmutter?«, scherzte Blake, während er sie fest in seinen Armen hielt.

Aileen trommelte auf Blakes Schultern. »Ich bin deine *einzige* Mutter. Und nun lass mich herunter!«, schalt sie ihn, doch insgeheim bewunderte sie die Fähigkeit ihrer Kinder, sich gegenseitig und ihrer Mutter offen ihre Zuneigung zu zeigen. Sie stritten und neckten sich, wie es alle Geschwister taten, doch ihre gegenseitige Ergebenheit war immer klar ersichtlich. Und sie fühlte sich so gesegnet mit den Kindern, die sie mit Russell zusammen in die Welt gesetzt hatte: Auf jedes ihrer Kinder konnte sie stolz sein und es aus ganzem Herzen lieben.

Er drückte sie fest, bevor er sie wieder auf ihre Füße stellte. »Ach ja... richtig... auch wenn ich fünfzig Mütter besäße, wärst du immer noch meine Lieblingsmutter«, erwiderte Blake schlagfertig.

Schmeichler! Von all ihren Kindern war Blake das charmanteste – was wahrscheinlich seinem Politikerdasein zu Gute kam. Aber ehrlich, Blake war immer schon so gewesen. Bereits als Kind konnte er einer Klapperschlange die Rasseln abschmeicheln.

Nun streckte auch Gabriel ihr die Arme entgegen und Aileen umarmte ihn, ohne zu zögern. »Es tut so gut, dich zu sehen, Gabe.« Sie freute sich *immer*, wenn Gabe Walker sie besuchte. Er und Blake waren seit ihren Teenagerzeiten miteinander befreundet und Gabe lebte nun dauerhaft in Rocky Springs. Er besaß eine sehr profitable Pferderanch, die an Blakes Rinderfarm grenzte, welche sich weit über die Stadtgrenzen von Rocky Springs hinaus erstreckte. Ihr Ehemann und Gabes Vater waren gute Freunde gewesen und Blake und Gabe hatten als Teens wie Brüder zusammengehalten. Aileen ihrerseits war mit Gabes Mutter befreundet gewesen und es hatte ihr sehr wehgetan, als Gabe zuerst seine Mutter und dann seinen Vater verloren hatte. Seitdem betrachtete sie ihn beinahe wie einen weiteren Sohn. Er musste sich sehr einsam fühlen, so ganz allein in dem riesigen Anwesen, das er auf seinem Gelände errichtet hatte, doch er sprach niemals darüber.

Offensichtlich hatte Gabe von Blakes Ankunft gewusst. Wahrscheinlich hatte er ihn bereits auf der Landebahn getroffen und ihn zum Frühstück nach Hause begleitet.

Nachdem sie sich wieder von Gabe gelöst hatte, drehte sich Aileen zu ihrer Tochter herum, die sich erhoben hatte, um sich ihrem Bruder Blake in die Arme zu werfen. Ihr zweitältester Sohn drückte gerade seine kleine Schwester beinahe zu Tode.

Aileen fragte ihre Tochter scherzhaft: »Du hast gerade einen weiteren Heiratsantrag bekommen, Liebes. Willst du nicht auf Gabes Angebot antworten?«

»Nein«, erwiderte Chloe irritiert, als sie Gabe ansah. »Ich bin bereits versprochen.«

Aileen musste sich auf die Lippen beißen, um nicht zu lächeln. Die Art, wie Chloe und Gabe miteinander umgingen, amüsierte sie. Im Geheimen wünschte sie sich für ihre Tochter einen Ehemann wie Gabe. Er würde sie mit beiden Beinen auf der Erde halten, ohne sie herunterzuziehen. Gabe war offensichtlich in Chloe verliebt, doch ihre Tochter machte sich nichts aus Gabe. Aus irgendeinem Grund mied Chloe Gabe bei jeder Gelegenheit.

Gabe fing Chloes Blick ein und zwinkerte ihr zu. »Ist dir bewusst, dass du nur auf ein besseres Angebot wartest?«

»Dann müsste ich bis in alle Ewigkeit warten«, gab Chloe in beinahe feindlichem Tonfall zurück und schenkte ihm ein unechtes Lächeln. »Glücklicherweise werde ich in nur ein paar Monaten den Mann meiner Träume heiraten.«

»Wenn du meine Frau würdest, hättest du schon längst einen Ring am Finger.« Gabes Stimme klang beiläufig, doch seine Augen sprachen Bände.

»Dann ist es gut, dass ich nicht deine Frau werde«, antwortete Chloe scharf.

Jetzt meldete sich Blake zu Wort, um die gespannte Atmosphäre aufzulockern. »Wo sind denn alle?«

»Zane hält sich zurzeit in Denver auf. Er arbeitet an einem Projekt. Marcus hatte sich für gestern angemeldet, doch wegen des Sturms hat er sich verspätet. Er müsste eigentlich heute hier eintreffen. Und Tate ist bei sich zu Hause.« Aileen bot allen einen Platz an, dann ging sie in die Küche, um den zwei Männern ein Frühstück aufzutischen. Doch sie hatte sehr wohl bemerkt, dass sich Chloe die langen Ärmel ihres Hemdes über ihre verletzten Arme gezogen hatte.

»Ich glaube, Tate bemüht sich um eine Frau, die sich hier im Resort aufhält. Ich habe nachgesehen, ob Lara heute Morgen im Fitnessbereich war, doch sie war nirgendwo zu sehen. Ich kann mir gut vorstellen, dass sie vielleicht bei Tate gestrandet ist«, erzählte Chloe Blake aufgeregt. Sie setzte sich wieder auf ihren Stuhl, mit Blake an ihrer rechten und Gabe an ihrer linken Seite. Sie ignorierte Gabe vollkommen.

Blakes Augen weiteten sich. »Oh? Und wer ist diese mysteriöse Frau und warum sollte sie bei meinem kleinen Bruder gestrandet sein?«

Chloe berichtete, was sie über Lara wusste und dass diese gestern vor dem Sturm nicht von ihrem Motorschlittenausflug zurückgekehrt war. Sie erzählte weiterhin, dass Tate losgefahren war, um Lara zu suchen. »Er hat mir eine Nachricht geschickt, dass er sie gefunden und in Sicherheit gebracht hat, aber sie ist gestern Abend nicht wieder hier im Resort aufgetaucht. Sie muss bei ihm sein. Ich mag sie. Sie hat es James beim Judo ordentlich gezeigt.«

»Mr. Schwarzer Gürtel?«, schaltete sich Gabe sarkastisch ein.

Ohne Gabe anzusehen, antwortete Lara angriffslustig: »James ist wirklich gut, aber Lara ist fantastisch. Sie hat mir angeboten, mir einige Selbstverteidigungsgriffe beizubringen.«

»Du glaubst also, dass diese Lara sich immer noch bei Tate zu Hause aufhält?«, erkundigte sich Blake.

»So muss es sein. Vielleicht war es einfach näher. Der Schneesturm gestern war ziemlich heftig«, erklärte Chloe ihrem Bruder gedankenverloren.

»Aber Tate verfügt über einen Jeep mit einem Schneepflug, mit dem er sie leicht hätte ins Resort zurückbringen können«, erinnerte Blake Chloe mit einem breiten Grinsen auf dem Gesicht.

Aileen stellte einen mit Eiern, Schinken und Toast überhäuften Teller vor die beiden Männer.»Esst! Und necke deinen Bruder nicht damit, dass ihm eine Frau gefällt! Er hat ein schwieriges Jahr hinter sich. Es wäre schön, wenn zumindest einer meiner Jungs an Heirat und Enkel denken würde.«

Die Tatsache, dass Tate aus der militärischen Spezialeinheit ausgeschieden war, hatte Aileen unendlich erleichtert. Sie war es leid gewesen, sich über ihren jüngsten Sohn zu sorgen, der sich jeden einzelnen Tag erneut in Gefahr begeben hatte. Aber sie wusste auch, dass er seinen Job vermisste und von Ruhelosigkeit befallen war. Eine gute Frau würde ihrem jüngsten Sohn mit der Zeit vielleicht helfen, zufriedener zu werden.

Tates Verletzung, die ihn zum Austritt aus dem Militär gezwungen hatte, war mittlerweile verheilt. Er hatte behauptet, sie sich beim Skifahren in seiner Freizeit zugezogen zu haben. *Sicher!* Glaubte ihr jüngster Sohn wirklich, sie würde ihm *diese* Erklärung abkaufen? Ihr war durchaus bewusst, dass er ihr Kummer ersparen wollte, doch sie hatte diese lahme Geschichte keine Minute geglaubt. Eine Mutter... konnte man nicht täuschen.

»Mom, ich bekleide das Amt eines US-Senators. Glaubst du wirklich, ich bin so unreif, Tate wegen einer Frau die Hölle heiß zu machen?«, protestierte Blake, bevor er sich ausgiebig seinem Teller widmete.

»Ja.«

»Ja.«

Chloe und Gabe hatten wie aus einem Munde geantwortet.

Aileen nahm mit ihrer Kaffeetasse in der Hand Platz und beobachtete glücklich, wie Gabe und Chloe einen überraschten Blick tauschten und sich dann zum ersten Mal anlächelten.

Lara hasste es, schmutzige Kleidung anzuziehen, doch sie tröstete sich damit, dass sie sich umziehen konnte, wenn sie ins Resort zurückgekehrt wäre. Nachdem sie fertig war, befestigte sie die Glock 23 an ihrem Rücken und verbarg sie unter dem Pullover.

»Was tust du da?« Tate kam ins Schlafzimmer spaziert.

»Ich bereite mich darauf vor, ins Resort zurückzukehren«, erklärte sie in schneidendem Tonfall, da sie sich immer noch über ihn ärgerte. Denn seit sie ihm verraten hatte, dass sie Marcus überwachte, hatte er nicht aufgehört zu lachen. Sie vermutete, dass er sich mittlerweile beruhigt hatte, denn er lachte nicht mehr. Sie hatte schließlich wütend die Küche verlassen, als er sich pausenlos ganze fünf verrückte Minuten lang erheitert hatte.

»Du bringst es also fertig, einen unschuldigen Mann zu bespitzeln?« In Tates Stimme klang immer noch ein Hauch von Humor mit.

Sie drehte sich zu ihm herum und verschränkte die Arme vor der Brust. »Ich bin müde, ich bin hungrig und ich bin bewaffnet, also streite nicht mit mir, Colter!«

»Verdammt! Wie heiß du doch bist, wenn du böse wirst.« Er warf ihr einen verliebten Blick zu.

»Denk nicht einmal daran!« Sie streckte abwehrend einen Arm aus, als er sich ihr näherte, ging um ihn herum und stapfte in die Küche zurück. Hinter sich spürte sie seine Gegenwart. »Ich habe einen Job zu erledigen und ich mag es überhaupt nicht, wenn du dich darüber lustig machst.«

»Hey!« Er packte sie am Arm und drehte sie zu sich herum. »Ich mache mich keineswegs über deine Arbeit lustig. Du hast einen wichtigen und gefährlichen Job und offensichtlich bist du gut darin. Aber du jagst den falschen Mann.«

»Den falschen Mann, der genügend explosives Material importiert hat, um einen ganzen Staat in die Luft zu jagen? Den falschen Mann, der mit bekannten Terroristen verhandelt hat? Den falschen Mann, der irgendwo auf seinem Grundstück in Rocky Springs Massenvernichtungswaffen lagert? Meinst du diesen *falschen* Mann?«, fragte sie aufgebracht.

Tate starrte sie an. »Das ist unmöglich. Marcus ist ein anständiger Kerl, Lara, und vertritt überaus moralische Ansichten. Ich würde es dir sagen, wenn ich anders über ihn denken würde, aber er hat es einfach nicht in sich, so etwas zu tun, und du weißt doch, was meinem Vater widerfahren ist. Marcus hat ihn geliebt und am meisten gelitten, als Vater gestorben ist, weil er ihm als der älteste Sohn am nächsten stand. Mein Gott! Marcus würde sich niemals auch nur in der Nähe eines verdammten Terroristen sehen lassen, geschweige denn, sich an einer Verschwörung beteiligen, um unschuldige Menschen in die Luft zu jagen.«

Lara sank das Herz. Wie konnte sie einen Mann, der seinen Bruder liebte, davon überzeugen, dass dieser wirklich ein Terrorist war, der sich als Geschäftsmann maskierte? »Wir haben Beweise, Tate. Ich wäre nicht hier, wenn das nicht der Fall wäre. Das FBI verschwendet kein Geld an Nachforschungen ohne einen triftigen Grund. Es tut mir leid.«

»Dann zeig mir deine Beweise! Ich werde dir helfen. Wo befindet sich dieses vermeintliche Lager?«, fragte Tate ungeduldig.

»Das wissen wir nicht. Deshalb bin ich hier«, gab Lara zu. »Wir wissen lediglich, dass Marcus genügend Sprengstoff erstanden hat, um ein sehr großes Gebiet in die Luft sprengen zu können, und es hierher transportiert hat. Er wurde mit bekannten Terroristen gesehen. Die Mitglieder dieser Gruppe sind ziemlich einflussreich, wohlhabend und hervorragend als Geschäftsmänner getarnt. Die meisten von ihnen leben in den USA, Emigranten aus dem Mittleren Osten.«

»Marcus würde jeden einzelnen töten wollen, wenn er wüsste, dass sie einer terroristischen Einheit angehören.« Tate schritt aufgeregt in der Küche auf und ab. »Außerdem verfügt er auf seinem Grundstück auch nicht über ein geeignetes Lager für solches Material.«

»Im Sommer hat er eine Landebahn bauen lassen –«

»Damit wir alle mit unseren Privatflugzeugen hier landen können, anstatt in Denver. Wir alle haben uns das gewünscht.«

»Er hat auch einen neuen Hangar errichtet.«

»Sein anderer ist kleiner und wird langsam alt. Er besitzt einen nagelneuen Jet. Aber ich werde dich zur Landebahn bringen, damit du dir selbst ein Bild machen und dich von seiner Unschuld überzeugen kannst. In der Zwischenzeit möchte ich gern alles über die sogenannten Beweise erfahren, die du vermeintlich gegen Marcus in der Hand hast«, forderte Tate und warf ihr einen eindringlichen Blick zu.

Lara blickte ihm in die Augen und versuchte, seine Absichten herauszulesen. Er konnte eine enorme Hilfe darstellen oder aber ein Hindernis sein.

»Entweder vertraust du mir oder nicht, Baby! Entscheide dich!«, grollte Tate.

»Schon geschehen. Die Daten befinden sich auf meinem Laptop im Resort.« Sie hatte ihre Entscheidung gefällt. Ihr Bauch vertraute Tate. Obwohl Marcus sein Bruder war, würde er nicht zulassen, dass Marcus unschuldige Menschen ums Leben brachte. Hatte Tate doch Jahre seines Lebens mit dem Versuch verbracht, solche Szenarien zu verhindern.

»Zuerst besuchen wir die Hangars und die Landebahn. Ich brauche fünf Minuten, um zu duschen und mich umzuziehen.«

»Ich werde inzwischen Frühstück machen«, stimmte Lara zu. »Wir müssen etwas essen.« Die Nachforschungen hatten bereits so viel Zeit gekostet, nun konnten sie auch noch eine Stunde länger warten.

»Lara?« Tate rief sie beim Namen, als sie gerade in die Küche gehen wollte.

»Ja?« Sie drehte sich wieder zu ihm herum.

»Ich würde Marcus mein Leben anvertrauen. Wir werden herausfinden, dass es sich um ein einziges großes Missverständnis handelt«, erklärte er heiser.

Sie nickte. Ihr Herz zog sich vor Mitgefühl zusammen. »Ich hoffe es, Tate. Ehrlich.«

Ohne ein weiteres Wort wandte er sich ab und machte sich auf den Weg ins Badezimmer.

Kapitel 7

»**W**arum hast du letzte Nacht mit mir geschlafen? Weil du es wolltest oder weil du Informationen aus mir herauslocken wolltest?«, fragte Tate Lara bemüht beiläufig.

Sie blickte ihn an. Die Frage und der leicht verletzliche Ausdruck in seinen Augen strafte seine Lässigkeit der Lüge. Sie waren ins Resort zurückgekehrt, sodass sie ihre Kleidung wechseln und ihre zusätzliche Waffe holen konnte, eine kompakte Glock 27, die sie gerade an ihrem Knöchel befestigte, während sie ihren Fuß auf der Bettkante abgestellt hatte.

»Ungeachtet dessen, was du vielleicht denken magst, ich schlafe nicht mit Männern, um an Informationen heranzukommen«, rechtfertigte sie sich, während sie den Stoff ihrer Jeans über die Waffe zog. »Ich habe dich gewollt. Es ist natürlich nicht gut, sich auf intime Weise mit einem Familienmitglied des Verdächtigen einzulassen und als Staatsbeamtin im Dienst hätte ich es nicht tun dürfen, doch ich habe schon so lange niemanden mehr begehrt.«

»Also warst du einfach nur scharf auf meinen Körper? Du konntest mir nicht widerstehen?«, hakte er mit einem jungenhaften

Lächeln nach. Er blickte vom Bett zu ihr auf, wo er es sich auf dem Rücken liegend bequem gemacht hatte, während er sie beobachtete. Lara spürte, dass sie tatsächlich errötete. *Eingebildeter, unausstehlicher Mann!* Er machte sie verrückt. In einem Augenblick wirkte er so schutzlos und schon im nächsten Moment spuckte er Bemerkungen wie diese aus. »Bilde dir nur nichts ein, Colter! Ich befand mich mitten in einer Trockenperiode.«

»Hey, ich beschwere mich doch nicht. Ich würde mich mehr als glücklich schätzen, deiner Dürreperiode etwas Feuchtigkeit zu bringen. Fühl dich frei, mich dazu zu benutzen, dich nass zu machen, wann immer dir danach ist«, gab er mit unschuldiger Miene zurück.

Du machst mich bereits nass!

Tate Colter war alles andere als ein Engel, auch wenn er gelegentlich so wirken mochte. Sie musterte ihn. Ihr Unterleib begann zu glühen, als sie unverfroren seinen durchtrainierten Körper anstarrte. Er trug eine ausgebliche Jeans, die seinen Körper wie eine Geliebte umschlang, und ein altes T-Shirt in der Farbe seiner Augen. Durch das fadenscheinige Material konnte sie jeden wohlgeformten Muskel seines Bauches und Brustkorbs erkennen und seine Oberarmmuskeln spannten sich an, als er die Position seiner hinter dem Kopf verschränkten Arme veränderte.

Gütiger Himmel! Die gewaltige Menge Testosteron, die von ihm ausstrahlte, erweckte in ihr den Wunsch, sich mit gespreizten Beinen auf seinen Körper zu legen und in ihm zu schwelgen, bis sich seine selbstzufriedene Haltung in weißglühende Leidenschaft verwandeln würde. Er forderte sie heraus, rührte an alles Weibliche in ihr und sie war sich nicht ganz sicher, wie sie damit umgehen sollte.

Gewiss, sie arbeitete in einem von Männern dominierten Beruf und viele der Männer bildeten sich ein, sexy zu sein. Doch sie ließen sich in nichts mit dem Mann vergleichen, der hier auf ihrem Bett ausgebreitet lag. Sie mochten Tate vielleicht in Bezug auf ihre selbstzufriedene, überhebliche Persönlichkeit ähneln. Doch Tate verbarg mehr in sich als jeder andere Mann, den sie jemals kennengelernt hatte. Sein Selbstvertrauen war echt und sein Mitgefühl und seine Freundlichkeit entsprangen seiner humanitären

Einstellung. Und seine seltenen Momente der Verletzlichkeit waren hinreißend. Er hatte so viele Facetten, dass Lara der Kopf schwirrte und ihr Körper vor Verlangen summte. Sie wollte ihn auseinandernehmen und Schicht für Schicht entblößen, um herauszufinden, wer Tate Colter wirklich war... oder ob sich all diese Aspekte in einem heißen männlichen Paket vereinigten.

Niemals zuvor hatte sie von sich aus sexuell die Initiative ergriffen, hauptsächlich, weil sie niemals diese Art sexuellen Verlangens in den Augen eines Mannes gesehen hatte, wie sie es nun jedes Mal, wenn er sie ansah, in Tates Blick erkennen konnte. Sie kniete sich vorsichtig aufs Bett und bedeckte mutig seine Leisten mit ihren Händen. Ihr Herz begann zu rasen, als sie seine harte Erektion zwischen ihren Fingern spürte. Sie strich darüber und blickte ihm direkt in die Augen. »Ich habe dich nicht benutzt. Die letzte Nacht war für mich eine der erstaunlichsten Erfahrungen meines Lebens. Ich habe nicht gewusst, dass es... so sein kann.«

Jegliche Spur Humor verflüchtigte sich von seinem Gesicht und seine Miene wurde ernst. »Du meinst, du bist niemals zuvor so heftig gekommen?«, fragte er mit vor Leidenschaft rauer Stimme.

»Ich meinte, ich bin überhaupt noch niemals gekommen, nicht mit einem Mann.« Sie seufzte, als er sie anstarrte. »Ich bin in meinem Leben mit zwei Männern zusammen gewesen: mit meinem betrügerischen Ex-Freund und meinem ersten Schwarm im letzten Jahr auf der High School. Diese Erfahrung war schmerzlich und dann... sehr schnell vorbei. Und mein Arschloch-Ex war nur auf sein eigenes Vergnügen bedacht.« Das machte Tate zu etwas so Besonderem für sie. Er war so verdammt darauf bedacht gewesen, sie zum Orgasmus zu bringen und ihr zuerst Vergnügen zu bereiten. Nach solchem Sex konnte man leicht süchtig werden.

Seine starken Hände umfassten ihre Hüfte und rollten sie mit einer einzigen sanften Bewegung auf den Rücken. Im Handumdrehen lag er auf ihr. »Baby, das Vergnügen der Frau sollte immer an erster Stelle stehen.« Sein Gesichtsausdruck wurde wild und begehrlich.

»Ich bin anders. Ich glaube, mein Ex hat in mir eher die Staatsbeamtin gesehen«, flüsterte sie atemlos.

»Du bist auch eine Frau. Ganz Frau. Ich sollte es wissen. Letzte Nacht habe ich all jene weichen, sexy Seiten an dir gespürt. Es tut mir nur leid, dass ich dich nicht geschmeckt und meinen Mund in deiner Muschi vergraben habe, bis du um Gnade gebettelt hättest«, erwiderte er heiser. Seine Augen musterten ihr Gesicht. »Hattest du dich neulich in der Bar so zurechtgemacht, um Marcus zu treffen? Wolltest du versuchen, seine Aufmerksamkeit zu erregen?«

»Ja«, gab sie ehrlich zu. »Ich hatte die Absicht, auf jede mögliche Art zu versuchen, mit Marcus in Kontakt zu treten und ihn auf mich aufmerksam zu machen. Danach wollte ich ihm näherkommen und soweit wie möglich alle Informationen aus ihm herauslocken.«

»Wie nah?«, knurrte Tate.

Sie seufzte. »Nicht so nah. Ich liebe mein Land und seine Einwohner zwar, doch meine Arbeit endet nach dem Flirt. Ich schlafe nicht mit Männern, nur um an Informationen zu gelangen. Dieser Auftrag ist für mich sehr ungewöhnlich. Normalerweise versuche ich nicht, die Aufmerksamkeit eines Mannes zu erregen.«

»Anstatt Marcus hast du mich angelockt«, krächzte Tate. »Ich bedaure immer noch die Dinge, die wir nicht getan haben, aber später werde ich meinen Kopf zwischen diese weichen Schenkel legen.«

Mit flatternden Lidern schlossen sich Laras Augen, als sie sich die Szene bildhaft vorstellte. Ihr Körper vibrierte vor Verlangen. Wie würde es sich anfühlen? Mit Tate wäre es wahrscheinlich ein so himmlisches Vergnügen, wie sie es noch nie erlebt hatte. »Sei vorsichtig! Ich bin bewaffnet«, erinnerte sie ihn, als sie die Augen wieder öffnete.

»Das bin ich auch. Aber die einzige Gefahr, der du im Moment ausgesetzt bist, geht von mir aus«, brummte er. Sein Mund stieß mit einer so begierigen Schnelligkeit auf sie herab, dass es ihr den Atem verschlug.

Instinktiv schlang sie ihm die Arme um den Hals und sein männlicher, moschusartiger Duft fing sie ein und umhüllte sie, bis sie an nichts mehr denken konnte außer an ihn. Sein Geschmack, seine Dominanz, seine sinnliche Art, mit der er ihre Unterwerfung forderte, all das versetzte ihren Körper in lodernde Flammen.

Schließlich gab er ihren Mund frei und zerrte an dem Ausschnitt des schwarzen Rollkragenpullovers, den sie trug. Er zog ihn so weit hinunter, dass er eine feurige Spur auf ihrem Hals hinterlassen konnte, als sein Mund von ihrem empfindlichen Fleisch kostete.

»Lara«, hauchte er gegen ihre Schläfe. »Du machst mich wahnsinnig, Baby!«

Gerade legte sie den Kopf in den Nacken, um ihm besseren Zugang zu gewähren, als sie ein lautes Klopfen an der Tür hörte.

»Mist!«, rief sie aus. Ihr Herz klopfte heftig, wegen Tates erotischem Angriff und dem anschließenden Schock, plötzlich wieder von der Realität eingeholt zu werden.

»Lara? Bist du da?«, ertönte Chloe Colters Stimme durch die geschlossene Tür.

»Oh, mein Gott! Es ist deine Schwester.« Lara drückte sanft gegen Tates massigen Brustkorb.

»Verdammt! Sie sucht sich immer den schlechtesten Moment aus«, stöhnte Tate, als er sie widerstrebend aufstehen ließ.

»Ich komme!« Lara zog sich ihren Pullover zurecht und versuchte, ihr zerwühltes Haar mit den Fingern durchzukämmen, bevor sie es schnell mit einer Spange am Hinterkopf zusammensteckte.

»Das wäre schön«, grunzte Kade, der sich nun ebenfalls erhob.

Sie musste kichern, bevor sie es unterdrücken konnte. Tates unglücklicher Tonfall aufgrund der Unterbrechung erheiterte sie.

Er will mich. Er will mich wirklich.

Das war eines der besten natürlichen Hochgefühle, die sie je erfahren hatte. Sie war es nicht gewohnt, von einem Mann wie eine attraktive Frau anstatt wie eine staatliche Agentin behandelt zu werden, und das ließ sie sich leichtherzig und begnadet glücklich fühlen.

Sie ging zur Tür hinüber und entriegelte sie. Dann öffnete sie sie mit einem kleinen Lächeln, das schnell verflog, als sie den Mann erblickte, der neben Chloe stand.

Marcus Colter.

»Hi Chloe«, begrüßte sie Tates lächelnde Schwester. »Mr. Colter?«

An Chloes anderer Seite stand ein weiterer Mann, den sie jedoch nicht erkannte. Er schien ungefähr das gleiche Alter zu haben wie Marcus.

»Blake? Ich wusste gar nicht, dass du wieder hier bist!« Tates Stimme klang jetzt wieder begeisterter als noch vor ein paar Minuten. Laras Muskeln entspannten sich. *Also doch nicht Marcus.* Sie hatte sich so lange auf Marcus Colters Fotos konzentriert, dass ihr entfallen war, dass er noch einen identischen Zwillingsbruder, Senator Blake Colter, besaß. Marcus war älter als Blake, doch lediglich ein paar Minuten. Die beiden sahen sich so ähnlich, dass Lara sich wunderte, wie Tate sie auseinanderhalten konnte.

Offensichtlich fällt es ihren Geschwistern leicht, sie voneinander zu unterscheiden. Immerhin sind sie zusammen aufgewachsen.

»Senator«, begrüßte sie Blake mit einem Kopfnicken. »Nett, Sie kennenzulernen, Sir.« Dann blickte sie Chloe an. »Und ich freue mich, Sie wiederzusehen.«

Sie trat beiseite, um die drei Besucher einzulassen, damit Tate seinen Bruder begrüßen konnte, was er auch umgehend mit einem Klaps auf Blakes Rücken und einem typischen Klugscheißer-Tate Kommentar tat. »Schön, dass du endlich deinen Hintern hierher geschafft hast, um die Leute zu beehren, die dich gewählt haben.«

Blake revanchierte sich bei seinem jüngeren Bruder mit einem freundschaftlichen Stupser. »Stell uns einander vor!«, forderte er Tate mit einem Grinsen auf, während er sich anerkennend zu Lara umwandte.

»Denk nicht einmal daran, dich bei ihr einzuschmeicheln! Sie wird nicht auf dich hereinfallen«, grollte Tate und klang, als ob er nur teilweise scherzte. »Lara, das sind mein Bruder Blake und sein Freund Gabe Walker.«

»Mr. Walker.« Sie schüttelte dem Mann die Hand.

»Gabe, bitte.«

»Und mir gegenüber bitte auch keine Formalitäten, Lara! Bitte nennen Sie mich Blake. Jeder Freund meiner Familie ist auch meiner«, bemerkte er charmant.

Ich bin mir nicht so sicher, ob irgendeiner von euch mich noch als Freund betrachten wird, wenn ich erst einmal euren ältesten Bruder überführt habe.

Eigentlich war sie sich sogar ziemlich sicher, dass sie in Zukunft für die gesamte Colter-Familie die meist gehasste Person darstellen würde. Wenn sie daran dachte, was das Ergebnis ihrer Nachforschungen für die ganze Familie, insbesondere für Tate, bedeuten würde, zog sich ihr Herz zusammen.

»Ich wollte mich vergewissern, dass es Ihnen gut geht«, erklärte Chloe. »Tate hat mir gestern die Nachricht geschickt, dass er Sie gefunden hat, doch heute früh waren Sie nicht hier.«

»I-ich war –«

»Sie war bei mir. Mein Haus lag näher und sie war draußen in der Kälte gestrandet«, erklärte Tate geistesgegenwärtig.

»Es freut mich, dass Sie in Ordnung sind«, bemerkte Chloe mit einem Lächeln.

Lara erwiderte das Lächeln der attraktiven Brünetten. Gabe Walker schien seine Augen nicht von Chloe lassen zu können. *Interessant.*

Blake blickte Tate verwirrt an. »Wenn ihr bei dir zu Hause wart, warum hast du dann nicht einfach den Jeep genommen und –«

Hastig stieß Tate seinem Bruder den Ellbogen in den Magen.

»Au! Was zum Teufel soll das?«, beschwerte sich Blake und rieb sich seinen schmerzenden Bauch.

»Tut mir leid«, entschuldigte sich Tate ohne das geringste Anzeichen von Reue. »Lara und ich wollten gerade aufbrechen. Wir unterhalten uns später.« Er warf seinem Bruder einen warnenden Blick zu, um ihn am Weiterreden zu hindern.

Interessiert beobachtete Lara das Geschehen zwischen den beiden, doch sie ließ sich widerstandslos von Tate bei der Hand nehmen und zur Tür geleiten. Im Vorbeigehen schnappte sie sich noch ihre Wanderausrüstung vom Stuhl und reichte Tate seine Jacke.

Die drei Besucher zogen mit dem Versprechen ab, sich zu einem späteren Zeitpunkt zu treffen. Lara und Tate folgten ihnen.

»Hattest du gesagt, du hättest dich bewaffnet?«, erkundigte sich Lara, die inzwischen nervös geworden war, da sie nun zur Landebahn hinausfahren würden, ohne dass sie wusste, was sie dort erwarten würde. Tate hatte erklärt, Marcus wäre durch das Wetter aufgehalten worden und bis jetzt noch nicht eingetroffen, hatte aber auch nicht sagen können, wann man ihn zu erwarten hatte.

Tate drehte ihr den Rücken zu. »Willst du meine Waffe fühlen?«, fragte er zweideutig.

Nachdem sie die Tür verschlossen und den Plastikschlüssel in ihrer Tasche verstaut hatte, legte sie ihm eine Hand auf den Rücken. »Eine große Waffe«, bemerkte sie, als sie das Rückenholster ertastete, bevor er seine Jacke überzog.

»Baby, alles, was ich habe, ist groß.« Er zwinkerte ihr zu.

»Meine Hände sind größer als normal. Ich brauche zumindest eine durchschnittlich große Waffe.«

»Schwerer zu verbergen«, gab sie zurück, als sie durch die Halle zum Aufzug gingen. »Größer heißt nicht immer besser.«

»Doch in manchen Fällen ist es eindeutig vorzuziehen.« Er wackelte mit den Augenbrauen, als er sie als Erste in den Aufzug winkte.

»Manchmal sind Männer, die große Dinge besitzen, nicht immer am besten ausgestattet. Sie kompensieren ihre Komplexe damit.«

»Du weißt, dass das auf mich nicht zutrifft.« Er grinste sie an, während seine Augen teuflisch blitzten.

Unverschämter Kerl! Doch *dagegen* hatte sie wirklich keine Argumente. Tate musste absolut nichts kompensieren.

Die Atmosphäre wurde mit einem Schlag nüchterner, als sie das Resort verließen und Tate die Beifahrertür seines schweren Geländewagens für sie öffnete – ein weiteres erstes Mal. Männer hielten ihr normalerweise nicht die Tür auf... niemals.

Er ging zur Fahrerseite und schlüpfte auf den Sitz. »Lass es uns hinter uns bringen! Ich kann mir erfreulichere Dinge vorstellen, mit denen wir uns beschäftigen können.«

Lara schluckte heftig an dem Kloß in ihrer Kehle. »Tate, es tut mir leid –«

»Entschuldige dich nicht!«, knurrte er. »Marcus hat mit nichts etwas zu tun, das auch nur entfernt illegal wäre oder anderen Menschen schaden könnte. Ich kenne meinen Bruder.«

Die Beweise gegen Marcus Colter waren nicht zu widerlegen. Die Sendungen waren von ihm veranlasst und die Ladung war definitiv nach Rocky Springs transportiert worden. Es brachte sie beinahe um, dass Tate zutiefst erschüttert sein würde, doch das war unvermeidlich.

»Ich hoffe, du hast Recht«, erwiderte sie schlicht, obwohl sie wusste, dass dem nicht so war, doch sie wünschte sich sehnlichst, dass ein Wunder geschähe und er seinen ältesten Bruder *tatsächlich* besser kannte als das FBI.

Kapitel 8

»Ich nehme an, dass du keinen Schlüssel hast, oder?«, fragte Lara Tate hoffnungsvoll, als sie vor dem regulären Eingangstor des riesigen neuen Hangars standen, der über den Sommer fertiggestellt worden war. Sie schlang sich die Arme um den Körper und hüpfte von einem Fuß auf den anderen, um warm zu bleiben. Die Sonne war herausgekommen und der Tag nach dem Sturm erwies sich als kristallklar, aber bitterkalt.

»Ich brauche keinen Schlüssel.« Er griff in die Tasche seiner Jeans und zog ein Klappmesser hervor, das unter anderem Werkzeuge mit verschiedenen dünnen, metallenen Enden beherbergte.

»Du willst das Schloss aufbrechen?« Sie begann, vor Kälte mit den Zähnen zu klappern.

Ohne zu antworten hockte er sich vor die Tür, die in weniger als einer Minute aufsprang. »Ich bin nicht eingebrochen. Ich habe lediglich auf eine etwas unkonventionelle Art eine Tür auf meinem Grund und Boden geöffnet.« Tate öffnete die Tür vollends und winkte sie hinein. »Du wolltest dich doch umsehen... du bist drin«, bemerkte er unwirsch und verstaute das Messer wieder in seiner Hosentasche.

Lara ging nicht auf Tates Äußerung ein, sondern trat in den warmen, riesigen Raum. Der Hangar war groß genug, um mehrere Flugzeuge oder ein paar Privatjets unterzubringen. Im Moment war die Haupthalle beinahe leer und beherbergte lediglich Wartungsmaterial für Flugzeuge.

Ihr sank das Herz, als sie Tates reuevolle Miene sah. Er mochte vielleicht von der Unschuld seines Bruders überzeugt sein, doch Lara wusste, dass er sich nicht wohl dabei fühlte, ohne Erlaubnis in das Eigentum seines Bruders einzudringen.

Er verschränkte die Arme vor der Brust. »Sieh dich um und dann lass uns so schnell wie möglich von hier verschwinden!«

Da in der Halle im Moment keine Flugzeuge geparkt waren, konnte sie den weiträumigen Raum leicht durchkämmen. Sie kam an einigen kleineren Räumlichkeiten vorbei, in denen Schreibtische standen, offensichtlich kleinere Büros.

Nicht groß genug für eine so enorme Menge an Sprengstoff.

Sie zog ihre Handschuhe aus und steckte sie in die mit einem Reißverschluss versehene Tasche ihrer Skijacke, sodass sie die Hände frei hatte. Dann zog sie ihr Handy aus der Tasche ihrer Jeans und schickte eine Mitteilung ab.

Ich bin drin. Sehe mich um.

Sobald sie gewusst hatte, dass sie Zugang zu einem potentiellen Zwischenlager für die explosiven Materialien bekommen würde, hatte sie den Direktor ihrer Abteilung angerufen. Und obwohl sie nur eine Inspizierung vornehmen und nach möglichen Beweisen suchen sollte, hatte er es für nötig gehalten, ihr Deckung zu verschaffen. Da die Zeit nicht ausgereicht hatte, ihr eigenes Team von Washington, D.C. nach Colorado zu entsenden, hatte ihr Chef ihr ein Team zugewiesen, das schnell zusammengestellt und von Denver hierhergeschickt worden war. Genau in diesem Augenblick war die Landebahn bereits von staatlichen Agenten umgeben, für den Fall, dass sie etwas Beweiskräftiges finden würde.

Alle Büros waren beinahe leer. Sie entdeckte lediglich Schreibtische, Stühle oder Ausrüstungsgegenstände für die Flugzeuge und Hubschrauber.

Bis sie auf eine verschlossene Tür stieß.

»Was befindet sich in diesem Raum?«, rief sie Tate zu, der immer noch neben der Eingangstür stand.

Er kam zu ihr hinüber und rüttelte selbst noch einmal an der Tür. »Ich habe nicht die geringste Ahnung.«

»Nach dem Äußeren zu urteilen, scheint sich ein ziemlich großer Raum hinter der Tür zu verbergen«, mutmaßte Lara.

Tate ging ein zweites Mal in die Hocke und zog sein Messer hervor, um das Schloss profimäßig zu öffnen.

»Grundgütiger, habt ihr Jungs keine Warnanlage hier?«, erkundigte sich Lara neugierig.

Tate zuckte mit den Schultern, als er die Tür aufdrückte. »Wozu? Falls irgendjemand, der zufällig auch noch ein Pilot ist, tatsächlich in die Rocky Mountains kommt, um ein Flugzeug zu stehlen? Und unsere Angestellten arbeiten ohne Ausnahme seit Jahren für uns. Wir vertrauen ihnen.«

Erstaunlich. Wo Lara herkam, traute man keinem. Allerdings hatte sie auch noch niemals in einer kleineren Stadt gelebt. Und Rocky Springs war in der Tat sehr abgelegen. Die Häuser und die Landebahn der Colters befanden sich ziemlich weit von dem eigentlichen Resort entfernt.

Sie betrat vor Tate den Raum und blieb unvermittelt stehen. Er prallte gegen ihren Rücken. »Oh Gott! Was ist das alles?« Sie ließ ihren Blick durch den riesigen Lagerraum schweifen.

Alles war in Holzkisten verpackt und derer gab es so viele, dass man sie nicht zählen konnte. Der gigantische Lagerraum schien vollgestopft mit übereinander gestapelten Packkisten.

»Es gibt nur einen Weg, das herauszufinden«, bemerkte Tate grimmig und zog sein Messer hervor, um eine der Holzkisten aufzubrechen. »Verdammt!«, krächzte er. Der Deckel fiel mit einem lauten Knall auf den Betonfußboden. »Hier gibt es genügend C4, um eine ganz gewaltige Explosion zu verursachen.«

Lara beobachtete, wie Tate Kiste um Kiste aufbrach und eine unglaubliche Sammlung an Sprengstoff, Raketen, Waffen und Material zur Herstellung einiger größerer Bomben freilegte. Sie musste die Tränen zurückhalten, als sie ihr Mobiltelefon hervorholte und eine weitere Nachricht abschickte.

Beweise gefunden.

»Das ist nicht möglich. Das ist verdammt noch mal nicht möglich«, tobte Tate, während er fortwährend die Deckel von weiteren Kisten öffnete.

»Tate, hör auf! Bitte!« Lara konnte es nicht mehr mit ansehen; seine Qualen waren beinahe greifbar.

»Das war nicht Marcus! Er würde so etwas nicht tun!« Tate warf einen weiteren Deckel auf den Boden und drehte sich zu ihr herum.

»Nein, das würde er nicht tun!«

Der wilde, beschützerhafte Ausdruck auf seinem Gesicht zerriss Lara beinahe in Stücke.

»Ich fürchte, er würde es tun und hat es getan«, dröhnte plötzlich eine männliche Stimme hinter Lara.

Blitzschnell drehte sie sich herum und starrte in die Mündungen von mehreren Sturmgewehren und in das Gesicht von Marcus Colter.

Marcus besaß die typischen grauen Augen der Colters, doch im Moment wirkten sie unbewegt und leblos. Er gab scharfe Befehle auf Arabisch, höchstwahrscheinlich, um sie beide unschädlich machen zu lassen. Eine der Informationen, die sie über Marcus Colter in Erfahrung gebracht hatte, besagte, dass er mehrere Sprachen fließend beherrschte, einschließlich Arabisch. Sie selbst verfügte nur über minimale Kenntnisse dieser Sprache und verstand nur sehr wenig von dem, was er sagte, doch sein Tonfall ließ erkennen, dass er Befehle gab.

Tate und sie waren beide innerhalb von Sekunden überwältigt und entwaffnet. Tates Messer fiel zu Boden, zusammen mit seiner Waffe und ihren beiden Pistolen. Sie konnten sich nicht rühren; mehrere Sturmgewehre waren bereit, sie im Bruchteil einer Sekunde umzulegen und ein Blutbad anzurichten.

Die Situation wirkte befremdlich. Alle sechs Männer und Marcus trugen Anzüge und sahen so aus, als ob sie gerade aus einer Geschäftsbesprechung kämen. Vielleicht war das auch der Fall – eine Besprechung über das Geschäft des Terrorismus. Wie viele Männer in Geschäftsanzügen schwangen tatsächlich Sturmgewehre?

»Warum?«, stieß Tate hervor, als einer der Männer mit einem Seil seine Hände hinter seinem Rücken zusammenband. »Warum zum Teufel solltest du so etwas tun? Schau mich an, verdammt! Schau mir ins Gesicht, Marcus, und erklär mir, warum du dich für so etwas hergibst!«

Marcus blieb ungerührt. Er fuhr fort, Lara mit kalten Augen zu betrachten, während er sich ihnen näherte. Er wartete, bis sich der andere Mann entfernt hatte, dann sprach er leise auf Englisch mit ihr und Tate. Er hielt seine Stimme gesenkt, offensichtlich wollte er mit seinem Bruder unter vier Augen reden. »Geld. Es geht immer nur ums Geld, Tate. Ich habe herausgefunden, dass dieses Geschäft ein Vermögen abwirft.«

»Schwachsinn! Geld ist dir nicht wichtig!« Tate explodierte. »Und was ist mit Dad?«

»Er ist tot«, erwiderte Marcus. »Das Leben geht weiter.«

»Du machst dir doch überhaupt nichts aus Geld. Wir alle besitzen doch so viel davon, dass wir nicht wissen, was wir damit anstellen sollen.«

»Davon kann man nie genug haben. Geld bedeutet auch Macht«, antwortete Marcus knapp und machte eine Kopfbewegung in Richtung Lara. »Wer ist das?«

Mit hinter dem Rücken fest zusammengebundenen Händen starrte Lara Marcus an. »Ich bin Ihr schlimmster Albtraum, Colter.«

Marcus kam ihr so nahe, dass er sie berühren konnte. »Ah... noch eine Seele, die sich auf den Weg gemacht hat, um die Welt zu retten? Irgendeine Art Gesetzeshüterin, nehme ich an.« Schließlich blickte er zu Tate hinüber.

»Wag es nicht, sie auch nur zu berühren«, knurrte Tate. »Lass sie gehen! Sie hat nichts mit der Sache zu tun.«

Lara wusste, dass Marcus das nie im Leben glauben würde, nachdem er ihre Bewaffnung gesehen hatte. Und außerdem hatte sie nicht vor, Tate hier zurückzulassen, nachdem sie diese Entdeckung gemacht hatten, auch nicht, wenn Marcus sie gehen lassen würde.

»Ich will sie haben, bevor sie stirbt«, grunzte einer der Männer mit den Sturmgewehren in schwerem Akzent, als die Gruppe zurückkam, um sich wieder zu Marcus zu gesellen. Allein der Gedanke daran, einer der Männer könnte sie berühren, erweckte in ihr den Wunsch, sie alle zu erwürgen – einschließlich Marcus. *Ihn* wollte sie töten nur für die Art und Weise, wie er seine Familie, ganz zu schweigen sein Land, betrogen hatte.

Eins. Zwei. Drei.

Lara zählte die Gewehrläufe, die auf sie gerichtet waren – drei bewaffnete Männer, vier unbewaffnete, einschließlich Marcus. Und sie und Tate waren beide gefesselt. Sie hätte gern geglaubt, als Agentin mit allem fertigwerden zu können, doch ihre Chancen, diese Situation zu überleben, waren gering, falls das Team aus Denver nicht sehr bald auf der Bildfläche erschien.

Sie beobachtete einen der unbewaffneten Männer, der Tates Messer aufhob und eine Klinge herausklappte. Blitzschnell schnitt er ihren Rollkragenpullover vom Hals bis zum Saum auf.

»Berühre sie und ich werde dich umbringen!«, brüllte Tate wild vor Zorn und machte einen Schritt vorwärts, um den Mann mit seinem Kopf zu rammen.

Der Mann mit dem Messer erholte sich schnell und ging auf Tate los. Lara schrie auf und ließ ihr Bein vorschnellen, als der Mann Tate mit dessen eigenem Messer angriff. Sie störte damit zwar sein Vorhaben, doch das Messer traf Tate trotzdem an der Schulter. Man hatte beide ihrer Jacken beraubt, als man ihnen die Waffen abgenommen hatte. Daher war Tate in seinem dünnen T-Shirt nur schlecht gegen die Klinge geschützt gewesen und die Stichwunde öffnete sich sofort und fing an zu bluten.

Jetzt griff Marcus ein und packte den Mann, der Tate attackiert hatte, am Kragen seiner Anzugjacke. »Sind wir nun hier, um die letzte Lieferung zu kontrollieren, oder nicht?«

Der Terrorist schüttelte Marcus ab und sagte etwas zu den beiden anderen Männern, die keine Waffen trugen. Er musste ihnen befohlen haben, den Sprengstoff durchzusehen, denn sie gingen in den Lagerraum.

»Ich werde sie im Auge behalten, falls du nichts dagegen hast. Unsere Enttarnung erfordert eine Änderung unserer Pläne«, sagte Marcus höflich zu dem Mann, der Tate angegriffen hatte und offensichtlich der Anführer der übrigen Terroristen war.

Marcus wartete die Antwort gar nicht erst ab, sondern folgte den beiden Männern in den Lagerraum, in dem sich der Sprengstoff befand. Offenkundig interessierte ihn die Zustimmung des Anführers nicht.

Lara rückte näher an Tate heran und versuchte zu erkennen, wie ernst die Wunde in seiner Schulter zu nehmen war. Sie blutete so stark, dass sie sich kein Urteil erlauben konnte. Er verlor eine Menge Blut, doch seine Miene drückte eher Zorn als Schmerz aus.

»Bist du in Ordnung?«, flüsterte Tate aufgeregt.

Sie nickte. »Ich mache mir eher Sorgen um dich.«

»Ich habe schon weitaus Schlimmeres überlebt. Kannst du meine Fesseln lösen? Ich arbeite bereits an den Knoten, aber es geht schneller, wenn du mir hilfst.«

Lara versuchte vorsichtig, hinter Tate zu gelangen, während die Männer beschäftigt waren. Der Anführer redete gerade sehr schnell auf die Männer ein, die bewaffnet waren. Sie versuchte, sich unauffällig herumzudrehen, um Tate zu helfen, seine gebundenen Hände zu befreien.

»Geh weg von ihm!« In Sekundenbruchteilen stand der Anführer mit dem Messer wieder vor ihnen.

Verdammt!

Lara gehorchte, da sie nicht wollte, dass Tate noch einmal dafür bestraft wurde, dass er versuchte, sie zu retten. Sie hätte auf dieses Szenario besser vorbereitet sein sollen, hätte aufpassen müssen, ob jemand den Hangar betrat. Doch ihr war ein tragischer Fehler unterlaufen: Sie hatte sich emotional ablenken lassen. Mit schmerzendem Herzen hatte sie zugesehen, wie Tate direkt vor ihren Augen von der Erkenntnis getroffen wurde, dass sein Bruder ein falsches Spiel getrieben hatte.

Der Anführer hatte sie fest am Arm gepackt und als sie an ihm zerrte, um sich zu befreien, griff er in ihre Haare und löste die Spange, die ihr die widerspenstigen Locken aus dem Gesicht hielten. Sie winselte vor Schmerz, als er gewaltsam an ihren Haaren zog, um sie vor seinen Körper zu zerren und dann ihren Kopf nach unten zu drücken. »Runter! Du wirst mir jetzt einen blasen! Falls du irgendetwas unternimmst, was sich nicht gut anfühlt, ist dein Liebhaber tot.«

Liebhaber? Wusste er etwa nicht, dass Tate Marcus Bruder war? Sie sprach zu wenig Arabisch, daher hatte sie von der maschinengewehrschnellen Unterhaltung, die Marcus mit den Terroristen geführt hatte, kein Wort verstanden. Obwohl dieser Mann offensichtlich ein paar Englischkenntnisse besaß, konnte sie über die anderen keine Aussage treffen.

Niemand außer mir hat Marcus Gespräch mit Tate mitbekommen. Es ist eigenartig, dass er Tate nicht als Marcus Bruder identifiziert hat.

Lara ging in die Knie, als der Hurensohn mit einer Hand an ihren Haaren zerrte und mit der anderen ihren Kopf nach unten zwang. Sie würgte allein bei dem Gedanken daran, den Penis dieses mörderischen Arschlochs in den Mund zu nehmen. Es lag in ihrer Natur zu kämpfen, doch Tates Leben stand auf dem Spiel und er war bereits verletzt. Sie würde alles tun, was auch immer sie tun musste, um Zeit zu gewinnen, auch wenn sie dem Kerl im Augenblick viel lieber ihren Kopf mit aller Kraft in die Eier gerammt hätte.

Jetzt fummelte er mit einer Hand an dem Reißverschluss seiner Hose, während er sie an ihren Haaren, die er um seine andere fleischige Klaue gewickelt hatte, in Position hielt.

»Lara, verdammt, nein!«, heulte Tate. Er bewegte sich und begann, sein Bein zu heben, um Laras Peiniger niederzustrecken.

Doch er schaffte es nicht. Alle drei übrigen Männer waren nötig, um Tate zu bändigen, bevor er den Terroristenanführer mit einem schnellen Tritt zu Boden befördern konnte. Tate hatte seine Attacke beinahe ausführen können, doch die Männer hatten ihn zurückgezerrt, bevor er sein Bein schwingen konnte.

Lara bemerkte die Hand nicht, die auf ihr Gesicht zukam, weil sie ihre Augen auf Tate gerichtet hatte. Der Mann vor ihr schlug ihr heftig auf die Wange. Der brennende Schmerz trieb ihr die Tränen in die Augen und sie kippte zur Seite. Da sie mit gefesselten Händen das Gleichgewicht nicht halten konnte, schlug sie auf dem Fußboden auf, nur um Sekunden später an den Haaren auf die Knie zurück gezwungen zu werden. »Falls du dich noch einmal bewegst, wird sie dafür bestraft«, knurrte der Anführer. Er warf Tate einen warnenden, gnadenlosen Blick zu.

Von dem Schlag ins Gesicht war ihr immer noch schwindlig und ihre Sicht verschwamm. Ihr Schädel war bei ihrem Sturz auf den Beton geprallt, was ihr Gehirn zusätzlich in Mitleidenschaft gezogen hatte. Lara starrte auf den erigierten Penis vor ihrem Gesicht und war fast froh, dass ihr Blick noch unscharf war.

Denk nicht darüber nach! Tu es einfach! Wenn ich mich übergebe, während er mich zwingt, ihm einen zu blasen, kann er mich nicht dafür verantwortlich machen. Ich muss nur Zeit gewinnen. Nicht mehr lange und das Team, das um den Flughafen herum postiert ist, wird den Hangar stürmen. Ich muss Tate am Leben erhalten.

»Ich schwöre bei Gott, dass ich dir deinen Schwanz abschneide und ihn dir die Kehle hinab zwinge, wenn du sie nicht loslässt«, grollte Tate.

»Was zum Teufel geht hier vor?«, hallte plötzlich Marcus Stimme durch den Raum.

Halte sie alle noch ein bisschen länger bei Laune!

Ihr Peiniger zog nun wieder an ihren Haaren, um ihr Gesicht an seine Leisten zu pressen und Lara kämpfte mit sich, sich nicht zu übergeben.

Dann war sie plötzlich frei, erlöst durch einen Hagel von Gewehrschüssen, der sie diesmal freiwillig zu Boden gehen ließ. Sie drehte den Kopf und sah sich erschrocken nach Tate um; sie musste wissen, ob er noch am Leben war.

Tate war ebenfalls frei und war nicht nur am Leben, sondern hatte sich auch die Waffe einer der Männer geschnappt und die beiden anderen entwaffnet. Er hielt das Gewehr in der Hand, das die Kugelsalve auf ihren Angreifer abgegeben hatte, der nun nicht mehr als eineinhalb Meter von ihr entfernt tot auf dem Boden lag. Tate keuchte und war offenkundig rasend vor Zorn, seine Augen so hart wie Stahl, als er beobachtete, wie Marcus und die anderen beiden Männer aus dem Lagerraum herbeieilten. Beide Männer an Marcus Seite zögerten einen Moment, dann sammelten sie die Waffen ein, die sie zuvor ihr und Tate abgenommen hatten.

Zwei der Pistolen gehörten ihr und Lara wusste, sie waren beide geladen.

»FBI! Waffen runter! Sofort!«, schrie eine Stimme aus Richtung der Eingangstür.

Gott sei Dank! Das Team war endlich hier und im Hangar.

Der Mann, der ihre Glock 23 ergriffen hatte, richtete sie auf die dröhnende Stimme und die Pistolenschüsse hallten wild durch das höhlenartige Gebäude.

Tate sprintete los, warf sich über sie und presste ihr fasst die Luft aus den Lungen, als er ihren Kopf mit seinen Armen schützte. Lara erkannte verblüfft, dass er sie mit seinem Körper deckte, um zu verhindern, dass eine herumirrende Kugel sie traf.

Plötzlich hatte die Schießerei ein Ende. Der Schütze mit ihrer Glock lag tot auf dem Boden. Die anderen Männer ergaben sich mit hocherhobenen Händen.

»Agent Bailey?«, rief einer der Agenten.

»Hier!«, rief sie laut und deutlich. »Schießen Sie nicht auf den Mann, der auf mir liegt. Er gehört zu den guten Jungs und er ist verletzt. Bitte helfen Sie ihm!« Ihre Stimme klang verzweifelt. Tate war mit Blut bedeckt, und alles stammte von ihm.

»Ich bin okay«, flüsterte ihr Tate ins Ohr. »Und du, Baby?«

Es ging ihm *gut*, aber dennoch war er im Augenblick alles andere als gesund. Lara konnte den Schmerz aus seiner Stimme heraushören, doch niemals würde er ihn offen zeigen. »Mir geht es gut«, versicherte sie ihm, als er aufstand und ihr vorsichtig in eine aufrechte Position half. Dann löste er schnell ihre Fesseln.

»Du blutest und der Hurensohn hat dich so fest geschlagen, dass er seinen Handabdruck auf deiner Wange hinterlassen hat«, erwiderte er erregt. Sanft berührte er mit einem Finger ihr Gesicht und wischte einen kleinen Blutstropfen weg.

Lara sah zu dem toten Mann hinüber. »Er trägt einen Ring. Ich denke, damit hat er meine Haut ein bisschen geritzt«, sagte sie abwehrend und streckte die Hand aus, um sein T-Shirt aufzureißen, damit sie seine Wunde begutachten konnte.

Tates T-Shirt war blutdurchtränkt, sein Gesicht blutverschmiert und seine Jeans wies ebenfalls große Flecken davon auf. Sogar auf dem Fußboden konnte sie ein paar Blutlachen entdecken. »Du hast zu viel Blut verloren. Du brauchst Hilfe.« Sie presste eine Hand fest auf die Fleischwunde, die genau zwischen seiner Brust und seinem Schlüsselbein klaffte, und übte so viel Druck wie möglich aus, um die Blutung zu stoppen. Mit der anderen Hand gab sie Gegendruck auf seinem Rücken.

Einer der Agenten kam zu ihnen herübergelaufen. »Ich denke, wir haben sie alle überwältigt, Agent Bailey. Es waren doch insgesamt sieben?«

»Ja. Einschließlich des Toten dort am Boden. Der Einsatz von tödlicher Gewalt war notwendig«, informierte Lara den hochgewachsenen, dunkelhaarigen Agenten, der aussah, als sei er in den Dreißigern, mit scharfer, geschäftsmäßig klingender Stimme. »Dies ist Tate Colter. Er gehört zu einer Spezialeinheit und hat mir geholfen. Er braucht medizinische Betreuung. Er wurde von einem der Täter niedergestochen.«

»Sollen wir Sie zum Auto tragen, Mr. Colter?«, fragte der Agent, der sich plötzlich der Menge Blut bewusst wurde, die Tate verloren hatte. »Wir werden Sie ins Krankenhaus bringen.« Jetzt sah der Sprecher Lara an. »Sie sehen auch so aus, als müssten Sie untersucht werden. Ihr Gesicht sieht schrecklich aus.«

Tate grunzte. »Ich lasse mich von niemandem tragen, es sei denn, ich wäre tot oder läge im Sterben. Im Moment trifft keines von beidem zu.« Er legte beschützend einen Arm um Lara. »Lass uns gehen!«

Sie verdrehte die Augen. »Ich versuche, den Druck aufrechtzuerhalten«, erklärte sie ihm ärgerlich, da seine Umarmung es ihr unmöglich machte, ihre Hände in Position zu halten. »Alles in Ordnung. Ich will zu einem Arzt, damit er sich deine Verletzungen ansehen kann. Lass uns zum Wagen gehen!«, grollte er, während er sie in Richtung Ausgang drängte. Der Agent folgte ihnen auf dem Fuße.

In der Nähe der Tür hielt Tate unvermittelt inne, als er sah, wie sein Bruder in Handschellen von einem Staatsagenten abgeführt wurde.

Lara stockte der Atem und die Zeit schien stillzustehen, als die beiden Brüder sich schließlich ansahen. Sie konnte spüren, wie Tate am ganzen Körper erschauderte, als er langsam seinen Arm von ihrer Schulter löste und sich seinem Bruder näherte.

Marcus schien kaum von dem Geschehen berührt zu sein, doch sein Blick war mörderisch, als er Tate dabei beobachtete, wie er zu ihm hinüberkam.

Ohne ein Wort holte Tate aus, ließ seine Faust fliegen und schlug sie seinem Bruder direkt ins Gesicht. Der Agent hinter Marcus musste diesen stützen, damit er stehenblieb.

»Dies ist dafür, dass du dein Land betrogen und zugelassen hast, dass Lara verletzt wurde«, sagte er mit heiserer, drohender Stimme, bevor er Marcus den Rücken zuwandte und wieder an Laras Seite zurückkehrte, um ihre Hand zu ergreifen.

Die Tränen liefen ihr die Wangen hinunter. Ihr Herz zog sich schmerzlich zusammen angesichts des Verrats seines Bruders, unter dem Tate im Moment litt. Es würde auch nicht hier enden. Das wusste sie. Tate hatte mehr als körperliche Verwundungen davongetragen.

In stillem Einvernehmen drückte sie ihm tröstend die Hand.

Er schob sie vorwärts und aus dem Hangar hinaus. Er blickte sich nicht ein einziges Mal nach seinem Bruder um, nachdem er sie ins Auto gesetzt hatte und der Agent sie wie ein Verrückter ins Krankenhaus fuhr.

Kapitel 9

Gabe Walker fuhr seinen Pritschenwagen in eine Parklücke an der Hauptstraße von Rocky Springs. Er hatte Magenschmerzen bekommen wegen dem, was er jetzt tun musste.

Er stieg aus dem Wagen und schüttelte langsam den Kopf, während er sich seinen schwarzen Stetson auf den Kopf setzte. Die Leute nannten ihn scherzhaft den Milliardärscowboy und er hatte sich nie dagegen gewehrt. Er war in den Reichtum hineingeboren worden und hatte die meiste Zeit seiner Kindheit in Texas verbracht, da er einen Vater besaß, der ein Vermögen mit Öl erwirtschaftet hatte. So wie Blake hatte sein Vater außerdem eine Rinderfarm besessen. Daher hielt sich Gabe ebenso für einen Cowboy wie alle anderen, vielleicht noch mehr als Blake, den viele als den Cowboysenator bezeichneten, da er ebenfalls Rinder züchtete.

An der Tür hielt er einen Moment inne und betrachtete den hübschen, ausgefallenen Schriftzug, der auf die Schaufensterscheibe der Praxis gemalt war:

Chloe Colter, Dr. med. vet.

B. A. Scott

Er hatte sich immer noch nicht an den Gedanken gewöhnt, dass die kleine Chloe Colter nun Doktorin war und eine verdammt gute Tierärztin, wie man sich erzählte. *Und gar nicht mehr so klein.* Es fiel Gabe leicht, sich einzugestehen, dass die Frau seinen Schwanz steif werden ließ. So war es immer gewesen, seitdem sie vor über einem Jahr in die Stadt zurückgekehrt war und er sie wiedergesehen hatte, vollkommen erwachsen und an den richtigen Stellen gerundet. Sie war eine wunderschöne Frau, aber leider immer gereizt, wenn er in ihrer Nähe war. Okay... ja... vielleicht hatte sie allen Grund, ihn nicht gerade zu mögen. Und es sah auch nicht danach aus, als ob sie so bald über den Vorfall hinwegkommen würde, der sich vor Kurzem ereignet hatte.

Er stieß einen tiefen Seufzer aus, als er die Tür aufdrückte und sich dem Empfangstresen von Chloes Praxis näherte, mit seinen Gedanken wieder ganz bei seiner Aufgabe.

Verdammt, wie konnte er ihr erklären, was geschehen war, wenn er selbst es noch nicht einmal wirklich verstanden hatte!

»Was tust *du* denn hier?« Der Empfang war unbesetzt und Chloe lugte mit ihrem hübschen Kopf um die Ecke. Während sie sprach, blitzte sie ihn an.

Er nahm seinen Hut ab und winkte sie ins Wartezimmer, das leer war. Die Sprechzeit war zwar vorüber, doch wie gewöhnlich arbeitete Chloe noch mit ihren Tieren. »Ich muss mit dir reden, Chloe.«

Sein ernster Tonfall musste sie alarmiert haben, denn sie kam auf der Stelle durch die Tür des Empfangsbereichs. »Was?« Sie schloss die Tür hinter sich und stand nun mit einem fragenden Gesichtsausdruck vor Gabe.

Oh verdammt! Sie sah so hübsch aus. Er schluckte den Kloß in seiner Kehle hinunter, als er auf sie hinab sah.

Erzähl es ihr einfach! Es wird nicht leichter.

»Tate ist verwundet. Er ist im Krankenhaus«, erklärte er heiser.

Ihr Gesicht fiel in sich zusammen und ein kummervoller Ausdruck ersetzte den neugierigen. »Oh mein Gott! Ist er schwer verletzt? Was ist geschehen? Wird er wieder gesund werden?«

Er wusste selbst nicht viel. Blake hatte einen Anruf bekommen, als Gabe zufällig bei ihm zu Besuch war, um einige Farmangelegenheiten zu besprechen. Sie hatten lediglich erfahren, dass Tate verletzt worden war und dass der größte Teil der Landebahn auf dem Gelände der Colters als Tatort deklariert und abgesperrt worden war, während das FBI ermittelte.

»Ich weiß es nicht. Ich werde dich zum Krankenhaus bringen. Blake ist losgefahren, um deine Mutter abzuholen.«

Er erzählte ihr von Tates Verwundung, die sich auf der Landebahn ereignet hatte, und dass ein Teil des Gebietes als Tatort erklärt und der Zugang vorerst untersagt war.

»Warum?« Chloe starrte ihn an. »Hatte er eine Bruchlandung?«

Gabe schüttelte den Kopf. »Ich weiß nur, dass er offenbar von einer unbekannten Person niedergestochen wurde. Das FBI ist eingeschaltet und viel mehr wissen wir nicht.« Er nahm einen tiefen Atemzug, bevor er fortfuhr: »Noch eine Sache, Chloe.«

Gütiger Himmel! Wie konnte er ihr die andere Tragödie beibringen, wo sie sich bereits Sorgen um Tate machte? Doch es führte kein Weg daran vorbei. »Dein Bruder Marcus wurde verhaftet.«

Chloe stemmte die Hände in die Hüften. »Bitte sag mir, dass das alles nur ein dummer Witz ist! Das ist nicht möglich. Marcus ist so rechtschaffen, wie ein Mann nur sein kann. Wofür in aller Welt könnte er verhaftet werden?«

Gabe hatte genauso reagiert, doch offensichtlich entsprach es der Wahrheit. »Das FBI hat ihn wegen der Beteiligung an einer Verschwörung zur Begehung eines Terroraktes in Gewahrsam genommen.« Gott, er konnte es selbst kaum glauben. Er kannte Marcus zwar nicht so gut wie Blake, doch noch nicht einmal in seinen wildesten Träumen konnte er sich einen so aufrichtigen Mann wie Marcus auf Abwegen vorstellen.

»Bitte sag mir, dass du Witze machst!«, bettelte Chloe. Ihre Augen glänzten vor Tränen.

»Ich mag mich vielleicht manchmal wie ein Arschloch benehmen, Chloe, aber ich schwöre, über solche Angelegenheiten würde ich nicht scherzen. Es tut mir leid.« Er konnte es nicht ertragen zu sehen, wie diese verletzlichen grauen Augen ihn so flehentlich ansahen. Er hätte ihr gern erklärt, dass er es nicht ernst meinte, doch das war nicht möglich. Er war so ernst, wie er nur sein konnte. »Nimm deinen Mantel, Liebes, dann werde ich dich zum Krankenhaus fahren, damit wir sehen können, was mit Tate los ist.«

»Ja, ja, ich werde ihn holen.« Chloe wirkte wie betäubt, als sie die Tür öffnete, um ihre Winterkleidung und ihre Handtasche aus dem Büro zu holen.

Gabe nahm ihr alles ab und half ihr in die Jacke, setzte ihr die Mütze auf und zog sie ihr fürsorglich über die Ohren hinunter. Zuletzt wickelte er ihr noch den Schal um den Hals.

»Kannst du bitte schnell fahren?«, bat sie ihn, als sie nach draußen traten und sie mit zittriger Hand versuchte, die Praxistür abzuschließen.

Er nahm ihr den Schlüssel aus der Hand, verschloss die Tür und steckte den Schlüsselbund in ihre Handtasche. »So schnell, wie es die Sicherheit erlaubt«, versprach er, während er die Tür seines Wagens öffnete und ihr hinein half.

Sie sah immer noch so aus, als stünde sie unter Schock, daher schnallte er sie behutsam an, bevor er sanft die Tür schloss und zur Fahrerseite hinüberlief.

Sobald er in seinem Sitz Platz genommen hatte, startete er den Motor und fuhr los. Es war nicht weit bis zum Krankenhaus. Er nahm die eisigen Straßen so schnell, wie er es wagte, und überzog die zulässige Höchstgeschwindigkeit bei weitem.

»Ich weiß nicht, was ich davon halten soll. Ich weiß nicht, wie ich das glauben soll«, murmelte Chloe leise vor sich hin.

»Alles wird gut, Chloe. Wir werden das alles herausfinden, sobald wir im Krankenhaus angekommen sind. Tate wird gesund werden. Du weißt doch, er ist zu störrisch, um sich unterkriegen zu lassen.« Gabe hoffte verzweifelt, dass er Recht behalten würde.

»Ich mache mir Sorgen um Mom. Sie wird das nicht gut verkraften. Selbst wenn es Tate gut geht, wird ihr doch Marcus Verhaftung wegen einer so skurrilen Angelegenheit zu schaffen machen.«

»Wir wissen doch noch gar nicht, was geschehen ist. Lass uns zuerst die Fakten herausfinden! Vielleicht handelt es sich nur um ein Missverständnis. Blake sagte, der Agent am Telefon sei nicht gerade sehr gesprächig gewesen.«

Chloe atmete tief aus, als ob sie versuchte, sich selbst zu beruhigen. Gabe konnte ihre Hand zittern sehen, als sie ihren Arm auf der Konsole zwischen ihnen ablegte. Auch er konnte nicht aufhören, über die Sache nachzudenken. Er streckte den Arm aus, nahm ihre zittrige Hand in seine und drückte sie leicht. »Atme tief durch, Chloe!«

Sie nahm einen weiteren tiefen Atemzug. Gabe war überrascht, dass sie ihre Hand nicht zurückzog. Sie verschränkte ihre Finger mit seinen und klammerte sich an seine Hand, als ob sie ihm vertrauen würde, und nickte.

Sein Herz hämmerte wie wild in seiner Brust, während er ihre Hand mit seinem Daumen streichelte. Es war, als ob Chloe ihm die Welt zu Füßen gelegt hätte, als sie sich an seine Hand geklammert hatte. Und vielleicht hatte sie das auch… weil sie seine Berührung als beruhigend empfand und ihm ihr Vertrauen schenkte. Allein dies… nur dieser kurze Augenblick bedeutete ihm alles.

Ihre Hand zu halten ist besser als der beste Sex, den ich jemals in meinem Leben gehabt habe.

Als Gabe auf den Parkplatz des Krankenhauses einbog, hoffte er verzweifelt, dass die Sachlage nicht so schlimm sein würde, wie sie erschien. Doch selbst, wenn es so wäre… würde er irgendwie, auf irgendeine Weise für Chloe die Welt wieder in Ordnung bringen.

Er hasste es, die zerbrechliche Verbindung zwischen ihnen zu lösen, als er den Wagen parkte, doch beide sprangen sie eiligst heraus, begierig darauf, ins Krankenhaus zu gelangen.

Als sie über eine Absperrung des Parkplatzes stieg, reichte ihr Gabe die Hand, und tatsächlich ergriff Chloe sie dankbar. Gabe verschlang ihre Finger ineinander, während sie zum Eingang liefen. Er war froh, dass er da war, um Chloe zur Seite zu stehen, doch wunderte er sich auch darüber, dass sie es nicht für nötig gehalten hatte, ihren Verlobten anzurufen.

»Ich will hier raus… jetzt«, knurrte Tate, während er versuchte, sich auf der Krankentrage in der Notaufnahme von Rocky Springs medizinischem Zentrum aufzusetzen.

Blake, Chloe, Tates Mutter und Gabe Walker drängten sich am unteren Ende des einzigen Bettes im Raum zusammen. Lara war an Tates Seite und drückte ihn behutsam, aber bestimmt zurück in die Kissen. »Du kannst jetzt nicht gehen. Du musst warten, bis die Infusion durchgelaufen ist. Du hast zu viel Flüssigkeit verloren.«

Glücklicherweise hatte der Stich keine wichtigen Körperteile verletzt, sodass Tate nur Flüssigkeitsersatz, Medikamente und eine Menge Nahtmaterial zum Verschließen der Wunde benötigt hatte.

»Ich bleibe auf keinen Fall hier!«, informierte sie Tate gereizt. »Ich habe damals mehr Blut verloren, als ich einen halben Liter davon gespendet habe.«

Lara hätte weiter mit Tate diskutieren können, doch sie verzichtete darauf. Stattdessen lehnte sie sich eng an ihn und flüsterte ihm wollüstig ins Ohr: »Wenn du dich gut benimmst, verspreche ich dir, dich später so zu lecken, dass dir dein Kopf wegfliegt.«

Okay… sie war nicht gerade Expertin für oralen Sex, doch das brauchte Tate nicht zu wissen. Sie zog sich von ihm zurück, ihr Gesicht genau vor seinem, und leckte sich herausfordernd über die Lippen.

Tate gab sofort jeglichen Widerstand auf und fiel in die Kissen zurück. »Ich werde bleiben, bis die Infusion durchgelaufen ist«, stimmte er hastig zu.

Lara lächelte ihn an. »Danke.«

»Setz dich!«, forderte er sie auf. »Du siehst so aus, als hättest du es nötiger als ich, in diesem Bett zu liegen. Der Hurensohn hat dein Gesicht ganz schön zugerichtet.«

Lara hatte ihr Spiegelbild gesehen und das war keineswegs ein hübscher Anblick gewesen. Sie hatte sich zwar nichts gebrochen, doch Kiefer und Wange waren geschwollen und begannen, sich blau zu verfärben. Die kleine Schnittwunde an der Wange war gereinigt worden und kaum noch zu bemerken. »Ich habe schon weitaus Schlimmeres überlebt.« Sie wiederholte seine früheren Worte, doch sie zog sich gehorsam einen Stuhl neben das Bett und setzte sich neben das Kopfende.

»Ich will lieber nicht wissen, was Sie ihm gesagt haben, damit er bleibt«, bemerkte Blake vorsichtig vom anderen Ende des Bettes. Lara wandte den Kopf, um Tates Familie zu betrachten. Blake und Chloe wirkten immer noch so, als ob sie von der ganzen Situation geschockt wären, Gabe sah grimmig drein und Tates Mutter weinte leise vor sich hin. Tränen rannen Aileen über das Gesicht, sie hielt jedoch ihren Mund fest verschlossen.

»Ich habe ihm gedroht, dass Gabe und Sie ihn notfalls bändigen würden.« Lara log das Blaue vom Himmel herunter.

Tate schnaufte. »Wenn du wirklich *damit* gedroht hättest, hätte ich schon lange die Flucht ergriffen. Diese beiden würden mich nicht aufhalten.«

Lara warf Tate einen warnenden Blick zu und wechselte das Thema. »Einige der Agenten haben Tates Wagen hierher gebracht. Ich kann Tate nach Hause fahren, wenn er hier fertig ist. Ich weiß, heute war ein anstrengender Tag. Vielleicht sollten Sie alle gehen und sich ausruhen.«

»Ich möchte gern Marcus sehen«, meldete sich Aileen schließlich mit zitternder Stimme zu Wort.

»Er wurde bereits zum FBI-Hauptquartier in D.C. gebracht. Bei ihm handelt es sich um einen besonderen Fall und die Agenten aus Denver haben gesagt, von weiter oben den Befehl erhalten zu haben, ihn so schnell wie möglich nach Washington zu transportieren. Es tut mir leid, Mrs. Colter. Er wird eine Gerichtsverhandlung bekommen, doch irgendwann werden Sie ihn sehen können.« Angesichts des Schmerzes in den Augen der älteren Frau hätte Lara weinen mögen. Marcus Verbrechen hatte buchstäblich die ganze Familie zerstört. Sie waren allesamt gebrochen. Die Colters waren eine geachtete Familie, eine bewunderte Familie, und sie alle würden am Ende unter Marcus Taten zu leiden haben.

»Ich muss auch nach Washington«, warf Blake mit leiser, ernster Stimme ein. »Sie wollen mich verhören. Es würde mich nicht wundern, wenn wir nach und nach alle dort als Zeugen erscheinen müssen.«

»Stehst du unter Verdacht?«, fragte Tate ärgerlich. »Wirst du der Mitwisserschaft beschuldigt? Mist! Das wird deine Karriere zerstören, sobald das an die Öffentlichkeit gelangt, Blake, selbst wenn du vollkommen unschuldig bist.«

Blake schüttelte langsam den Kopf. »Das Letzte, worüber ich mir im Moment Sorgen mache, ist meine politische Karriere«, erwiderte er, den Blick voller Trauer und Kummer. »Ich weiß, du hast es mit eigenen Augen miterlebt, Tate, aber ich bin immer noch nicht von Marcus Schuld überzeugt.«

»Ich auch nicht«, flüsterte Aileen mit tränenerstickter Stimme.

»Mir geht es genauso«, fügte Chloe hinzu.

Blake legte mit niedergeschlagener Miene seinen Arm um seine Schwester und seine Mutter.

»Ich wünschte, ich könnte dasselbe behaupten«, bemerkte Tate wehmütig. »Aber ich habe alles mit angesehen und er ist nicht der Bruder, den ich einmal gekannt habe. Ich weiß nicht, was mit ihm geschehen ist.«

Lara streckte die Hand aus und ergriff Tates. Sie spürte seinen Schmerz. Lieber Gott, egal, wie schnell er eben nachgegeben hatte, als sie ihm das sexuelle Vergnügen versprochen hatte, musste Tate es ihr doch irgendwo tief in seinem Inneren übelnehmen, dass sie seine Familie zerstört hatte.

Chloe und Aileen kamen ans Kopfende und umarmten Tate behutsam, nachdem Blake angekündigt hatte, er würde seine Mutter jetzt nach Hause bringen. Gabe bot an, Chloe zu fahren.

»Einer muss sich aber um Tate kümmern«, wandte Chloe besorgt ein. »Er mag sich vielleicht wie ein Teufelskerl benehmen, trotzdem wird er Hilfe benötigen. Ich werde bei ihm bleiben.«

»Lara wird bei mir bleiben.« Tate küsste seine Schwester auf die Stirn, bevor sie sich wieder aufrichtete. »Könntest du ein paar ihrer Habseligkeiten aus dem Resort holen und zu mir nach Hause schicken?«

»Gabe und ich werden uns darum kümmern«, versicherte Chloe und sah fragend zu Gabe hinüber.

Der nickte eilig, um seine Zustimmung zu geben.

»Danke.« Tate sah seine Familie an. »Dies wird uns nicht brechen. Wir sind Colters und werden das zusammen durchstehen.«

Lara beobachtete, wie Aileen den Rücken durchstreckte. »Ja, das werden wir.«

»Verdammt richtig! Das werden wir«, bestätigte auch Blake.

»Wir werden es überstehen«, meinte Chloe zustimmend.

»Deine Freunde werden helfen.« Gabe gab Blake einen ermutigenden Klaps auf den Rücken.

Lara staunte über die Kraft, die sie in dem kleinen Raum spüren konnte. Da war zwar Traurigkeit, aber auch ein flexibler Geist gegenwärtig. Im Augenblick waren alle tief betrübt, doch Lara war überzeugt, dass sie sich ihren Weg durch den Sturm erkämpfen würden.

Sie beobachtete sie, bis alle den Raum verlassen hatten. Dann schloss sie die Tür hinter ihnen.

»Du wirst wirklich bei mir bleiben?«, erkundigte sich Tate mit für ihn untypischer Verletzlichkeit in der rauen Stimme.

Lara hatte bereits mit ihrem Chef gesprochen und ihm gesagt, sie brauche Zeit, um wieder fit zu werden und der Colter-Familie zu helfen. Er hatte ihr gesagt, sie solle sich einige Zeit freinehmen.

»Solange, wie du mich brauchst«, antwortete sie. Ihr Blick traf den seinen und sie wünschte sich, sie könnte ihm etwas von dem Schmerz abnehmen, der sich immer noch in seinen Augen widerspiegelte.

»Hast du das mit dem Lecken ernst gemeint?«, fragte er hoffnungsvoll.

»Erst, wenn du gesund bist.« Sie versuchte, ein kleines Lächeln zu unterdrücken.

»Nein... wenn *du* gesund bist«, erwiderte Tate hitzig. Er ließ seine Augen über ihr geschwollenes Gesicht schweifen.

Sie rutschte näher an ihn heran und legte ihren Kopf vorsichtig auf seinen Bauch, der mit einem makellos weißen T-Shirt bedeckt war. Sie fühlte sich emotional ausgelaugt und so verdammt dankbar, dass Tate noch am Leben war. »Ich hatte Angst«, gab sie flüsternd zu, wobei ein gewisses Schuldgefühl in ihrer Stimme mitschwang.

Vielleicht sollte sie als staatliche Agentin nicht solche Angst verspüren, doch sie hatte sich fürchterlich geängstigt, dass Tate als Toter aus der Sache hervorgehen könnte. Sie selbst nahm dieses Risiko in ihrem Job jeden Tag auf sich und sie hatte sich mit diesem Schicksal abgefunden, wenn es das war, was nötig war, um die Terroristen von der Straße zu holen. Doch über ihre Angst und ihre Schuldgefühle, Tate mit hineingezogen zu haben, kam sie nicht hinweg. Für sie war er theoretisch ein Zivilist und sie hatte ihn in eine FBI-Ermittlung hineingezogen, die ihn beinahe das Leben gekostet hätte.

»In einer solchen Situation müsstest du schon verrückt oder total dumm sein, um *keine* Angst zu verspüren. Und du bist keines von beiden, Baby. Das ist eine natürliche Reaktion.« Er fuhr mit der Hand durch ihr zerzaustes Haar und massierte ihre Kopfhaut. »Du bist die tapferste, mutigste Frau, die ich jemals kennengelernt habe.«

Lara seufzte und gönnte ihrem Körper zum ersten Mal seit dem Morgen, sich zu entspannen. Sie genoss die unerklärliche Verbindung zu Tate, bis die Schwester kam, um nach der Infusion zu sehen, und Tate auf die Entlassung vorbereitete.

Kapitel 10

»Hättest du wirklich zugelassen, dass dir dieser Hurensohn seinen Schwanz in den Mund steckt?«

Lara sah von ihrer Position neben ihm auf seinem großen Bett zu ihm auf. Ihr Kopf ruhte auf seinem Bauch. Heute hatten sie sich einen ruhigen Tag gemacht, nach den letzten verrückten Tagen, während derer sie mit dem FBI gesprochen und versucht hatten, alles zu rekonstruieren, was sich bei dem terroristischen Anschlagsversuch abgespielt hatte. Vor vier Nächten waren sie vom Krankenhaus bei Tate zu Hause angekommen und beide todmüde ins Bett gefallen. Lara hatte sich gar nicht erst gefragt, ob sie Tate in sein Bett hatte folgen sollen. Sie hatte bei ihm schlafen und ihn neben sich wissen und seinen Atem hören wollen. Mittlerweile war es ihnen bereits zur Gewohnheit geworden, jede Nacht das Bett zu teilen; keiner von beiden hatte auch nur in Betracht gezogen, getrennt voneinander zu schlafen. Tates Wunde befand sich noch im Heilungsprozess, doch nebeneinander zu schlafen und ihn jede Nacht besitzergreifend in ihren Armen zu halten, schien ihr noch intimer als Sex.

Der erste Tag nach dem Ereignis hatte sich chaotisch gestaltet. Danach hatten sie nichts Anstrengenderes mehr unternommen, als mit Shep zu spielen und Besuche von Chloe und ihrer Mutter zu empfangen, die täglich vorbeigekommen waren, um nach Tate zu sehen.

Blake war bereits auf dem Weg nach Washington.

»Ja, ich hätte es zugelassen«, antwortete sie schließlich. Tates Augen nahmen einen eifersüchtigen Ausdruck an, während er ihre Taille drückte. Sie hatten bisher zwar des Öfteren über die reinen Fakten des Erlebnisses gesprochen, doch nicht, was es Tate in emotionaler Hinsicht abverlangt hatte.

Tates Schlafzimmer wurde von dem offenen Feuer in dem großen steinernen Kamin gegenüber des Bettes erleuchtet, doch Lara wusste, dass einige der Funken, die seine Augen versprühten, seiner Wut entsprangen und keine Reflektion der Flammen waren. »Warum?«, fragte er heiser. »Du wusstest doch, dass das Team eintreffen würde. Du hättest den Hurensohn unschädlich machen können, obwohl deine Hände gefesselt waren. Ich glaube nicht, dass einer von den anderen Arschlöchern auf dich geschossen hätte.«

»Aber *dich* hätten sie getötet«, wandte Lara ein. Sein Blick wurde weich, als Lara sprach. »Ich hätte mich sogar vergewaltigen lassen, bevor ich zugelassen hätte, dass sie dich erschießen. Ich musste Zeit gewinnen. Ich wusste, das Team würde bald eintreffen, weil ich ihnen eine Nachricht geschickt hatte, bevor wir überwältigt wurden.« Das wusste Tate bereits, weil sie alle Ereignisse des Tages, an dem Marcus verhaftet worden war, im Detail durchgehechelt hatten, doch jetzt ging es um die persönlichen Aspekte und darüber zu reden, war weitaus schwerer, als die reinen kriminalistischen Fakten zu besprechen.

Er nahm sie behutsam am Kinn und drehte ihr Gesicht zur Seite, sodass er die Schramme begutachten konnte, die der Verbrecher auf ihrem Gesicht hinterlassen hatte. Sie war bereits verblasst und kaum noch zu bemerken. »Weißt du nicht, dass es mich umgebracht hätte, dabei zuzusehen, wie ein Mann dir auf diese Art Gewalt antut?«

»Du musstest es dir aber nicht ansehen.« Sie nahm seine Hand von ihrem Kinn und verschlang ihre Finger mit seinen, um dann ihre miteinander verbundenen Hände neben ihren Kopf zu betten. Sie würde nicht mit ihm diskutieren, denn sie würde es jederzeit wieder genauso machen. »Ich hätte mich wieder davon erholt und ich nehme Verhütungsmittel, obwohl ich keine feste Beziehung unterhalte, denn als weibliche Agentin besteht immer ein gewisses Risiko, vergewaltigt zu werden. Du aber hättest dich nicht wieder erholt. Du wärst tot gewesen. Es war meine Schuld, dass du überhaupt dort warst, dass ich dich in die Sache hineingezogen habe. Das hätte niemals geschehen dürfen. Du bist Marcus Bruder.«

»Hey! Hör auf!«, verlangte er. »Glaubst du etwa, ich bin dir deshalb böse?«

»Das solltest du. Es wäre völlig normal, es der Frau übelzunehmen, die deine Familie zerstört hat.« Sie legte ihren Kopf wieder auf seinen Bauch, da sie seine Miene nicht sehen wollte.

Seine Hände fuhren ihr zärtlich durch die Haare. »Du hast meine Familie nicht zerstört. Mein Gott, Lara! Denkst du wirklich, ich könnte dir einen Vorwurf daraus machen, dass du deinen Job erledigt hast? Glaubst du etwa, ich hätte Menschenleben aufs Spiel gesetzt, nur um meinen Bruder zu schützen?«

Sie konnte nicht anders. Sie hob den Kopf, um in seinen Augen die Wahrheit zu lesen. »Nein«, antwortete sie ehrlich, als sie die Wildheit darin sah.

»Egal, wie sehr ich meinen Bruder liebe, der Gerechtigkeit muss genüge getan werden. Nicht du hast meiner Familie wehgetan, sondern Marcus. Ich bin froh, dass er verhaftet wurde, bevor Menschen ums Leben gekommen sind. Meine Mutter leidet zwar Höllenqualen, doch es hätte sie umgebracht, wenn ihr Sohn am Ende zu einem Massenmörder geworden wäre.«

Er hasst mich nicht. Er ist mir nicht böse. Er gibt mir noch nicht einmal die Schuld. Mein Gott! Was für ein erstaunlicher Mann er doch ist.

»Danke, dass du mir keine Schuld gibst.«

»Es. War. Nicht. Dein. Fehler«, stieß Tate hervor. »Mein Gott! Du warst gewillt, dich von irgendeinem schmutzigen Sack vergewaltigen zu lassen, um meinen Tod zu verhindern.«

»Wie hast du es geschafft, die beiden Kerle zu entwaffnen und dem dritten auch noch das Gewehr abzunehmen?« Sie wünschte, sie hätte Tates blitzschnelle Aktionen beobachten können, mit der er drei Männern die Waffen entrissen und den vierten mit einer davon getötet hatte. Und das, obwohl er doch bereits verwundet gewesen war.

»Verzweiflung und Übung«, knurrte er. »Auf keinen Fall hätte ich zugelassen, dass du dir deinen wunderschönen Mund an diesem Arschloch beschmutzt hättest. Das wäre nur über meine Leiche möglich gewesen.«

Die Heftigkeit und Wildheit seiner Erklärung ließen ihr Herz vor Freude hüpfen. Wann hatte sich jemals ein Mann so für sie eingesetzt? Gewiss, die Agenten ihres Teams verhielten sich wie Freunde und traten in gleichem Maße für sie ein, wie sie andersherum für ihre Kollegen. Doch niemand von denen brachte ihr diesen wilden Beschützerinstinkt entgegen, dieses pure Verlangen, sie in Sicherheit zu wissen. »Ich wollte nicht, dass du tot bist.«

»Wie wolltest du denn, das ich sein sollte?«, krächzte er.

»Genau so wie jetzt.« Nur in eine alte Schlafanzughose aus Flanell gekleidet und mit seiner üblichen *fick-mich* Frisur, die jeden Tag aufs Neue von der Wintermütze verursacht zu werden schien, die er aufsetzte, wenn er mit Shep Gassi ging, war er der feuchte Traum einer jeden Frau. Sein Körper unter ihr fühlte sich hart an und wenn seine rauchigen Augen hitzig aufflackerten, wirkte er unwiderstehlich und hinreißend und war unleugbar der attraktivste Mann auf Erden. Tate Colter würde zwar immer gerade ein bisschen zu eingebildet, arrogant und ungezähmt sein, doch ihr gefiel selbst das an ihm, da er gleichzeitig freundlich, nett und entgegenkommend war – Charaktereigenschaften, die sich unter einer harten Schale versteckten. Manchmal war er ihr ein Rätsel, aber von Tag zu Tag lernte sie ihn besser verstehen.

Weil wir uns so verdammt ähnlich sind.

Nichts und niemand hatte jemals so sehr an ihre weiblichen Instinkte appelliert wie Tate. Über Jahre hinweg hatte sie sich bemüht, hart zu sein, und versucht, sich in einem männlich dominierten

Beruf zu behaupten. Sie hatte es sich nicht leisten können, sich anders zu geben als geschäftsmäßig und unpersönlich, und hatte bei allem, was sie tat, besser sein müssen als alle anderen, nur weil sie eine *Frau* war. Und sie hatte bereits seit sehr langer Zeit einzig und allein für ihren Job gelebt.

Ich will endlich leben, wie es mir gefällt, wenigstens für eine Weile.

Sie stützte sich auf ihre Ellbogen und blickte auf Tates perfekten, muskulösen Körper hinab. Das Flanellnachthemd, das sie trug, war alles andere als sexy, trotzdem sah er sie an wie ein geiler Teenager, der eine heiße Schönheit aus dem *Playboy* bewundert.

»Wenn ich mich recht erinnere, habe ich dir im Krankenhaus etwas versprochen, das ich jetzt in die Tat umsetzen möchte«, bemerkte sie verführerisch, während sie einen Finger über seinen durchtrainierten Brustkorb gleiten ließ. Sie hatte schon seit dem Moment, in dem sie dieses Versprechen gegeben hatte, den Drang verspürt, Hand an ihn zu legen und ihn auf Teufel komm raus zu verwöhnen.

»Nicht, bevor dein Gesicht geheilt ist«, widersprach er barsch.

»Es tut nicht mehr weh.« Lara liebte es, den Hunger in seinen Augen zu sehen.

»Dann küss mich!«, forderte er sie heraus und fuhr ihr mit der Hand durchs Haar.

Vorsichtig, ohne seinen Oberkörper zu belasten, beugte sie sich zu ihm hinunter und gestattete ihm, ihren Mund auf seinen hinabzuziehen. Sie mochte vielleicht den Anstoß gegeben haben, doch Tate übernahm augenblicklich die Kontrolle. Er leckte, knabberte und spielte an ihren Lippen herum, bevor seine Zunge in ihren Mund glitt, um sie vollkommen zu erobern. Sie stöhnte gegen seine Lippen und ihre Zunge antwortete ihm gierig.

Er befand sich auf Raubzug.

Und sie unterwarf sich ihm kampflos und öffnete sich ihm vollkommen, als er ihren Mund in Besitz nahm, zärtlich, aber dominant. Ihr Körper fing Feuer, als sie sich im Netz der Begierde verfing, die sie mit solcher Macht überfiel, dass sie am ganzen Körper vor Verlangen zitterte.

Genau so sollte ein Kuss sein.

Er sollte immer ein solch prägendes Erlebnis sein wie der Ansturm auf ihre Sinne, den Tates Kuss in diesem Moment auslöste. Ihre Hand kroch seinen Bauch hinunter und ergötzte sich an jedem wohlgeformten Muskel, über den ihre Finger strichen, während sie ihn erkundete. Schließlich zog sie an dem Taillenbund seiner Schlafanzughose, begierig darauf, ihn zu berühren.

Tate riss seinen Mund von ihrem. »Lara, tu das nicht! Ich bin zu scharf auf dich und dein Gesicht braucht noch Zeit zum Heilen.«

»Ich brauche mein Gesicht dazu nicht«, schnurrte sie, »sondern nur meinen Mund. Und meine Wange fühlt sich gut an. Die Schwellung ist abgeklungen und ich habe keine Schmerzen mehr.«

Sie kam sogleich in direkten Kontakt mit seiner gigantischen, hoch aufgerichteten Männlichkeit, da Tate keine Unterwäsche trug; nichts als Flanell bedeckte seine harte Erektion. Sie schob sich bis zu seinen Knien hinunter und zerrte an seiner Schlafanzughose. »Ich will dich nackt!«, begehrte sie unverfroren. Sie wollte in diesem Augenblick nichts, aber auch gar nichts, zwischen sich und Tate spüren. Hastig streifte sie sich ihr Nachthemd über den Kopf, um ihre Nacktheit darunter zu enthüllen. Ihre Zuversicht schwand, als sie ein leises, widerhallendes Geräusch vernahm, das Tates Mund entwichen war. Doch als sie prüfend seinen Gesichtsausdruck begutachtete, sah sie nichts als pure geschmolzene Hitze; seine begehrlichen Augen verschlangen ihren Körper.

Sie zog an seiner Hose, jetzt noch gieriger darauf, den Beweis seiner Erregung zu fühlen. Sein Schwanz sprang ihr entgegen, als sie ihn von dem Flanell befreite, und Tate hob seinen Hintern an, um ihr zu helfen.

»Mein Bein hat überall Narben«, bemerkte er in warnendem Tonfall.

Tatsächlich war Tate mit kleinen Narben übersät, die sich aus seiner Vorgeschichte als Mitglied der Spezialeinheit erklärten, doch sie ließen ihn wie einen Krieger aussehen und umso gefährlicher und attraktiver wirken. Obwohl Lara den Schmerz betrauerte, den jede einzelne ihm verursacht haben mochte, machten sie ihn keinen Deut weniger begehrenswert. Sie waren ein Teil von Tate. Und für sie war Tate mehr als perfekt.

Sein Bein war vollkommen mit Narben bedeckt und sie schnappte nach Luft, als sie ihm die Hose von den Füßen zog und achtlos zu Boden warf. »Oh Gott! Das muss höllisch wehgetan haben.« Liebevoll folgte sie mit dem Finger den Konturen der verheilten, dunklen Narben.

Tate machte Anstalten, sein Bein unter der Decke am Fußende zu verstecken, doch sie hinderte ihn daran und bedeckte die Narben mit Küssen, während sie sich langsam ihren Weg zu seinem Unterleib suchte. »Tu das nicht! Es gibt nichts an dir, was ich nicht unglaublich sexy finde«, erklärte sie ihm mit heiserer, zittriger Stimme. Er hatte sich diese Narben erworben, während er Leben rettete, ihr Land beschützte und sich ohne Zweifel auf einer unglaublich riskanten Mission befand. »Du bist mein Held, Tate Colter.« Sie schob sich nun an seine Hüften heran und barg seinen Schwanz in ihren Handflächen.

»Mein Gott! Lara! Du bringst mich um«, knurrte er mit aufgewühlter Stimme.

Sie grinste ihn an und senkte dann den Kopf. »Wenn es so ist, muss ich dich wohl wieder zum Leben erwecken.«

Lara war nicht gerade unglaublich erfahren darin, einen Mann mit dem Mund zu beglücken, obwohl sie sich damit vor Tate gebrüstet hatte, damit er im Krankenhaus blieb. Doch unversehens übernahm ihr Instinkt die Führung. Sie ließ ihre Zunge um die Spitze seiner Männlichkeit wirbeln und leckte den Sehnsuchtstropfen auf, der sich dort gebildet hatte. Mit geschlossenen Augen gab sie sich dem Genuss hin, ihn zu schmecken: warm, männlich und berauschend. Nachdem sie die Innenseite des Schaftes mit ihrer Zunge erkundet hatte, nahm sie ihn schließlich in den Mund; er war so groß, dass sie ihn unmöglich vollkommen aufnehmen konnte. Sie schlang ihre Finger um die Wurzel des Schaftes und bewegte sie im Einklang mit ihrem Mund, während sie ihn verschlang.

Tates gequältes Stöhnen ließ ihre Muschi sich beinahe schmerzvoll zusammenziehen und während sie sich vollkommen hingab, verstärkte sie den Sog ihres Mundes um seinen Schwanz herum und bewegte sich schneller und schneller.

»Verdammt, Lara! Ich werde gleich explodieren.« Tate ließ seine Finger durch ihre Haare gleiten und führte ihren Kopf – schneller, härter.

Plötzlich ließ er ihren Kopf fahren und gab ihr eine Chance, sich zurückzuziehen, doch Lara hatte das Gegenteil im Sinn. Sie nahm ihn so tief wie möglich in ihrem Mund auf und Tates Erlösung ergoss sich pulsierend in ihre Kehle. Und sie hörte nicht auf, während ihn ein Orgasmus überwältigte, der ihn dazu trieb, mit heiserer, roher Stimme ihren Namen herauszuschreien: »Lara!«

Er atmete hart und schwer. Erneut vergrub er seine Hand in ihrem Haar und massierte ihre Kopfhaut, während er Atem schöpfte. »Verdammt! Du hattest Recht. Es hat mir den Kopf weggeblasen«, krächzte er. Dann zog er sie neben sich und drehte sie blitzschnell auf den Rücken.

Verblüfft sah sie zu ihm auf. Er hatte ihre Positionen mit solcher Schnelligkeit vertauscht, dass sie es noch nicht einmal hatte kommen sehen. »Was machst du?« Er hielt ihr die Hände über dem Kopf zusammen.

Seine Augen glänzten wie flüssiges Silber. Sein massiger Körper bedeckte nun ihren.

»Jetzt will ich dich dabei beobachten, wie du kommst, Baby. Ich muss dich vor Wollust stöhnen hören, während ich deine süße Muschi koste.« Seine Hände wanderten zwischen ihre Körper und seine Finger untersuchten ihre fleischigen Falten.

Sie waren durchnässt und glitschig und Tate grunzte befriedigt. »Du bist schon ganz feucht. Erregt es dich, mich zu befriedigen?«

»Ja«, gab sie atemlos zu. Ihr ganzer Körper, unter seinem, bebte vor so heftigem Verlangen, dass sie kaum nach Luft schnappen konnte.

»Das ist gut. Weil ich das hier nämlich auch höllisch genießen werde.« Er senkte den Kopf und küsste sie. Seine dominante Natur kam zum Vorschein, als er schnell ihre Handgelenke ergriff und ihren Mund plünderte, als ob er ihm gehören würde.

»Tu dir nicht weh!«, bat Lara ihn, als Tate sich von ihren Lippen löste, um seine Zunge über die empfindliche Haut ihres Halses wandern zu lassen.

»Baby, das hier wird keinem von uns beiden wehtun«, hauchte er heiser gegen ihre Haut. »Ich will dich doch nur schmecken, bis du alles vergisst, außer mir.«

Eine Hitzewelle flutete zwischen ihre Schenkel, als sie Tates fordernde, sexy Stimme vernahm. Wenn er seine sexuelle Dominanz ausspielen konnte, befand er sich in seinem Element, und seine ungezähmte Leidenschaft ließ ihre Begierde bis zum Siedepunkt aufkochen. Hier konnte sie sich frei fühlen, konnte ihm die Kontrolle über ihren Körper überlassen und auf ihn vertrauen, dass er sie bis an die Grenze des Wahnsinns beglücken würde. In diesem Augenblick musste sie sich nicht unter Kontrolle halten; sie gestattete sich, sich einfach nur unter seinen Liebkosungen zu entspannen und sich ganz ihren Gefühlen hinzugeben.

Jetzt ließ er ihre Handgelenke los und sein Mund bewegte sich zu ihren Brüsten, wo er eine ihrer Brustwarzen mit seinen Zähnen und seiner Zunge reizte. »Die sind verdammt perfekt«, knurrte er gegen ihre Brust. Seine große Hand umfasste erst die eine und dann die andere, stimulierte die hypersensiblen Knospen, bis sie es nicht mehr aushalten konnte.

»Ich brauche dich«, stöhnte Lara. Ihre Hände verkrallten sich in den Laken und ihr Rücken wölbte sich vor Lust. »Fick mich, Tate!«

»Glaub mir, Baby. Genau das habe ich vor. Später«, antwortete er mit einer Stimme, die tief aus seiner Kehle kam. Sein Mund wanderte langsam zu ihrem Bauch hinunter, wobei er an ihr leckte, knabberte und sie mit erotischen Küssen übersäte. »Doch vorher will ich dich als mein Eigentum markieren.«

Er klang gefräßig und gierig, als ob er nicht genug davon bekommen könnte, sie zu berühren. Solche Worte hätten aus dem Mund eines anderen Mannes vielleicht beängstigend geklungen. Doch nicht, wenn Tate sie aussprach. Niemals. Er war beschützerisch und bedächtig, besitzergreifend und verletzlich, rau und herzergreifend zärtlich. Herrisches Benehmen war seine zweite Natur und das konnte sie verstehen. Sie hatte ihm frohgemut die Kontrolle übergeben, denn so musste sie für eine Weile nicht mehr denken. Sie vertraute ihm, sie verstand ihn, und das machte den großen Unterschied aus bezüglich der Art und Weise, wie sie auf seine Worte reagierte.

Sie seufzte erleichtert auf, als er endlich ihre Schenkel teilte und sein heißer Atem ihrer Muschi so nahe kam, dass sie vor Erwartung zitterte.

»Du bringst mich um.« Absichtlich wiederholte sie seine früheren Worte, begleitet von einem Stöhnen.

Er nahm ihre Hände und legte sie auf ihre Brüste. »Spiel mit dir, Baby!«

Alle Scham war vergessen, ersetzt durch den Schrei ihres Körpers nach Stimulation. Sie umfasste ihre Brüste und drückte die kleinen, harten Knospen unbarmherzig, um das schmerzende Verlangen, das in ihr pochte, zu befriedigen.

»Du siehst wunderschön aus, wie du so daliegst«, brummte Tate. »So begierig auf mich. So bereit, dass ich dich befriedige.«

»Ja. Tu es, verdammt noch mal! Ich brauche dich.« Ihr Körper war gespannt wie ein Bogen und ihr verzweifeltes Verlangen nach Tate längst außer Kontrolle geraten.

»Höchste Zeit, dich wiederzubeleben«, bemerkte er hitzig, doch mit einem Hauch von Humor, denn er hatte ähnliche Worte benutzt wie die, mit denen sie anfangs ihr eigenes erotisches Spiel eingeleitet hatte.

Bei der ersten Berührung seines Mundes hob Lara ihm ihre Hüften entgegen. Er tauchte durch ihre Falten und in ihre Muschi gerade so, wie er alles tat: total konzentriert, wild und vollkommen erbarmungslos. Sein sinnlicher Überfall war erotisch und wollüstig: seine Lippen, Zähne, Zunge und Nase vollständig in ihrer Muschi vergraben, während er ihre Beine noch weiter auseinander spreizte, um noch tiefer in sie eindringen zu können. Seine Zunge schlängelte sich von oben nach unten immer und immer wieder über ihr zartes, rosafarbenes Fleisch. Jedes Mal, wenn seine Zunge das kleine Nervenknötchen passierte, bürstete sie aufreizend darüber und ihr Körper schrie nach Erlösung.

»Oh Gott!« Niemals hatte sie etwas so Pures und Heißes gespürt wie Tates Mund zwischen ihren Schenkeln; sein lustvolles, genießerisches Stöhnen vibrierte an ihrer Klitoris. Sie ließ ihre Brüste los und krallte ihre Finger in sein kurzes Haar. »Ja! Ja! Ja!«, rief sie aus. Ihr ganzer Körper reagierte auf das, was er mit ihr anstellte, und ihr Tunnel zog sich schmerzhaft zusammen.

Seine Zunge schnellte über ihre empfindlich angeschwollene Knospe und konzentrierte sich ganz auf sie, während er zwei Finger in sie hineintrieb und sie endlich ausfüllte. Sie ließ sich auf seine Finger hinunter und umschloss sie fest, als diese ihren G-Punkt fanden, ihn massierten und sich wieder zurückzogen, nur um erneut in sie einzudringen, immer und immer wieder.

Laras Rücken bog sich durch und ihr Kopf drosch auf das Kissen ein, als Tate damit fortfuhr, ihre Klitoris im gleichen Rhythmus zu reizen, in dem er seine Finger in ihre glitschige Muschi hinein- und wieder hinausgleiten ließ. »Tate, ich kann es nicht mehr aushalten. Ich kann nicht!« Ihre Erregung war so explosiv, dass sie glaubte, im nächsten Moment auseinanderzubrechen.

Sie quietschte auf, als seine andere Hand unter ihren Hintern wanderte und sich ein Finger zwischen ihre Pobacken schob. Sie war so feucht, dass ihre Säfte den Finger benetzten, mit dem er ihren Anus reizte und dessen Spitze er nun in die enge Öffnung zwang.

Er testete ihre Grenzen aus, soviel bekam Lara noch mit – in dem kleinen Winkel ihres Verstandes, der noch funktionierte. Er reizte und erkundete sie und verminderte nicht im Geringsten die Bewegungen seiner Zunge und seiner Finger, die sie gnadenlos fickten. Jede Empfindung, die Tate in ihr hervorrief, war neu und intensiv, und mit ihm kannte sie keine Grenzen. Alles, was er mit ihr anstellte, brachte sie ihrem Höhepunkt näher.

Plötzlich barst die Spannung in ihr und die Spirale in ihrem Bauch entwand sich; ihr Körper pulsierte heftig. »Tate!«, schrie sie zur Decke hinauf. Sein Name verwandelte sich in ein langes Stöhnen der Befriedigung, als sie einen Orgasmus erlebte wie noch niemals zuvor. Sie klammerte sich an seine Haare, während ihr Tunnel sich fest um seine Finger zusammenzog. Krämpfe schüttelten ihren Körper und ihr Hals bog sich durch, während sie auf den Wellen ihres Höhepunktes ritt.

Sie keuchte heftig unter den letzten verebbenden Strömen der Befriedigung, während Tate seinen Sieg genoss und befriedigt in ihre Muschi grunzte. Dann glitten seine Hände an ihrem Körper hinauf. Beide waren von Schweiß bedeckt, sie schienen durch die Hitze ihres Fleisches zischend miteinander zu verschmelzen.

Unerwartet warf sich Tate auf sie, nahm in derselben Sekunde ihren Mund in Besitz und küsste sie zuerst grob und dann zärtlich. Lara konnte sich selbst auf seinen Lippen schmecken. Sie schlang die Arme um ihn und ergötzte sich daran, seinen harten, heißen, fordernden Körper auf sich zu spüren.

Bevor seine Lippen sich auch nur von ihren gelöst hatten, drang sein Schwanz in sie ein und vergrub sich bis zur Wurzel in ihr.

Sie wimmerte, als er sie ausfüllte, die Empfindung so erhaben, dass sie ihre kurzen Fingernägel in seinen Rücken grub.

»Fuck! Ja! Mein. Du gehörst mir, Baby! Das alles ist für mich«, stieß er barsch und besitzergreifend hervor und verharrte so tief vergraben wie möglich in ihr.

Lara schlang ihm ihre Beine fest um die Taille und hielt ihn so in sich fest. »Ja. Das ist alles für dich«, keuchte sie und wusste, das entsprach der Wahrheit. Kein Mann hatte je solche Gefühle in ihr erweckt wie Tate und höchstwahrscheinlich würde das auch niemand anderes in Zukunft fertigbringen. Jede Aktion, jede Berührung war elementar und urtümlich wild. Ihr Körper verzehrte sich danach, diesen Mann zu veranlassen, sich mit ihr zu vereinigen und zu ihr zu gehören. Sie beanspruchte ihn so gewiss für sich, wie sie ihm gehörte. »Fick mich! Bitte!« Ihr Körper bebte, so schmerzlich sehnte er sich nach Tate.

Er zog sich fast ganz zurück und drang dann erneut machtvoll in sie ein. »Ich brauche dich so sehr.« Seine Erklärung klang energiegeladen, verriet gleichzeitig aber auch eine gewisse Verwundbarkeit.

Sie fuhr mit den Händen seinen Rücken hinauf und hinunter, als sie fühlte, wie sein großer Körper erschauerte. Mit schnellen, harten Bewegungen stieß sein Schwanz in sie hinein und zog sich dann wieder zurück, was ihrer verzweifelten Begierde entgegenkam. »Ja! Härter!« Lara sehnte sich nach seiner strafenden Gewalt, seinem hämmernden Rhythmus. Dies wirkte wie eine Bestätigung, dass sie beide noch am Leben waren, nach dem, was auf der Landebahn geschehen war. Ihr Körper erzitterte, als Tate ihre Positionen ein bisschen veränderte; jetzt presste sich sein Schwanz gegen die empfindliche Stelle in ihrem Inneren, was sie einem weiteren Orgasmus entgegentrieb.

Wieder krallte sie sich in seinen Rücken. Ihre Nägel bissen in sein Fleisch, um sie in ihrer Stellung zu halten, während sich ihre Hüften hoben, um jeden einzelnen Stoß seiner Männlichkeit zu empfangen. Ihre inneren Wände verkrampften sich um ihn, als sie kam; ihre Muskeln schlossen sich fest um seinen Schwanz und molken ihn.

»So ist es richtig, Liebes. Lass los! Komm für mich!«, forderte er barsch und hämmerte weiter in sie hinein. Stöhnend drang er ein letztes Mal in sie ein und fand seine eigene Erlösung.

Als die letzten Wellen ihres gemeinsamen Orgasmus verebbt waren, fanden sie sich in einer Masse ineinander verschlungener, verschwitzter Gliedmaßen wieder. Tate rollte sich von ihr herunter, ließ jedoch eines seiner Beine zwischen ihren Schenkeln liegen. Seine Arme um ihre Taille und Schulter gewickelt, vergrub er seine Finger in ihren Haaren und hielt ihren Kopf an seiner Brust geborgen.

Lara kuschelte sich an ihn. Ihr Atem ging immer noch stoßweise, ihr Körper war vollkommen gesättigt. Ihr war bewusst, dass Tate gerade ihr Leben unwiderruflich verändert hatte. »Ich wusste nicht, dass es so intensiv sein kann«, gab sie atemlos zu.

»Ich auch nicht«, bestätigte Tate heiser.

Behutsam drehte er ihren Kopf, indem er leicht an ihren Haaren zog, und drückte ihr einen zärtlichen Kuss auf die Lippen, der ihr Herzrasen verursachte und mit einem so ungewohnten Gefühl einherging, dass sie es zuerst nicht erkannte – sie war glücklich.

Kapitel 11

Tate wusste, er war erledigt, und nicht auf die gute Art.
Am nächsten Morgen stand er am Waldrand und beobachtete, wie Shep herumschnüffelte, um sich den besten Platz für sein morgendliches Geschäft auszusuchen. Tate hielt die Leine locker in der Hand, damit der Welpe in Ruhe den Boden erforschen konnte.

Irgendwann wird sie gehen. Sie ist nicht von hier.

Das Problem bestand aber darin, dass Tate Lara unbedingt hier haben wollte, und wenn sie gehen würde, würde es ihn schwer treffen. Er litt schon jedes Mal unter Schmerzen in seiner verdammten Brust, wenn er an Marcus dachte, denn er war immer noch nicht fähig zu akzeptieren, was sein ältester Bruder getan hatte. Wenn aber Lara ihn verlassen und nach Washington zurückkehren würde, würde ihm das Herz aus der Brust gerissen werden.

Er hatte sich niemals wirklich einsam gefühlt, bis er sie kennengelernt hatte. Er hatte es immer vorgezogen, allein zu sein. Doch jetzt musste er zugeben... in seinem Leben hatte ihm etwas Entscheidendes gefehlt – und dieses *Etwas* war *Jemand* – Lara.

Wenn er sich daran erinnerte, wie Lara vor diesem Terroristenschwein gekniet hatte, zu allem bereit, um sein Leben zu retten, fühlte er sich schmutzig und erniedrigt. Allein der Teufel wusste, was er getan hätte, wenn er hätte zuschauen müssen, wie ihr Gewalt angetan wurde. Hatte es ihn doch bereits beinahe umgebracht zu sehen, wie ein anderer Mann sie berührte – dieser schmutzige Terroristenbock!

Sie ist eine starke Frau.

Ja, seine Frau war ein weiblicher Schläger, doch im Bett gab sie ihm auf eine so süße Art nach, dass sein Schwanz allein bei dem Gedanken an die letzte Nacht hart wurde. Sie war eine Verführerin, doch auf mancherlei Weise so verdammt unschuldig. Die Kombination dieser beiden Eigenschaften erweckte in ihm ein unerträgliches Verlangen nach ihr. Allein ihre Reaktion, als er ihren Po betastet hatte, zeigte ihm, wie unschuldig sie in vieler Hinsicht war. Er war niemals ein besonderer Analfetischist gewesen, doch Lara erweckte in ihm das Verlangen, jedes einzelne Teil von ihr zu erforschen, vollständig. In der Tat, er gierte nach ihr wie ein Süchtiger. Er hatte es sogar kaum fertiggebracht, sich von ihr zu lösen und aufzustehen, als Shep heute Morgen winselnd sein Recht angemeldet hatte.

Ich wusste nicht, dass es so intensiv sein kann.

Tate konnte immer noch hören, wie sie atemlos diese sexy Worte zu ihm gesagt hatte, und wie sehr ihn das berührt hatte. Zur Hölle, er hatte doch auch nicht die geringste Ahnung gehabt, dass es auch nur annähernd so sein konnte, und er war wahrscheinlich weitaus erfahrener als sie. Er hatte seinen Anteil an Frauen bereits genossen, doch niemals war es an das herangekommen, was er mit Lara erlebt hatte.

Vielleicht kann ich sie mir aus dem Verstand ficken.

Doch die Idee war ihm gerade erst durch den Kopf geschossen, als er sie auch schon wieder verwarf. Lara wirkte auf ihn wie Crack auf einen Süchtigen. Je mehr er bekam, desto mehr wollte er.

Ihm entfuhr ein tiefer Seufzer, als Shep schließlich einen Platz zum Pinkeln gefunden hatte. Es war so kalt, dass er seinen Atem in der frostigen Luft sehen konnte, doch es würde ein recht anständiger Tag zum Fliegen werden, da das Wetter sich von seiner sonnigen und klaren Seite zeigte. Er hatte Lara versprochen, sie später nach Denver zu fliegen, wo sie einige Berichte beim FBI einreichen wollte. Verdammt, er wäre zu fast allem bereit, um sie länger hier zu behalten. Sie hatte betont, genauso gut selbst dorthin fahren zu können, doch Tate war der Meinung, Fliegen sei Autofahren auf jeden Fall immer vorzuziehen. Es sparte Zeit, besonders, wenn man im Winter die Bergautobahnen benutzen musste, und außerdem gefiel es ihm in der Luft sowieso besser als auf der Straße.

Shep erledigte sein Geschäft und hüpfte durch den Schnee zum Haus zurück.

Kluger Hund. Es ist verdammt kalt hier draußen.

Als er sich seine Stiefel ausgezogen hatte und das Haus betrat, war Lara aufgestanden, sah aber keineswegs glücklich aus. Er ließ Shep von der Leine und hängte diese an ihren Haken. Der Welpe lief sofort zu Lara hinüber, die ihn hochhob und schauderte, als sie ihn an ihre Brust drückte.

Glücklicher Hund.

»Du bist ganz kalt«, sagte sie in summendem Tonfall zu dem Hündchen und streichelte sein Fell.

Befriedigt stellte er fest, dass sie wieder seinen Bademantel trug, und der Besitzerstolz fuhr ihm direkt in die Eingeweide. Er liebte es, wenn sie seine Sachen über ihren Körper drapierte. Ja, gewiss, lieber noch hätte er sie mit seinem Körper bedeckt, doch er nahm, was er bekommen konnte.

»Stimmt etwas nicht?«, erkundigte er sich barsch, da er sich über ihren nachdenklichen Gesichtsausdruck Sorgen machte.

Sie zog eine Augenbraue in die Höhe. »Du besitzt einen Jeep und einen Schneepflug?«

Oh, verdammt! Erwischt!

»Ja. Draußen in der anderen Garage.«

»Also dann erklär mir bitte genauestens, warum ich hier eingeschneit war, obwohl du mich ziemlich leicht ins Resort hättest zurückbringen können.«

Tate würde sie nicht anschwindeln. Sie sah ziemlich verärgert aus. »Weil ich dich unbedingt hier haben wollte. Wir befanden uns mitten in einem Schneesturm, Lara. Selbst mit dem Schneepflug wäre es in jener Nacht draußen nicht sicher gewesen.« Er würde ihr nicht erzählen, dass er schon bei schlechterem Wetter draußen gewesen war und sich mit dem Schneepflug freigeschaufelt hatte. Die Wahrheit lautete... er hatte gewollt, dass sie blieb. Und er hatte sie nicht der Kälte aussetzen wollen, nur um sie ins Resort zurückzubringen.»Du warst verletzt.«

Sie verschränkte die Arme vor der Brust.»Du hättest es mir sagen können.« Sie klang enttäuscht.

Verdammt! Sie enttäuscht zu sehen, war schlimmer, als wenn sie zornig auf ihn gewesen wäre.»Ja, das hätte ich«, erwiderte er vorsichtig.

»Ich mag keine Lügen, Tate, aus welchem Grund auch immer.«

Auch ihm gefielen Lügen nicht, besonders nicht zwischen ihm und Lara, daher konnte er ihren Standpunkt verstehen.»Ich habe nicht direkt gelogen. Ich habe dir lediglich verschwiegen, dass ich einen Schneepflug besitze.«

»Eine Unterlassungslüge, Colter«, erwiderte sie streng.»Du hast es nicht etwa verschwiegen, weil du nicht daran gedacht hättest, sondern weil du es mich nicht wissen lassen wolltest.«

Sie hatte Recht.»Es tut mir leid. Ich schätze Ehrlichkeit ebenso wie du. Ich hätte es dir irgendwann auch erzählt.«

»Tu so etwas nicht noch einmal«, drohte sie ihm mit einer Stimme, die ihn an seine Grundschullehrerin erinnerte, und diese Frau hatte ihn das Fürchten gelehrt.

Lara setzte den Welpen auf dem Boden ab und verschwand ohne ein weiteres Wort in der Küche.

Tate folgte ihr beunruhigt. Er beobachtete, wie sie geschäftig hin und her lief, um das Frühstück zuzubereiten.

»Ich werde dich nie wieder belügen, Lara.« Er legte sein ganzes Sein in dieses Versprechen. Nun, da er sie besser kannte, wäre er niemals mehr in der Lage, nicht alles offen auf den Tisch zu legen.

»Gut.« Sie nickte ihm zu und beschäftigte sich wieder mit den Frühstücksvorbereitungen.

»Und damit ist die Sache für dich erledigt?« Sie würde nicht weiter auf der Geschichte herumhacken?

»Ja, genau. Jetzt, da ich mich klar ausgedrückt habe, vertraue ich darauf, dass du meine Ansicht respektierst.« Sie blickte ihm kurz in die Augen. »Außerdem hast du mir wahrscheinlich das Leben gerettet oder zumindest verhindert, dass ich diesen ekligen Mann berühren musste. Und nicht zuletzt bist du beinahe unverschämt perfekt. Ich denke, ein Fehler sei dir erlaubt.«

»*Beinahe* perfekt?« Verdammt, er liebte es, wenn sie ihn neckte. »Was würde mich denn *vollkommen* perfekt machen?«

Sie gab vor, ihn eine Minute nachdenklich zu mustern. »Du könntest kochen lernen«, antwortete sie dann zuckersüß.

Er ging zu ihr hinüber und gab ihr einen Klaps auf den Hintern, nur um ihr niedliches kleines Quietschen zu hören. »Baby, niemand verdient es, das zu essen, was ich koche.« Aber er sollte verflucht sein, wenn er sich ihr zuliebe nicht noch mehr bemühen würde, es zu lernen. Sie hatte es nicht verdient, die *ganze* Kocherei allein zu übernehmen. »Ich kenne aber jedes gute Restaurant in Colorado und ich kann uns jederzeit schnell dorthin bringen. Du brauchst nicht zu kochen.«

»Hm... ich denke, das hat etwas für sich«, antwortete sie scherzhaft.

»Ich bringe dich, wohin du willst.« Er küsste sie leicht auf die Schläfe und atmete ihren berauschenden Duft ein.

»Nach dem Frühstück muss ich ins Resort. Ich habe gerade mit Chloe verabredet, sie im Fitnesscenter zu treffen. Ich hoffe, es ist nicht zu überfüllt um diese Zeit.«

Tate stöhnte. »Chloe hat mich verpetzt, oder?« Seine Schwester war diejenige gewesen, die Lara verraten hatte, dass er über einen Schneepflug verfügte.

»Nicht absichtlich. Sie hat es nur zufällig erwähnt.« Lara briet gerade den Schinken.

»Warum gehst du dorthin?«

»Ich habe Chloe versprochen, ihr ein paar Selbstverteidigungsgriffe beizubringen.«

»Das Fitnesscenter ist im Winter niemals überfüllt. Die Leute absolvieren ihr körperliches Training beim Skifahren. Niemand möchte sich im Haus aufhalten, wenn es Neuschnee gibt.«

»Ich schon«, erwiderte Lara.

»Wenn ich dir beibringe, Snowboard oder Ski zu fahren, wird es dir draußen auch gefallen.« Lara war abenteuerlustig und würde sich bestimmt für den Wintersport begeistern können, wenn sie einen Lehrer hätte. Und zufälligerweise kannte er den Kerl, der ihr die Freude am Winter zeigen würde.

»Ich glaube, ich sitze lieber an einem warmen Kamin und mache... etwas anderes«, bemerkte sie unschuldig, drehte sich jedoch zu ihm herum und schlang ihm die Arme um den Hals.

»Ich wette, wenn ich dich die Vorzüge lehre, die es mit sich bringt, drinnen zu bleiben, wirst es dir auch gefallen«, gab sie neckend zurück.

Er gab ihr einen Kuss und gab zu, dass sie wahrscheinlich Recht hatte, insbesondere, wenn sie davon sprach, in *ihr* drinnen zu bleiben.

»Ich glaube, die Grundlagen habe ich verstanden, aber können wir trotzdem weiter üben?«, fragte Chloe Lara, während sie in gemächlichem Tempo auf dem Laufband trainierte.

Lara gelüstete es nach einem schnellen Lauf, denn sie war noch nicht einmal außer Atem. »Natürlich. Wir können solange weitermachen, bis ich weg muss.«

Sie hatten zuvor ziemlich lange grundlegende Selbstverteidigungsgriffe trainiert und dann war Lara aufs Laufband gesprungen, um ihr tägliches Routinetraining zu absolvieren. Sie hatte bemerkt, dass Chloe sich weitere Schrammen zugezogen hatte, und ihre Alarmglocken hatten ziemlich laut geläutet. »Chloe, verletzt James dich?« Sie musste diese Frage stellen. Ihr Gewissen erlaubte es ihr nicht zu schweigen.

Chloe blickte stur geradeaus, als sie antwortete: »Nein, natürlich nicht. Die Sache mit dem Kampfsport neulich war ein Unfall. Er ist ungeduldig geworden und außerdem steht er im Moment unter äußerstem Stress.«

»Du hast aber neue Schürfwunden«, wandte Lara ein.

»Ich bin ein Trampel«, erwiderte Chloe eilig. »Ich stolpere ziemlich oft und mir geschehen noch andere solch dumme Dinge. Ich verletze mich schnell.«

Lara war sich bewusst, dass sie Tates Schwester in die Defensive drängte, daher sagte sie schlicht: »Wann immer du reden möchtest, bin ich da, um dir zuzuhören.« Manchmal war es einfacher, sich mit einer Frau als mit einem Mann zu unterhalten.

Laras Aufmerksamkeit war es nicht entgangen, dass es Chloe niemals wirklich nach James verlangte, wenn sie ihn eigentlich gebraucht hätte. Während der Familienkrise wäre es doch angemessen gewesen, wenn er da gewesen wäre, um sie zu beruhigen.

»Danke«, erwiderte Chloe gelassen. »Es geht mir gut. In jeder Beziehung gibt es doch gewisse Holpersteine, denke ich.« Sie machte eine Pause. »Mein Gott, quälst du dich jeden Tag auf diese Art?«

Lara dachte, dass es zwar in jeder Beziehung Höhen und Tiefen gab, doch sie befürchtete, dass es sich bei den Steinen in Chloes Beziehung eher um ganze Berge handelte, die im Weg lagen. »Ja. Mir bleibt keine andere Wahl, als jeden Tag zu trainieren. Für meinen Job muss ich in allerbester Verfassung sein und leider liebe ich das Essen zu sehr.«

»Mir geht es genauso«, antwortete Chloe seufzend. »Aber ich nehme bereits zu, wenn ich Schokolade oder andere Fettmacher nur rieche.«

»Du bist nicht zu fett, Chloe«, erklärte Lara ernst, denn es ärgerte sie, dass irgendein Mann Chloe das Gefühl gab, nicht attraktiv zu sein, obwohl sie doch hinreißend aussah.

»James mag kurvige Frauen nicht.«

»Dann lass ihn sitzen und such dir jemanden, dem deine Kurven gefallen«, erwiderte Lara zornig. »Wie wäre es mit diesem gutaussehenden Cowboy, mit dem ich dich neulich abends gesehen habe?«

»Gabe?« Chloe errötete. »Er ist ein Milliardärscowboy und lediglich ein Freund der Familie, genauer ein Freund von Blake. Und meist kommen wir noch nicht einmal gut miteinander aus.«

»Ich glaube, er mag dich«, konterte Lara und mäßigte ihre Geschwindigkeit, um den Lauf zu Ende zu bringen.

»Nein, so ist es nicht. Es gefällt ihm einfach nur herumzualbern. Ich mag das nicht.«

Lara konnte das Gefühl nicht loswerden, dass Chloe es nur nicht gefiel, weil sie Gabe nicht glaubte, wenn er ihr Komplimente machte. »Er wirkte ziemlich besorgt, als Marcus festgenommen und Tate verwundet worden war.«

»Er war nett«, gab Chloe zu, während sie ihr Laufband stoppte und heruntersprang. »Doch das hat nicht lange vorgehalten.« Unbehaglich wechselte Chloe das Thema. »Magst du Tate?«

Lara hatte ihr Tempo mittlerweile auf Schrittgeschwindigkeit verringert. Sie fühlte sich unbehaglich, nun selbst im Mittelpunkt des Gespräches zu stehen. »Ja, ich mag ihn. Er hat eine Menge für mich getan. Er ist ein sehr mutiger Mann und ich bewundere ihn sehr.« *Und er ist so verdammt heiß, dass ich es jede Minute mit ihm treiben möchte.* Sie beschloss, diese Information nicht mit Tates Schwester zu teilen.

Chloe verdrehte die Augen. »Du weißt, was ich meine. Bist du scharf auf ihn?«

Lara errötete. »Er ist attraktiv, aber ich kenne ihn doch kaum.« Okay. sie kannte Tate auf intime Art, doch nicht seit allzu langer Zeit.

»Er ist so weltfremd und einsam seit seinem Unfall. Das ist einer der Gründe, warum ich ihn dazu gedrängt habe, Shep zu sich zu nehmen.«

»Tate liebt den Welpen über alles«, erklärte Lara Chloe, als sie aufhörte zu gehen und vom Laufband herunter hüpfte. »Lass dir von ihm nichts anderes einreden.«

Chloe lächelte sie an. »Das weiß ich doch. Er brummelt und beschwert sich über Shep, doch ich könnte ihn ihm jetzt nicht mehr wegnehmen, selbst wenn ich es wollte.« Chloe setzte sich auf einen Stuhl neben den Laufbändern.

Tate hatte Recht behalten: Der Fitnessraum war vollkommen leer und sie und Chloe hatten den ganzen Raum für sich allein.

»Er macht sich verrückt wegen Marcus, auch wenn er es nicht zeigt, weißt du«, bemerkte Chloe traurig. »Ich denke, so geht es uns allen. Mom weigert sich immer noch, daran zu glauben, dass Markus sich irgendetwas Illegales hat zu Schulden kommen lassen.«

Heftige Schuldgefühle überwältigten Lara. »Es tut mir so leid, Chloe.«

Chloe blickte zu Lara auf. »Es gibt keinen Grund für dich, dich zu entschuldigen. Du hast lediglich deinen Job getan.«

Mein Gott, Chloe hörte sich so sehr an wie Tate. »Danke.« Lara nahm ein Handtuch, um sich ihr schweißnasses Gesicht zu trocknen.

Dann sammelten beide Frauen ihre Taschen ein, um zur Dusche zu gehen.

»Wartet in Washington dein Freund auf dich?«, fragte Chloe listig.

»Nein. Ich habe schon seit Jahren keinen Freund mehr.«

»Was ist mit dem letzten geschehen?«, erkundigte sich Chloe neugierig.

»Er hat mich betrogen.« Seltsam, Lara hatte schon lange nicht mehr an ihn oder seine Taten gedacht. Vielleicht, weil er die Zeit oder die Mühe nicht wert war, sich über ihn aufzuregen. Betrogen zu werden war demütigend gewesen, doch er hatte niemals ihre Seele so berühren können wie Tate.

»Das macht einen fertig. Aber weißt du, Tate ist sehr loyal, sobald jemand seine Zuneigung errungen hat.«

Lara lächelte Tates gewiefte Schwester an. »Keine Kuppelei!«, erklärte sie Chloe. »Tate lebt in Colorado. Ich lebe in Washington, D.C. Das wirft einige sehr interessante geographische Fragen auf.«

Chloe zuckte mit den Schultern. »Er ist Pilot.«

»Wie ich bereits sagte, wir kennen uns kaum«, sagte Lara leichthin und strebte dem Umkleideraum zu.

»Du musst zugeben, er ist ein gutaussehender, harter Kerl«, bemerkte Chloe stolz.

Wenn sie daran dachte, auf welche Weise Tate alles anpackte, einschließlich der Art, wie er drei Männer gleichzeitig entwaffnet und ihren Angreifer erschossen hatte, musste sie antworten: »Dem stimme ich zu.« Tate als gutaussehend zu bezeichnen, war eindeutig untertrieben. Er war absolut atemberaubend, insbesondere, wenn er nackt war. Doch das behielt sie für sich.

Sie konnte nicht hier in Colorado bleiben, selbst wenn Tate ihre Beziehung für eine Weile fortsetzen wollte. Sie hatte ihr Leben, ihren Beruf in Washington. Sie wollte vermeiden, dass Chloe auch nur in diese Richtung dachte. »Ich hoffe, dass wir alle miteinander in Kontakt bleiben können«, fügte sie hinzu und versuchte, es so klingen zu lassen, als ob es keine große Sache wäre, Tate zu verlassen.

»Oh, ich denke, das werden wir«, antwortete Chloe mit einem geheimnisvollen Lächeln, als sie an Laras Seite aufholte. »Wie lange wirst du noch bleiben?«

»Zumindest noch eine Woche«, antwortete Lara, nicht sicher, wie lange ihr Chef sie noch hierbleiben lassen würde. Aber ihr stand zumindest noch eine Woche zu, bevor er beginnen würde, sie zurück an die Arbeit zu hetzen.

Chloe nickte. »Das sollte lange genug sein.« Mit diesen Worten trat die hübsche Brünette in den Umkleideraum.

Lara schüttelte den Kopf, nicht ganz sicher, was Chloe damit meinte, und folgte Tates Schwester.

Kapitel 12

»Das war eine der schrecklichsten Erfahrungen meines Lebens, obwohl ich FBI-Agentin bin«, murmelte Lara neckend, als Tate den Helikopter wieder auf der Landebahn der Colters absetzte. Tate Colter flog den Helikopter genau so, wie er den Motorschlitten fuhr: vollkommen auf Schnelligkeit fokussiert.

»Ich sollte dich wissen lassen, dass ich einer der besten Hubschrauberpiloten der Welt bin«, erwiderte er arrogant, als ob er sich angegriffen fühlte. Er drosselte den Motor. »Ich habe dir doch gesagt, ich würde dich schnell nach Denver und zurück bringen.«

»Wie lange fliegst du schon?«, erkundigte sie sich neugierig, als sie sich das Headset vom Kopf nahm. Lara hatte schon viele Hubschrauberflüge hinter sich und es gab keinen Zweifel, dass Tate Colter ein guter Pilot war. Er flog mit so viel Zuversicht, dass sie sich trotz seines verrückten Stils keinen Moment geängstigt hatte. Doch sie hatte ihren Spaß daran, ihm wegen seiner draufgängerischen Art die Hölle heiß zu machen.

»Nicht lange, nachdem ich meinen Führerschein hatte, habe ich damit begonnen«, erwiderte er und hörte sich immer noch etwas verstimmt an. »Im Jahr danach habe ich meine Pilotenlizenz erworben.«

»Was fliegst du sonst noch?«

Er grinste sie an. »Alles, was sich durch die Luft bewegt, Baby.«

»Du hast keinen Piloten? Du fliegst immer selbst?«

»Ja. Ich fühle mich viel wohler, wenn ich alles unter Kontrolle habe.«

»Verdammt! Ich glaube, das nimmt mir jede Chance, dem Mile High Club beizutreten, denn wenn du immer den Piloten spielst, ist Sex während des Fluges mit dir wohl nicht möglich«, erwiderte sie scherzend und gab sich alle Mühe, ihre Stimme enttäuscht klingen zu lassen. Sie löste den Sicherheitsgurt des Beifahrersitzes.

Tate hüpfte so schnell über den Vordersitz auf die Rückbank, dass Lara ihn nur wie einen verschwommenen, sich bewegenden Schatten wahrnahm. »Komm nach hinten! Ich fühle mich geehrt, dich in den Club einzuführen«, sagte er mit heiserer Stimme.

Sie drehte sich zu ihm herum, um ihn anzusehen. Er lümmelte sich bequem auf der Bank, die Hände über dem Bauch gefaltet, und wartete.

»Wir sind doch nicht in der Luft«, erwiderte sie atemlos. Ihre Augen wanderten hungrig über Tate. Bei dem Gedanken, sich hier und jetzt mit gespreizten Beinen auf ihn zu setzen und sich zu nehmen, was sie wollte, begann ihr Blut zu kochen. Der Mile High Club war ihr vollkommen egal. Doch so sicher wie das Amen in der Kirche wollte sie *ihn*. Dauerhaft. Verzweifelt. Beinahe schmerzhaft.

»Ich glaube, die Regeln des Clubs besagen, dass du Sex in einem Fluggerät haben musst, während du dich auf einer gewissen Höhe befindest. Und hier in den Bergen befinden wir uns bereits über eine Meile hoch und in einem Fluggerät sind wir auch. Praktisch gesehen, würde ich meinen, erfüllen wir alle Anforderungen«, erklärte er begeistert. »Komm her oder ich werde dich holen! Ich sehne mich schon den ganzen Tag nach dir, Lara. Ich will nicht länger warten.«

Lara seufzte. »Wir können das doch hier draußen nicht tun.« Sie sah durchs Fenster und begutachtete die Landebahn. Der Abschnitt, den Marcus benutzte, war wegen der Ermittlungen immer noch abgesperrt. Sie bemerkte niemanden in der Nähe und außerdem war Tate an dem entgegengesetzten Ende des kleinen Flughafens gelandet. Trotzdem, es war riskant. »Es könnten Leute kommen.« »Ich kenne zwei Leute, die definitiv kommen werden«, krächzte er. Er verschränkte die Arme vor der Brust. »Komm zu mir! Du traust dich wohl nicht? Nimm dir, was du willst!« Er schleuderte ihr diese Herausforderung absichtlich entgegen; seine hitzigen Augen flehten sie an, zu ihm zu kommen.

Verdammt! Er weiß, wie sehr ich ihn begehre, und er ist sich absolut sicher, dass ich mich von ihm nicht für feige halten lassen werde.

Sie biss sich auf die Lippe und versuchte, ihr unleugbares Verlangen unter Kontrolle zu bekommen. Tate gefiel es, sie zu testen, ihre Grenzen auszureizen, doch er erkannte nicht, dass ihre Grenzen verdammt weit gesteckt waren, wenn es sich um ihn handelte.

»Was willst *du*?«, fragte sie ihn in wollüstigem Tonfall. Dann kniete sie sich auf den Sitz des Copiloten und zog sich ihren Pullover über den Kopf. Sie würde auf sein Spiel eingehen und sie würde es genießen, weil er sie genauso sehr wollte wie sie ihn.

»Treib jetzt keine Spielchen mit mir, Baby«, knurrte er, während er sich sein Hemd über den Kopf streifte und es auf den Boden des Helikopters warf.

Er sah ihr ununterbrochen in die Augen, als sie sich ungeschickt von Jeans und Höschen befreite und dann ihren BH öffnete und auch diesen ablegte. Sie erzitterte, als die kühle Luft über ihre nackte Haut wehte, ihr Körper nun vollkommen nackt. »Wer sagt, dass ich spiele?« Sie zog eine Augenbraue in die Höhe und erfreute sich an seinem überraschten Gesichtsausdruck. Sie wusste, dass er nicht wirklich damit gerechnet hatte, dass sie sich in seinem Hubschrauber vollkommen entblößen und seine Herausforderung annehmen würde.

Ihre Augen wanderten über die sichtbare Erektion, die beinahe den Reißverschluss seiner Jeans sprengte. Sein graues langärmeliges Unterhemd umschlang eng seine muskulösen Arme und seinen wohlgeformten Brustkorb. Die Farbe passte perfekt zu seinen Augen.

»Mein Gott, Lara! Du *wirst* mich umbringen!« Er stöhnte und streckte ihr seine Arme entgegen.

Sie kletterte über die Kontrolltafeln und den Sitz und fiel buchstäblich mit gespreizten Beinen auf ihn. Sofort schlang er seine Arme um sie, schob eine Hand in ihren Nacken und presste ihren Körper eng an sich. Er atmete schwer und hechelte gegen ihren Hals. »Scheiß auf die erforderliche Höhe für den Club! Ich werde dich so hoch fliegen lassen, wie du willst«, bemerkte er scharf und sein warmer Atem strich über ihren Hals. »Dein Duft erweckt in mir den Wunsch, in dir zu ertrinken.« Er knabberte an ihrer Haut und leckte dann darüber. »Und dein Geschmack erweckt in mir die Lust, dich zu verschlingen.« Er langte zwischen ihre Körper und strich mit einem Finger über ihren durchnässten Unterleib. »Und *das* erweckt in mir den Wunsch, dich zu ficken, bis du schreist.« Sein Mund schloss sich um eine ihrer hart gewordenen Brustwarzen.

Lara lehnte sich zurück. Tate würde sie niemals fallen lassen; sie vertraute ihm vollkommen. »Ich will dich, Tate! Bitte!« Sie streichelte seine kräftige Brust und genoss das Gefühl seiner heißen Haut unter ihren Fingern. Dann kniete sie sich hin, um ihm genügend Raum zu geben, den Reißverschluss seiner Hose zu öffnen und sie hinunterzuziehen, um seinen angeschwollenen Schwanz zu befreien. »Trägst du jemals Unterhosen?«, stöhnte sie, als sie den seidigen Stahl an ihrem erregten Geschlecht spürte.

»Nicht seit dem Tag, an dem ich dich kennengelernt habe.«

Angesichts seines ernsten Tonfalls musste sie ein Lachen unterdrücken. »Also bist du stets bereit?« Sie ließ sich auf ihn hinab und erbebte, als sie ihre Muschi entlang des dicken, harten Schaftes gleiten ließ.

»Ich lebe in ständiger Hoffnung«, korrigierte er sie, während er seine Hände auf ihre Hüften legte. »Wirst du einem optimistischen Mann einen Wunsch gewähren?«

Sein Eifer ermutigte sie. Sein Tonfall und die Art, wie er mit ihr sprach, gaben ihr das Gefühl, eine Göttin zu sein, und vermittelten ihr den Eindruck, als ob er glücklich wäre, sie zu haben. Sie fühlte sich wie die begehrteste Frau auf Erden. Wahrscheinlich weil sie davon überzeugt war, dass Tate, der heißeste Mann auf dem Planeten, einzig und allein sie begehrte. »Ich kann keine Wünsche wahr werden lassen«, erklärte sie ihm neckend, während sie seinen Schwanz nahm und ihn an ihrer Muschi in Position brachte. »Ich bin keine Zauberin.«

»Für mich bist du eine«, grunzte Tate, als er sie auf sich hinabzog. »Reite mich, Lara! Nimm dir, was du willst, was auch immer du von mir brauchst!«

Ihr Herz raste, als sie in seine aufgewühlten, vor Verlangen schmelzenden Augen hinabblickte, eines der schönsten Dinge, die sie je gesehen hatte.

»Ich bin sehr gierig.« Sie stieß mit ihrer Hüfte zu.

»Gott sei Dank!«, stöhnte er und umfasste ihren Hintern, um sie noch einmal heftig auf sich hinabzuziehen.

Lara begann, sich zu bewegen. Sie benutzte ihre angewinkelten Beine als Hebel und um das Gleichgewicht zu halten. Ihre Arme hatte sie um Tates Schultern geschlungen. Sie schloss die Augen. Sie saugte seinen Duft in sich auf, ließ ihren Körper im gleichen Rhythmus mit seinem erotisierend und befriedigend hin und her wogen und all ihre Sinne von ihm ausfüllen.

Sie verschmolzen miteinander und Lara gab sich dem langsamen Aufbau der Hitze, der Intimität, ihn in sich zu haben, und dem Gefühl seiner auf ihrem Rücken zärtlich auf und ab streichelnden Hand hin. Sie zeigten keine Eile, zum Ende zu kommen. Die Dringlichkeit war zwar gegenwärtig, doch keiner von beiden wollte den jetzigen wohligen Zustand aufgeben.

Sie fuhr ihm mit den Händen durchs Haar, senkte ihren Mund auf seinen hinab und verschlang ihre Zungen in einem sinnlichen, intimen Tanz miteinander, während sie sich härter und schneller bewegte.

Tate stöhnte in ihren Mund. Dann streichelte er ihre Pobacken und ergriff sie schließlich so fest, als ob eine Falle zugeschnappt wäre. Er hob seine Hüfte, um noch heftiger in sie eindringen zu können, und fickte sie, als ob er sie brauchte, als ob er sie vollkommen besitzen müsste.

»Mein«, stieß er hervor, als Lara ihren Mund von seinem löste. »Du gehörst mir, Baby! Ich werde dich nie mehr gehen lassen.« Seine dominanten Worte katapultierten sie an den Rand des Orgasmus; ihr Körper antwortete auf seine Erklärung, indem sie sich an ihm rieb und ihn ihrerseits mit ihrem Körper in Besitz nahm. Sie wollte ihn.

Sie brauchte ihn.

Sie war verzweifelt vor Begierde.

Sie war... sein.

»Oh Gott! Tate!«, keuchte sie, als das leichte Kräuseln sich zu gewaltigen Wellen entwickelte, die über ihr zusammenbrachen. Sie klammerte sich an ihn, warf den Kopf in den Nacken und schrie, während der Orgasmus durch ihren Körper tobte. Sie spürte, wie Tate an ihrem Körper erschauderte und ihr mit einem ekstatischen Stöhnen in den siebten Himmel folgte.

Er hielt sie begehrlich an sich gedrückt, einen Arm um ihre Schultern, den anderen um ihren Po geschlungen. »Das war viel, viel höher als eine Meile.«

Lara lächelte, als sie seinen Kopf an ihre Brüste gedrückt hielt. »Definitiv«, stimmte sie noch benommen zu, ihr Körper schlaff an seinen gekuschelt. Noch hoch über den Wolken schwebend fragte sich Lara, ob sie je wieder auf der Erde landen würde.

»Mein Chef hat mir eine Nachricht gesendet. Er will, dass ich bald nach D.C. zurückkehre. Wir sind unterbesetzt und er braucht mich«, teilte Lara Tate leise mit, als sie später am Abend beim Essen saßen. »Ich hatte gehofft, mehr Zeit zu haben, doch er besteht darauf, dass ich zurückkomme.«

Tate verschluckte sich beinahe an seinen Nudeln, als er Luft holte, um zu protestieren. Er hustete und nahm einen Schluck von seinem Bier. Er blickte ihr in die Augen, bevor er sprach. »Geh nicht zurück!«

Mein Gott! Ich kann den Gedanken nicht ertragen, dass sie mich verlässt. Das Haus wird leer sein ohne sie. Ich werde mich leer fühlen ohne sie.

Sie sah zu ihm auf und legte ihre Gabel auf den Teller. »Du weißt, dass ich nach Hause zurückkehren muss. Ich habe einen Beruf und du auch. Ich weiß zwar nicht, was du noch mit der Regierung zu schaffen hast, doch ich weiß, dass dich die Entwicklung neuer Produkte für die Feuerwehrausrüstungsfirma eine Menge Zeit kostet. Wir haben beide unser eigenes, sehr unterschiedliches Leben.«

»Ich reise nicht mehr viel und ich arbeite in der Forschung und Entwicklung für Colter Fire Equipment in Denver. Aber ich halte mich nicht jeden Tag dort auf. Ich habe professionelle Angestellte. Ich bringe lediglich meine Meinung ein und versuche, neue Ideen zu liefern.«

Shep winselte zu Laras Füßen, als ob er wüsste, worüber sie diskutierten. Verflucht, selbst sein verdammter Hund betete sie an. Sie durfte nicht weggehen!

»Ich nehme meinen Beruf sehr ernst, Tate. Ich bin kein Milliardär. Meine Eltern waren nicht gerade darauf vorbereitet, so jung zu sterben. Mein Erbe gestattete es mir gerade eben, meinen Abschluss zu erlangen, doch zu mehr als dem Bachelor hat es nicht gereicht.« Sie nippte an dem Weißwein, den sie in seinem Weinkeller aufgestöbert und schätzen gelernt hatte.

Tate hatte bereits eine Bestellung für mehrere Kisten des gleichen Weins aufgegeben.

»Hast du dich deshalb dem FBI angeschlossen?«, erkundigte er sich mit rauer Stimme.

»Ja und nein. Ich wollte etwas tun, für das ich mich leidenschaftlich engagieren konnte. Offensichtlich trifft das auf die Bekämpfung des Terrorismus zu. Für das FBI zu arbeiten, war die logische Konsequenz.«

»Und was hat dich außerdem leidenschaftlich interessiert?«

»Ich habe das Grundstudium in Psychologie absolviert. Es gab eine Zeit, da ich liebend gern Therapeutin oder Psychologin geworden wäre«, gestand sie wehmütig.

»Dann tu es jetzt! Bleib hier und schließe dein Studium ab! Verdammt, vielleicht könntest du mich heilen.« Gott weiß, jeder behauptete von ihm, er wäre verrückt.

Sie lächelte ihn an. »Es gibt nichts, was ich an dir würde ändern wollen. Okay, vielleicht, was das Kochen anbelangt. Aber du bist reich. Du brauchst nicht zu kochen.« Sie nahm ihre Gabel wieder auf und wickelte Nudeln darum. »Ich hatte gehofft, mit misshandelten Frauen arbeiten zu können, um sie aus dem Zirkel der Gewalt zu befreien.«

»Warum?« Tate war fasziniert.

»Ich habe dir doch erzählt, dass ich bei meiner Tante gelebt habe, nachdem meine Eltern gestorben sind. Mein Onkel war gewalttätig«, antwortete sie traurig.

»Hat er dir wehgetan?« Tate klammerte sich an das Bierglas, das er in der Hand hielt.

Lara schüttelte den Kopf. »Nein. Aber er hat meine Tante misshandelt. Ich habe sie angefleht, ihn zu verlassen, doch er kam immer wieder angekrochen, hat sich entschuldigt und ihr versprochen, es nie wieder zu tun. Leider ist sie aus diesem Kreislauf niemals herausgekommen. Ich musste dort nur etwas länger als ein Jahr bleiben, um die High School zu beenden, bevor ich sie verlassen habe, um das College zu besuchen. Mich hat er niemals angerührt, aber ich wollte meine Tante von ihm wegholen. Es ist mir leider nicht gelungen.«

Das Bedauern und die Traurigkeit in Laras Augen verursachten Tate Herzschmerzen. »Wo ist sie jetzt?«

»Sie ist vor einigen Jahren dem Krebs erlegen.«

»Das tut mir leid, Baby.« Sie war so verdammt allein in der Welt. Tate wollte sie nur noch in den Armen halten und sie trösten, wenn sie jemanden brauchte. »Wie sieht dein Leben in Washington aus?«

»Es besteht zum größten Teil aus Arbeit.« Sie zuckte mit den Schultern. »Du weißt, was es bedeutet, nur für seinen Job zu leben. Ich wohne in einem kleinen Apartment, meine Freunde gehören meiner Abteilung an. Fürs Erste bin ich damit zufrieden. Ich möchte sparen und irgendwann wieder die Universität besuchen. Man kann nicht ewig Agentin sein.«

Tate wusste, dass einem Agenten mit zunehmendem Alter und der ständigen Überforderung keine lange Karriere vergönnt war. Agenten mussten stets in ausgezeichneter körperlicher Verfassung sein und der Job zehrte einen aus. »Häng den Job an den Nagel! Bleib bei mir und beende dein Studium! Du müsstest nicht arbeiten, Lara.«

Sie kaute und schluckte, bevor sie antwortete. »Kommt nicht in Frage! Ich lebe nicht auf Kosten eines Freundes, auch nicht, wenn er Milliarden besitzt.«

»Ich bin mehr als ein Freund«, polterte er gereizt. »Ich bin einer der Gründer einer neuen Wohltätigkeitsorganisation, die misshandelten Frauen unter die Arme greift. Du könntest dort arbeiten. Tu das, was du wirklich willst!«

Ihr Gesicht drückte Überraschung aus. »Du meinst diese neue Stiftung, die von jenen Milliardärsbrüdern in Florida ins Leben gerufen wurde?«

Tate nickte. »Eine Menge Milliardäre haben sich daran beteiligt, und nicht nur welche aus Florida. Die Hudsons und die Harrisons gehören ebenso zu den Gründungsmitgliedern wie ich. Meine Brüder beginnen auch, sich dafür zu engagieren. Und Grady Sinclair aus Maine.«

»Wow! Das ist eine Menge Munition.«

Tate musste grinsen. Es amüsierte ihn, wie Lara alles mit Waffen und Parametern aus dem Gesetzesvollzug verglich. »Du könntest daran teilhaben. Kade Harrisons Frau wurde früher misshandelt und sie ist entschlossen, ihr Bestes zu geben, um geschlagenen Frauen aus ihrer Situation herauszuhelfen. Sie würde sich glücklich schätzen, jemand Professionellen an ihrer Seite zu wissen.«

Er bemerkte ein kurzes sehnsüchtiges Aufblitzen in Laras Augen, bevor sie langsam den Kopf schüttelte. »Meine Ausbildung ist noch nicht abgeschlossen und außerdem bin ich im Augenblick noch nicht bereit dazu, meinen Beruf aufzugeben. Doch vielleicht werde ich in der Zukunft auf dein Angebot zurückkommen.«

Verdammt! Sie war dickköpfig. Tate glaubte, es war weniger der falsche Zeitpunkt, ihren Job beim FBI aufzugeben, als der pure, verbissene Wunsch nach Unabhängigkeit. Er bewunderte ihre Einstellung, doch gleichzeitig hasste er sie. »Für wann hast du deine Rückreise geplant?« Allein der Gedanke daran fraß ihn innerlich auf.

»Dienstag.«

Heute war Freitag. Verdammt! Ihm blieben nur noch drei Tage, um sie vom Bleiben zu überzeugen. Er stand auf, um sein Geschirr in die Küche zu bringen, doch währenddessen durchforstete er sein Gehirn nach einem Weg, sie zum Bleiben zu bewegen. Jede andere Lösung war unakzeptabel. »Ich werde dich zurückfliegen. Ich würde gern Blake besuchen. Ich habe gestern mit ihm telefoniert, doch er war nicht gerade gesprächig, was Informationen anbelangt. Ich denke, es ist besser, mit ihm persönlich zu sprechen als am Telefon.«

Lara nahm ihren eigenen Teller und brachte ihn in die Küche. Sie nickte zustimmend.

Ehrlich, er hatte nicht vor, sie irgendwohin zu bringen, außer in sein Bett, doch mit den Umständen ihrer Reise würde er sich erst auseinandersetzen, wenn es soweit war. Im Augenblick musste er erst einmal einen Weg finden, sie bei sich zu behalten.

Ich bin ein verdammter Colter. Und Colters geben sich niemals geschlagen, geben niemals auf.

Er entstammte einer Blutlinie, deren Charakter sich durch Sturheit auszeichnete. Sie hatte Männer hervorgebracht, die niemals aufgaben. Aus diesem Grund waren sie alle heute so wohlhabend. Jeder seiner Vorfahren aus der Colterlinie war äußerst hartnäckig gewesen – einige von ihnen sogar streitsüchtig. Doch sie hatten niemals den Versuch aufgegeben, neue Geldquellen zu erschließen und an ihrem Erfolg zu arbeiten.

Er hatte nicht jahrelang beinahe selbstmörderische Missionen überlebt, nur um die einzige Frau zu verlieren, die ihm je etwas bedeutet hatte. *Auf. Keinen. Fall.* Lara würde herausfinden müssen, wie widerspenstig und hartnäckig er wirklich sein konnte.

Kapitel 13

Sonntagnachmittag stand Lara am Panoramafenster von Tates Haus und beobachtet Tate, der Shep ausführte. Sie lächelte, als sie sah, wie sich seine Lippen bewegten; er redete mit dem Welpen, wahrscheinlich erzählte er dem Hund gerade, wie uneinsichtig sie war.

Tate hatte gestern den ganzen Tag versucht, sie von den Vorzügen zu überzeugen, die es für sie mit sich bringen würde, in Colorado zu bleiben. Nachdem sie ihre frühmorgendliche Trainingsstunde mit Chloe im Fitnesscenter absolviert hatte, hatte er sie zum Skifahren mitgenommen. Am Ende des Tages war ihr Hintern zwar verschrammt und wund gewesen, doch sie hatte es zumindest fertiggebracht, aufrecht auf ihren Skiern die Anfängerpisten hinunterzufahren. Die neue Herausforderung hatte ihr gefallen, sie hatten eine Menge Spaß gehabt und viel gelacht, etwas, das sie in ihrem Leben nicht sehr oft getan hatte, bis sie Tate kennengelernt hatte.

Am gestrigen Abend hatte er sie zum Abendessen nach Denver geflogen – einem wundervollen Mahl, komplett mit Rosen und Champagner. Er war süß und verführerisch gewesen, hatte sie nach

Hause gebracht und geradewegs ins Bett, wo er sie immer und immer wieder mit seiner Leidenschaft beglückt hatte.

Wenn er versuchte, ihr Colorado und den Lebensstil der Milliardäre schmackhaft zu machen, hatte sie dem nichts entgegenzusetzen. Tate besaß eine unglaubliche Familie, ein hinreißendes Heim und in Colorado hatte sie sich ohnehin bereits verliebt. Das Leben hier war vollkommen anders als in Washington, doch auf eine gute Art. Es war friedlich und Rocky Springs war ein wunderschönes kleines Städtchen.

Sie hatte jedoch ein Problem... sie liebte Tate Colter.

Sie seufzte, lehnte sich mit der Hüfte gegen die Fensterscheibe und betrachtete Tate, der geduldig wartete, dass Shep einen geeigneten Platz zum Pinkeln fand. Es war nicht so, dass sie nicht bleiben wollte, nein, sie konnte es nicht. Selbst in der jetzigen Situation zerriss es ihr bereits das Herz. Es würde ihr unmöglich sein, Tate jeden Tag um sich zu haben und ihre Gefühle nicht zu verraten.

Er wollte, dass sie bei ihm blieb, doch das bedeutete nicht, dass er sie liebte. Tate schien für die Liebe noch nicht bereit und die Quälerei, jemanden so zu lieben wie sie Tate liebte, ohne dass diese Gefühle erwidert wurden, würde sie nicht aushalten können.

Es ist nicht sein Fehler, dass er nicht genauso empfindet wie ich.

Lara gab ihm keine Schuld daran. Vielleicht war er noch nicht bereit oder vielleicht war sie einfach nicht die Frau, mit der er für immer zusammenbleiben wollte. Trotzdem bereute sie die Zeit nicht, die sie mit ihm verbracht hatte. Er hatte sie irgendwie... verändert, hatte ihr das Gefühl vermittelt, eine Frau zu sein. Nun, da er ihr eine neue Welt geöffnet hatte, gab es kein Zurück mehr. Und sie konnte die Tatsache nicht verleugnen, dass sie ihm ihr Herz weit geöffnet hatte und er es nicht haben wollte.

Hier zu bleiben würde nur wie ein Pflaster auf ihre offene Wunde wirken. Zuerst würde sie sich vielleicht besser fühlen, doch mit der Zeit würde sie zerbrechen. Sie musste das Pflaster gewaltsam entfernen und ihr Herz heilen lassen – falls das überhaupt möglich war. Irgendwie zweifelte sie jedoch daran, dass sie so bald über Tate Colter hinwegkommen würde. Noch niemals zuvor war ihr ein

Mann wie er begegnet und sie kannte eine Menge Jungs. Er war...
einzigartig.

Sie wandte sich vom Fenster ab; ihre Augen schwammen vor
Tränen. Sie setzte sich an den Tisch und wischte sie ärgerlich
ab. Das Letzte, was sie brauchte, war, dass Tate sie weinen sah.
Im Augenblick hatte er genug mit seiner Familie zu tun. Eine
jammernde, weinerliche Frau, die ihn so sehr liebte, dass sie kaum
Luft bekam, wenn sie daran dachte, ihn zu verlassen, konnte er wohl
kaum gebrauchen.

Gestern beim Abendessen hatte sie Tate angeboten, über Marcus
zu reden. Sie wusste, dass er innerlich aufgewühlt war, doch er
hatte nicht darüber sprechen wollen. Es wäre noch zu früh, hatte
er gemeint, und er müsse sich erst über seine Gefühle klar werden.
Im Augenblick leugnete er Marcus Betrug vor sich selbst, doch Lara
war sich bewusst, dass die Wahrheit eines Tages mit Macht über ihn
hereinbrechen würde. Sie wollte ihm zwar helfen, ihn aber auch nicht
zu einem Gespräch drängen, wenn er noch nicht dazu bereit war.

Vielleicht wird er mich anrufen, wenn er zu reden bereit ist.

Eines war sicher: Sie würde mit ihm reden, selbst wenn es sie
umbringen würde, seine Stimme aus so weiter Entfernung zu hören.
Er würde jemanden brauchen, der ihm zuhörte, wenn er endlich
akzeptieren würde, was Marcus getan hatte.

Gerade kam Tate ins Haus zurück, zog seine Stiefel auf der
Veranda aus und ließ Shep von der Leine. Dann zog er Jacke und
Mütze aus; sein Haar hatte wieder dieses zerzauste Aussehen
angenommen, das sie stets reizte, ihn anzuspringen. Okay, eigentlich
hatte sie *ständig* Lust, ihn anzufallen, seine sexy Frisur ließ ihr
Verlangen nur dringender werden. Heute sah er besonders attraktiv
aus in seiner ausgeblichenen Jeans und einem braunen Strickpullover.

Shep kam zu ihr gelaufen, wirbelte um ihre Füße herum und
versuchte, an dem Bein ihrer Jeans hinaufzuklettern. Mit einem
fröhlichen Lachen nahm sie ihn auf den Arm und drückte ihn gegen
ihren baumwollenen, langärmligen Rollkragenpullover. »Warum
kommst du immer zu mir, wenn du frierst?« Sie erzitterte, als sich
der kleine, kalte Körper fest an sie schmiegte.

»Weil du so heiß bist. Er weiß, wie er sich aufwärmen muss. Kluger Hund«, bemerkte Tate mit einem unverschämten Grinsen.

Sie verdrehte die Augen, doch im Geheimen liebte sie es, wenn er ihr zu verstehen gab, dass er sie attraktiv fand. Ein Mann, der sie tatsächlich so behandelte, als wäre sie eine begehrenswerte Frau, war immer noch etwas Neues für sie, und sie verschlang die Komplimente, als wären sie Schokolade.

Lara erhaschte einen Blick auf Tates perfekten knackigen Hintern, als er in die Küche ging, um Sheps Futter zu holen. In dem Moment, in dem Tate den Fressnapf des Welpen füllte, hopste dieser aufgeregt von ihrem Schoß. »Süchtig nach Futter«, brummte sie gutmütig.

Tate schaute sie mit glühenden Augen quer durch den Raum hinweg an. »Ich glaube, er ist doch nicht so klug. Ich würde innerhalb von Sekunden mein Essen aufgeben, um von dir geknuddelt zu werden.«

Sie antwortete ihm mit einem albernen Lächeln. »Ich fühle mich geehrt.«

Lara erschrak, als es an der Tür klingelte.

»Ich werde öffnen. Wahrscheinlich sind es deine Mutter und Chloe«, bemerkte Lara, während sie eilig aufsprang. Es freute sie immer, Aileen und Chloe zu sehen. Heute hatte sie nicht mit ihnen gerechnet, weil sie und Tate die beiden gestern Morgen nach ihrer Trainingsstunde mit Chloe im Resort besucht hatten.

Lächelnd öffnete sie die Tür, doch ihr glücklicher Gesichtsausdruck wechselte zu Verwirrtheit, als sie in ein vollkommen anderes Gesicht blickte, als sie erwartet hatte. »Blake? Ich glaubte Sie noch in Washington.«

Tates Bruder machte ein grimmiges Gesicht und heute trug er auch keinen Cowboyhut. Er war in einen dunklen Geschäftsanzug und eine dunkle wollene Winterjacke gekleidet.

»Darf ich hereinkommen?«, fragte er höflich.

Lara öffnete die Tür vollends und ließ ihn eintreten.

»Was zum Teufel machst du hier, Marcus?«, ertönte Tates zornige Stimme hinter Lara.

Marcus? Das war Marcus?

»Bist du dir sicher?«, fragte sie Tate scharf, während sie sich einen Schritt von dem Mann entfernte und ihre Waffe aus dem Holster auf ihrem Rücken zog. Sie war sich sicher, dass Tate Recht hatte. Es schien zwar unmöglich, doch Tate konnte seine eigenen Brüder auf jeden Fall auseinanderhalten.

»Ja, ich bin mir sicher«, bestätigte Tate aufgebracht.

Lara trat noch ein paar Schritte zurück, weit genug, sodass Marcus ihr nicht die Waffe entwinden konnte, und richtete diese auf den Eindringling. »Sie sollten mir schnell eine Erklärung liefern, bevor ich schieße.« Wie zur Hölle hatte er aus dem Gefängnis entkommen und den ganzen weiten Weg nach Colorado zurücklegen können? Und warum war er so gekleidet, als würde er ins Büro gehen?

Marcus Augenbrauen zogen sich zusammen. »Nehmen Sie die Waffe runter! Ich bin hier, um zu reden. Ich muss mit Tate sprechen.«

»Reden? Machen Sie einen Schritt in seine Richtung und ich töte Sie! Wie sind sie aus dem Gefängnis entkommen?«, wiederholte sie, während sie weiter auf ihn zielte.

»Ich wurde offiziell entlassen«, antwortete Marcus ruhig.

»Schwachsinn!«, platzte es aus Tate heraus, der sich nun auf Marcus stürzte und ihn am Kragen seines Anzugs packte. »Sie entlassen keine Terroristen aus dem Gefängnis. Denk dir etwas Besseres aus.«

»Tate, du blockierst mich. Weg da!«, kommandierte Lara nervös, weil sich Tate nun in ihrem Schussfeld befand.

Marcus schüttelte Tates Griff ab. »Hör mir einfach zu! Ich bin kein Terrorist. Ich arbeite für die CIA.« Er öffnete eine kleine Ledermappe und hielt seine Erkennungsmarke hoch.

Tate riss sie ihm aus der Hand und prüfte sie sorgfältig. »Sie scheint echt zu sein«, erklärte er Lara mit rauer Stimme.

Sie näherte sich den beiden und nahm sie ihm aus der Hand. Auch ihr schien der Identifikationsnachweis echt zu sein. Falls es eine Fälschung war, verfügte er über einen verdammt guten Fälscher. Und was jetzt?

Marcus streckte ihnen sein Handy entgegen, das er in seiner anderen Hand hielt. »Die Nummer der CIA ist abgespeichert. Verifiziere die Nummer und ruf über die Zentrale an! Frage nach dem Direktor! Er erwartet deinen Anruf.«

Lara warf die Erkennungsmarke auf den Tisch, behielt aber Marcus im Auge, während Tate Marcus Anweisungen genauestens nachkam. Er überprüfte die Nummer auf seinem Laptop, bevor er sie wählte. Sie hörte Tate reden, konzentrierte ihre Aufmerksamkeit jedoch vollkommen auf seinen Bruder.

Heute sah er anders aus, seine Augen wirkten jetzt alles andere als leblos. Marcus schien müde zu sein und seine grauen Colter-Augen glänzten vor Traurigkeit und Reue.

Gütiger Himmel... war es tatsächlich möglich, dass Marcus die Wahrheit sagte? Bitte, lass es wahr sein! Es würde Tate so viel bedeuten, wenn Marcus doch zu den Guten gehörte. Doch falls es so sein sollte, was zum Teufel hatte er dann mit all diesem Sprengstoff zu schaffen?

Tate hatte sein Gespräch beendet, schaltete das Handy aus und reichte es Marcus. »Steck die Waffe weg, Lara!«, wies er sie knapp an. »Er sagt die Wahrheit.«

Was. Zum. Teufel?

Lara schob ihre Waffe ins Holster, immer noch verwirrt. »Wie? Warum?«

Marcus neigte seinen Kopf in ihre Richtung. »Danke, dass Sie mich nicht erschossen haben.«

»Danken Sie Tate. Ich wollte Sie erschießen«, murmelte sie gereizt. Nachdem er Tate durch die Hölle geschickt hatte, verspürte sie den Drang, Marcus zu verletzen. Schwer.

Marcus kicherte. »Ich bin mir sicher, dass das Ihr Wunsch war und sicherlich immer noch ist.« Er schaute Tate an. »Da hast du aber eine loyale Frau gefunden.«

»Sie ist verdammt erstaunlich«, korrigierte Tate ihn. »Hast du vor, mir zu erklären, was zum Teufel das alles soll? Wissen es die anderen schon?« Er ging zum Tisch hinüber.

Sie setzten sich. Lara erschien es reichlich unwirklich, dass sie nun tatsächlich einem Mann gegenüber saß, den sie bis vor wenigen Augenblicken noch für einen Terroristen gehalten hatte. Marcus begann zu sprechen. »Blake weiß es, seitdem er in Washington ist; wir hatten die Gelegenheit für ein persönliches Gespräch. Und bevor ich hierhergekommen bin, habe ich Zane in Denver getroffen. Und gerade habe ich eine lange Diskussion mit Chloe und Mom gehabt.«

»Also bin ich der Letzte, der es erfährt«, grollte Tate.

»Ich wusste, dass es am schwierigsten werden würde, es dir zu erklären«, erwiderte Marcus schlicht. »Ich bin Schuld, dass du verwundet wurdest. Und Lara wurde gedemütigt und ebenfalls verletzt. Es tut mir so leid.«

»Das gehört zu meinem Berufsrisiko«, antwortete Lara ruhig. »Können Sie mir erklären, warum das FBI nicht über Sie Bescheid wusste?«

Marcus nickte. »Nur Wenige waren eingeweiht und es überrascht mich nicht, dass das FBI ein Antiterror-Team auf diesen Fall angesetzt hat. Das hatte ich erwartet. Meine Spuren waren nicht gerade diskret und sollten es auch nicht sein. Doch die Sache unterlag höchster Geheimhaltung, denn wir wollten vermeiden, dass irgendwo ein Leck entstand. Die Person mit dem niedrigsten Rang, die davon wusste, war der stellvertretende Direktor des NCS. Außerdem haben wir den Direktor des FBI eingeweiht, dem es aber nicht gestattet war, Informationen weiterzugeben.«

»Worin bestand deine Aufgabe?«, erkundigte sich Tate schroff.

Marcus zog eine Grimasse. »Eigentlich bin ich versehentlich in die Geschichte hineingeraten. Jene Terroristengruppe setzte sich aus ziemlich gebildeten Mitgliedern zusammen, außerdem besaßen sie Geld. Sie gaben sich wie legale und respektierte Geschäftsleute. Ich habe zufällig während einer Geschäftsbesprechung einen Wortwechsel mit angehört, der sicher nicht für meine Ohren bestimmt war. Er wurde auf Arabisch geführt.«

»Sie beherrschen viele Sprachen«, bemerkte Lara.

Marcus zuckte mit den Schultern. »Ich treibe mit vielen Ländern Handel und ich habe eine Begabung dafür, Sprachen zu erlernen.«

»Und weiter?«, drängte Tate.

»Ich habe die Information an die CIA weitergegeben.«

»Wie lange arbeitest du schon für die CIA?«

»Eine ganze Weile«, gab Marcus widerstrebend zu. Während meiner Reisen schnappe ich in begrenztem Rahmen Informationen auf, mit denen ich sie versorge. Ich hatte bereits in der Vergangenheit Informationen für sie gesammelt, doch diese betrafen niemals Operationen, die sich auf derselben Ebene abspielten wie diese ganz spezielle. Sie fragten mich, ob ich nicht vielleicht näher an diese Männer herankommen und sie auf irgendeine Weise infiltrieren könnte. Es war keineswegs leicht. Ich bin Amerikaner und sie schenkten mir kein Vertrauen. Ich habe zwei Jahre gebraucht, um sie schließlich davon überzeugen zu können, dass ich nur am Geld interessiert war und mich ihre Pläne nicht kümmerten. Das war ihnen nämlich wichtig. Sie brauchten lediglich einen amerikanischen Strohmann, der den Sprengstoff für sie kaufen konnte, ohne Verdacht zu erregen. Da wir eine bedeutende Familie sind, entschieden sie sich dafür, das Risiko auf sich zu nehmen. Es war vorgesehen, zuerst auf den gesamten Sprengstoff zu warten, bevor wir unseren Handel abschließen wollten. Ich wäre bezahlt worden und sie hätten den Sprengstoff ausgeflogen. Ihr habt uns bei der letzten Kontrolle der Ladung unterbrochen, die wir vor dem Abschluss des Geschäftes hatten vornehmen wollen. An jenem Tag war keine besondere Aktion vorgesehen. Der Direktor war noch damit beschäftigt, für die abschließende Razzia ein Spezialteam zusammenzustellen, dem auch FBI-Leute hatten angehören sollen. Ich hatte vor, dafür zu sorgen, dass meine Familie sich aus dem Gebiet entfernte, bevor wir zugeschlagen hätten.« Marcus hielt einen Augenblick inne, bevor er fortfuhr. »Ich hätte die Landebahn niemals dafür benutzen dürfen, oder Rocky Springs.«

»Sie hatten keine andere Wahl. Es handelt sich um einen privaten Flughafen. Wo sonst hätten Sie das arrangieren können?«, gab Lara ruhig zu bedenken, da ihr bewusst war, dass Marcus im Besitz des perfekten Köders gewesen war, weil er über einen Privatflughafen verfügte und außerdem einer hochgeachteten Familie angehörte.

»Es hat meine Familie in Gefahr gebracht«, antwortete Marcus schlicht.

»Normalerweise hätte es das nicht«, gab Tate ehrlich zu. »Die Landebahn befindet sich in sicherer Entfernung von unseren Häusern und dem Resort. Und dass Lara und ich uns dort aufgehalten haben, war ein unglücklicher Zufall. Ich wollte ihr unbedingt beweisen, dass du nichts mit der Sache zu tun hast, damit sie aufhören würde, deine Aufmerksamkeit erregen zu wollen.«

Marcus lächelte Lara an. »Oh, sie hätte bestimmt meine Aufmerksamkeit erregt. Aber ich hätte wahrscheinlich bemerkt, dass sie eine Gesetzeshüterin ist.«

»Das hätten Sie nie herausgefunden«, verteidigte sich Lara. »Ich bin verdammt gut in meinem Job.«

Marcus Lächeln wurde breiter. »Und ich habe Kontakte in den höchsten Positionen.« Er sah Tate an. »Hast du sie enttarnt?«

»Ja. Aber nur, weil ich nach persönlichen Informationen über sie gesucht habe. Ich hatte nicht damit gerechnet, dass sie dem FBI angehört. Mich hat lediglich stutzig gemacht, dass sie nicht dem durchschnittlichen Typus unserer Gäste entsprach.«

»Während der letzten zwei Jahre habe ich jeden überprüfen lassen, der mich auch nur angesprochen hat. Ich habe niemals Zweifel gehegt, dass das FBI aufmerksam geworden war, doch wir waren noch nicht soweit, ein Team zusammenzustellen. Zuerst brauchten wir Beweise«, erklärte Marcus.

»Warum haben Sie sich von unserem Team verhaften lassen?«, wollte Lara neugierig wissen.

»Es waren nicht alle Terroristen anwesend. Wir mussten noch die restlichen Mitglieder der Gruppe dingfest machen. Diese wären sofort untergetaucht, sobald sie erfahren hätten, dass ich für die CIA arbeitete. Ich musste zunächst ihre Verhaftung abwarten und dazu mussten wir ihnen erst eine Falle stellen. Wenn ich mich vorher zu erkennen gegeben hätte, hätte es sich sehr schwierig für mich gestaltet, der CIA dabei zu helfen, den Rest der Gruppe auf ein Gelände zu locken, auf dem sie festgenommen werden konnten«, informierte Marcus sie. »Ich war verdammt froh, dass sie Rückendeckung hatten, Agent Bailey. Ich bin in den Lagerraum gegangen, um zu versuchen, einen Notruf an den Direktor abzusetzen, während die Terroristen damit beschäftigt waren, die Ladung zu prüfen. Doch die Hilfe wäre zu spät gekommen. Ich hatte bereits über eine Alternative nachgedacht.«

»Du hast ihnen nicht gesagt, dass ich dein Bruder bin«, bemerkte Tate. »Ich verstehe nicht annähernd so gut Arabisch wie du, aber es hat sich so angehört, als hättest du ihnen erzählt, wir wären Polizisten.«

Marcus nickte. »Ich wollte sie auf keinen Fall wissen lassen, dass wir verwandt sind. Sie sind paranoid und wahnsinnig. Ich hielt es für besser, sie in dem Glauben zu lassen, dass wir von der örtlichen Polizei entdeckt worden waren und uns beeilen mussten. Ich habe versucht, sie dazu zu bringen, die Geldübergabe vorzubereiten, sodass sie damit beginnen konnten, die Ware abzutransportieren, während ich euch beide in Schach gehalten hätte, um ihnen genügend Zeit zur Flucht zu geben. Es hätte uns Zeit verschafft, doch ich bin mir nicht sicher, ob sie einverstanden gewesen wären, und ich wusste auch nicht, wie schnell die Verstärkung hier hätte eintreffen können. Glaub mir... ich war heilfroh, dass ich mit allen zusammen vom FBI verhaftet wurde. Ich war einfach nur glücklich, dass sie alle in Gewahrsam waren und Agent Bailey so vorausschauend gewesen war, sich den Rücken decken zu lassen. Ich hatte Angst, du könntest meinetwegen verbluten.«

»Bitte, nennen Sie mich Lara! Und ich muss gestehen, dass ich Ihnen nicht vertraut habe, so wie Tate es getan hat.«

»Ich bin froh darüber.« Marcus warf Lara einen dankbaren Blick zu.

»Bis jetzt ist noch nichts bis zu den Medien vorgedrungen«, bemerkte Tate.

Marcus schüttelte den Kopf. »Mit etwas Glück wird es das auch in Zukunft nicht. Wir haben die ganze Geschichte ziemlich diskret behandelt. Die einzigen Zivilisten, die davon wissen, sind Gabe und meine Familie. Gabe kennt mittlerweile die ganze Wahrheit. Er hat mir versprochen, es niemandem zu erzählen, und ich glaube ihm. Das Krankenhaus hat keine Ahnung, was dir passiert ist, Tate. Sie haben die Stichwunde zwar dokumentiert, doch der Bericht wurde der Polizei übergeben und die reden nicht. Ich würde es wirklich begrüßen, wenn die ganze Angelegenheit nicht zum Klatsch würde und so wenige Leute wie möglich Kenntnis davon erlangen, dass ich mit der CIA zusammenarbeite.«

»Das macht Sinn, wenn Sie jemals wieder als Agent operieren wollen«, stimmte Lara zu.

»Ich kann einfach nicht glauben, dass mein Bruder ein richtiger Spion ist«, brummte Tate. »Mein Gott! Du wärst beinahe getötet worden, während du James Bond gespielt hast.«

Marcus warf Tate einen missbilligenden Blick zu. »Das musst du gerade sagen. Was ich mache, ist weitaus sicherer als jede einzelne deiner vergangenen Missionen.« Marcus wandte sich an Lara. »Und welchen Auftrag hatten Sie hier im Resort auszuführen?«

»Ich sollte mich an Sie heranmachen und Sie zum Reden verführen. Wir wussten lediglich, dass Sie große Mengen Sprengstoff beschafften und verschickten. Es handelte sich um einen reinen Ermittlungsauftrag.«

»Nett«, erwiderte Marcus so weich wie Seide. Er ließ seine Augen lässig über sie hinweggleiten. »Und wie weit wären Sie gegangen mit Ihrer Verführung?«, fragte er.

»Keinen Schritt zu weit«, grollte Tate. »Sie ist tabu.«

Marcus grinste. »Nicht mehr. Wir stehen auf der gleichen Seite.«

»Ich habe es wirklich bedauert, dich ins Gesicht schlagen zu müssen. Ich will es nicht noch einmal tun müssen«, warnte Tate seinen Bruder in bedrohlich klingendem Tonfall.

»Du bist wohl ein bisschen eifersüchtig, kleiner Bruder?« Marcus schien amüsiert.

»In der Tat«, gab Tate zu.

»Und wie kommen Sie damit klar, Lara?«, erkundigte sich Marcus.

Es macht mich heiß. So verdammt heiß, dass ich Tate am liebsten packen und ficken würde, bis ich keine Luft mehr bekomme. »Ich komme gut mit ihm zurecht«, erklärte sie Marcus lächelnd. »Irgendwie bin ich mir ziemlich sicher, dass Ihnen das gelingt«, antwortete Marcus und erhob sich. »Ich muss mich noch um einige Details kümmern, aber wir können später weiter reden. Ich wollte euch beiden nur wissen lassen, wie leid es mir tut. Ihr könnt euch nicht vorstellen, wie schwer es mir gefallen ist, meine Rolle nicht aufzudecken. Ich glaube, das hätte uns alle ins Grab befördert. Ich hatte große Angst, dass Tate verbluten würde. Ich war nahe daran, meine Tarnung aufzugeben.«

Lara war sich ziemlich sicher, dass Marcus Recht hatte. Er hatte richtig gehandelt, wenn man seine Sorgen um seinen Bruder bedachte. Auch wenn sie Marcus Maskierung nicht durchschaut hatte, so konnte sie doch zumindest jetzt seine Sorge und Reue erkennen.

Nun erhoben sich auch Lara und Tate, um Marcus hinauszubegleiten. Von ihrem Instinkt geleitet ergriff sie plötzlich Marcus Arm. Er drehte sich fragend zu ihr herum.

»Tate hat stets an Sie geglaubt. Auch, als ich ihm die verdammten Beweise präsentiert habe. Er ist niemals von Ihrer Schuld überzeugt gewesen«, erklärte sie Marcus eindringlich, da sie sicherstellen wollte, dass die Brüder am Ende einander nichts nachtrugen.

»Ich weiß.« Marcus tätschelte ihre Hand. »Es tut mir leid, kleiner Bruder«, wandte er sich ernst an Tate.

Lara löste ihre Hand von Marcus Arm und sah, wie die Blicke aus zwei Paar grauen Colter-Augen in stillem Einverständnis aufeinandertrafen. Marcus streckte seine Arme aus und zog Tate in seine bärenartige Umarmung. Tate schlang seine zu Fäusten geballten Hände um Marcus und beide schlugen einander freundschaftlich auf den Rücken. Beide Männer waren in etwa gleich groß und Lara fragte sich, ob die beiden einander nicht verletzen würden in ihrer männlichen Art, sich einander ihre Zuneigung zu zeigen.

»Ich bin so verdammt froh, dass du in Sicherheit bist«, bemerkte Tate, als die beiden Männer sich voneinander lösten, sich aber gegenseitig immer noch den Rücken klopften.

»Und ich bin froh, dass ihr beide wohlauf seid.« Marcus sah von Tate zu Lara.

Lara machte einen Schritt nach vorn und schloss Marcus in ihre Arme. »Danke.«

Dieses eine Wort beinhaltete so Vieles:

Danke, dass du unschuldig bist, sodass Tate nicht mehr leiden muss.

Danke, dass du dich genügend engagierst und dabei hilfst, Terroristen das Handwerk zu legen, obwohl du so ein reicher Kerl bist.

Danke, dass du dich um eine bescheidene FBI-Agentin sorgst, die nur ihren Job erledigt hat.

Danke, dass du deinen jüngeren Bruder liebst, denn ich liebe ihn auch.

Marcus zögerte nicht, ihre Umarmung zu erwidern, bevor er sie losließ. Lara nahm seine Erkennungsmarke, die sie auf den Tisch geworfen hatte, und gab sie ihm zurück.

Mit einer Hand auf der Türklinke drehte Marcus sich noch einmal mit einem schelmischen Lächeln, das sie plötzlich sehr an Tate erinnerte, zu ihr herum. »Wissen Sie, ich hätte mich vielleicht von Ihnen verführen lassen, doch ich hätte niemals geredet«, sagte er flirtend. Er hatte sich so nah zu ihr herüber gelehnt, dass Tate ihn nicht hatte hören können.

Sie verdrehte die Augen ob seiner arroganten Worte und flüsterte ihm ins Ohr. »Sie hätten gesungen wie ein Vögelchen, Colter.«

Marcus lachte nur, als er ins Freie trat und die Tür hinter sich schloss.

»Hat er mit dir geflirtet?«, erkundigte sich Tate barsch, während er mit gerunzelter Stirn auf die geschlossene Tür starrte.

»Er hat mir geschmeichelt«, gab Lara zu. »Das scheint typisch für alle Colter Brüder zu sein.«

»Mein Bruder ist kein Terrorist«, sagte Tate leise.

»Ich weiß.« Sie hob die Hand, um ihm über seine stopplige Wange zu streichen.

»Mein Bruder ist kein Terrorist!«, schrie er, nahm sie bei der Taille und schwang sie herum, bis sie schließlich ins Wohnzimmer gelangten.

Lara schwoll das Herz, als sie die Freude in Tates Stimme hörte. Tränen des Glücks rannen ihr die Wangen hinunter. »Ich weiß.«

»Er ist ein verdammter CIA-Agent. Marcus ist ein Spion!« Tate brach auf der Couch zusammen, zog sie mit sich und lachte. Er streckte die Arme aus und drückte sie fest an sich. Seine Stimme brach vor lauter Überschwang, als er begeistert sagte: »Dem Himmel sei Dank!«

Lara erwiderte seine Umarmung und wiegte ihn sanft hin und her. Sie teilte seine Freude und die Tränen liefen ihr immer noch übers Gesicht: Tränen der Erleichterung für Tate und die ganze Colter-Familie. Sie würden wieder heil sein und ungebrochen, weil Marcus all das war, wofür Tate ihn immer gehalten hatte.

Mehr als eine Stunde hielt er sie so in seinen Armen, keiner von beiden sagte ein Wort.

Völlig verausgabt schliefen sie ein, einer in des anderen Armen. Ein paar Stunden später wachte Tate auf und trug sie behutsam in sein Schlafzimmer.

Kapitel 14

Als Lara am nächsten Morgen ihre Sachen packte, zog sich ihr Herz schmerzhaft zusammen. Für Dienstag war schlechtes Wetter vorhergesagt worden, daher musste sie schon heute Abend abreisen, bevor der Sturm aufkommen würde. Ihr Chef hatte ihr einen Flug ab Denver gebucht und diesen würde sie nehmen. Es würde so viel leichter werden, als wenn sie sich erst in Washington von Tate verabschieden würde.

Ein Tag weniger. Spielt das eine Rolle?

Im Augenblick fühlte es sich so an, als ob das eine große Rolle spielen würde. Sie wollte diesen zusätzlichen Tag mit ihm verbringen, es widerstrebte ihr, Tate bereits vor dem morgigen Tag aufgeben zu müssen.

»Was machst du da?«, fragte Tate verwirrt, als er ins Schlafzimmer kam.

»Es wird ein Sturm erwartet. Ich muss bereits heute Abend abreisen. Mein Chef hat mir einen Platz in einem kommerziellen Flugzeug reserviert. Ich muss den Flug nehmen.« Sie konnte ihm nicht ins Gesicht schauen, denn dann würde sie sich nicht mehr beherrschen können.

»Du kannst heute nicht gehen. Wir hatten uns doch darauf eingestellt, bis morgen Zeit zu haben.« Tates Stimme klang verzweifelt.

»Mir bleibt keine Wahl.« Lara faltete eine Jeans und warf sie in den Koffer.

Bitte, lass ihn mich nicht berühren! Wenn er es tut, werde ich nachgeben. Ich werde ihn dann wahrscheinlich anbetteln, anflehen und ihn fragen, ob ich bei ihm bleiben kann, auch, wenn es nicht für immer ist. Ich kann das nicht tun. Ich kann jetzt nicht für eine verlängerte Affäre meinen Job aufgeben, für den ich so hart gearbeitet habe.

»Gut. Ich werde dich nach Denver fliegen«, sagte er barsch.

Sie nickte. Sie hatte keinen Grund, dagegen Einspruch zu erheben. Schließlich musste sie irgendwie dorthin gelangen. »Ich möchte mich noch von deiner Mutter und Chloe verabschieden.«

Er kam näher und stellte sich hinter sie. »Lara, bitte bleib!«, flehte er.

»Ich kann nicht«, erwiderte sie mit fester Stimme. Tränen verschleierten ihren Blick.

Er machte eine resignierte Geste mit den Händen und trat zurück. »Ich kann dich nicht dazu zwingen, mich zu wollen.«

Sag nichts! Erzähl ihm nicht, wie verzweifelt du ihn willst, wie einsam du ohne ihn sein wirst. Das würde nur das Unvermeidliche aufschieben und dir noch mehr Schmerzen verursachen.

Sie biss sich auf die Lippe. Fest. Schließlich stolzierte er aus dem Zimmer und ließ sie allein.

Lara ließ ihren Tränen freien Lauf und betrauerte den Verlust von Tate bereits, bevor sie ihn überhaupt verlassen hatte.

Tate ging mit Shep nach draußen, in seinem Inneren kämpften Ärger und Verzweiflung miteinander. Was konnte er tun? Er konnte sie schließlich nicht zwingen zu bleiben. Sie wollte ihren Job. Er wollte sie. Sie befanden sich in einer Sackgasse und es gab nichts, was er tun konnte, um die Situation zu verändern. Ehrlich, auf diese Art wollte er sie sowieso nicht. Er wollte, dass sie aus freiem Willen bei ihm blieb. Er wünschte sich eine verbindliche Zusage, etwas, das sie für immer an ihn binden würde.

Sie hat mich nicht gefragt, ob ich mir vorstellen könnte, in Washington zu leben. Sie hat mich noch nicht einmal danach gefragt.

Für Lara wäre er auf der Stelle dazu bereit. Es war ihm egal, wo er lebte, solange er mit ihr zusammen sein könnte.

Sie hat nicht gefragt. Für sie ist eine Beziehung mit mir unmöglich. Ich muss mir einfach eingestehen, dass sie nicht die gleichen Gefühle für mich aufbringt wie ich für sie.

Gestern noch war er so enthusiastisch gewesen, weil er erfahren hatte, dass Marcus kein Krimineller war. Und heute fühlte er sich so niedergeschlagen.

Ein Colter gibt nicht auf.

Zum Teufel, er würde sich auch nicht geschlagen geben, wenn er irgendeine andere Möglichkeit hätte.

Plötzlich vibrierte sein Handy in seiner Tasche. Weil es sich bei dem Anrufer um Travis Harrison handelte, einen seiner ältesten Freunde, nahm er den Anruf entgegen.

»Ja.«

»Tate?« Travis Stimme klang ernst.

»Ja, ich bin es.«

»Du wirst denken, ich sei verrückt, aber kennst du jemanden namens Lara?«

Tate war umgehend in Alarmbereitschaft. »Ja, ich kenne sie. Ich bin verrückt nach ihr.«

Tate erzählte ihm schnell, dass Lara sich bei ihm aufhielt und sich darauf vorbereitete, nach Washington zurückzufliegen. Kurz erwähnte er auch ihre stürmische Beziehung. »Ich liebe sie«, gestand er. »Sie gehen zu lassen, bringt mich um, Trav.«

»Lass sie nicht gehen!«, drängte Travis. »Tate, ich hatte einen Traum. Schon seit langem hatte ich keinen so lebhaften mehr. Ich habe geträumt, du hättest ihren Tod betrauert, weil sie bei einem Flugzeugunglück ums Leben gekommen war. Wo auch immer sie hin will, lass sie nicht diesen Flug nehmen!«

Fuck! Tate hatte gelernt, Travis voraussehende Träume ernst zu nehmen. Einst hatte einer dieser Träume ihm das Leben gerettet und ein anderer das Leben von Travis Frau Ally.

»Wann soll das geschehen?«, erkundigte sich Tate ängstlich.

»Ich weiß es nicht. Doch träume ich niemals so eindringlich von einem Ereignis, das sich nicht ziemlich zeitnah ereignet. Wenn sie fliegen will, lass es nicht zu! Ich weiß, du denkst, ich sei verrückt –«

»Das denke ich nicht«, unterbrach Tate. »Ich weiß, dass deine Träume ernst zu nehmen sind. Sie haben immerhin mir und Ally das Leben gerettet.«

»Dann lass Lara nicht fliegen! Nicht in naher Zukunft mit einem kommerziellen Flug«, wiederholte Travis verdrießlich seine Warnung. »Wenn du sie liebst, behalte sie bei dir, selbst, wenn sie mir nicht glaubt.«

Lara würde vielleicht nicht an Travis Träume glauben, aber Tate vertraute ihnen. Er hatte bereits mehrere Male Beweise für dieses merkwürdige Phänomen gesehen. Einst hatte er auch nicht daran geglaubt, doch jetzt tat er es. »Ich werde mir etwas einfallen lassen müssen. Sie ist FBI-Agentin, daher bin ich mir nicht sicher, ob sie mir glauben wird.«

»Du hast dich in eine FBI-Agentin verliebt?«, fragte Travis nach. »Warum überrascht mich das nicht? Kann sie dich fertigmachen?«

»Nein«, wehrte Travis ab. »Aber sie kann mir einen verdammt guten Kampf liefern.«

»Gut für sie. Das hört sich so an, als ob sie die Richtige für dich wäre.«

»Das ist sie«, stimmte Tate ihm zu. »Ich habe noch niemals zuvor solche Gefühle erlebt, Trav. Wie kommst du mit den Emotionen zurecht, die du Ally entgegenbringst?«

»Es ist die Hölle, Kumpel. Doch mit der Zeit wirst du lernen, damit umzugehen. Wenn du sie liebst und sie dich auch liebt, ist es das erstaunlichste Gefühl auf der ganzen Welt.«

Tate schüttelte den Kopf, obwohl Travis ihn nicht sehen konnte.
»Sie liebt mich nicht.«

»Dann ändere das!«, erwiderte Travis schroff. »Wenn irgendjemand eine Frau erobern kann, dann du. Gib nicht auf! Und versuche, ihr zu sagen, dass du sie liebst! Du riskierst doch sonst auch alles, einschließlich deines eigenen Lebens! Ergreife die Gelegenheit!«

Das wollte Tate eigentlich auch, doch er hatte solch verdammte Angst, sie würde ihm das Herz aus der Brust reißen. »Sie hat mir nicht gesagt, dass sie mich liebt.« Und er war sich ziemlich sicher, dass das auch nicht der Fall war, wenn sie bereit war, sich einfach so aus ihrer Beziehung zu lösen.

»Hast du es ihr gesagt oder nicht?«, hakte Travis schonungslos nach.

»Nein.«

»Woher willst du dann wissen, was sie empfindet? Rede mit ihr!«, schlug Travis vor. »Und behalte sie vorerst bei dir.«

»Das habe ich vor«, antwortete Tate heiser. Er dachte an den Horror, den es bedeuten würde, Lara vollkommen zu verlieren. Das würde er niemals überleben.

»Ich werde dich später noch einmal anrufen, um zu hören, wie es läuft«, versicherte Travis in besorgtem Tonfall.

»Danke, Trav. Im Ernst, ich weiß deine Warnung zu schätzen.« Tate wusste, dass Travis normalerweise mit niemandem über seine sonderbare Gabe sprach. Doch sie waren bereits seit so langer Zeit miteinander befreundet, dass Travis ihm seine Vorahnung nicht hatte verschweigen wollen.

»Pass auf dich auf!«, knurrte Travis.

»Du auch auf dich!« Tate beendete das Gespräch. In seinem Kopf wirbelten die Gedanken durcheinander, während er das Telefon wieder in seine Tasche stopfte.

Lara würde ihm niemals glauben, dass er einen Freund mit übersinnlichen Kräften besaß. Sie würde den Flug trotzdem nehmen und sterben. Er fühlte es in seinem Bauch, auf die gleiche Weise, wie er wusste, dass Ally jetzt tot wäre, wenn Travis sie nicht während der fraglichen Zeit ihres möglichen Ablebens aufgrund seiner Vorahnung in Sicherheit gebracht hätte.

»Lass uns gehen, Junge! Ich muss einige Vorbereitungen treffen.« Er zog an Sheps Leine und zwang den Welpen, mit nach Hause zu kommen, sobald dieser am Waldrand gepinkelt hatte.

Tate dachte angestrengt nach, während er zum Haus zurückging. Als er schließlich auf der Veranda angelangt war, zog er sein Handy aus der Tasche. Er hatte einen Plan, allerdings einen etwas drastischen. Lara würde ausflippen. Doch das war immer noch besser, als wenn sie sterben würde.

Er tätigte einige Anrufe.

Lara hatte geweint, als sie Shep ein letztes Mal auf den Arm genommen hatte. Sie hatte geweint, als sie sich von Aileen und Chloe verabschiedet hatte. Verdammt! Sie hatte sich den ganzen Tag über wie ein leckender Eimer gefühlt.

Sie seufzte, als sie sich auf den Copilotensitz des Hubschraubers setzte und zu dem abgesperrten Bereich des Flughafens hinüberblickte.

Offensichtlich waren die Ermittlungen noch nicht beendet und das Gebiet durfte immer noch nicht betreten werden.

Ohne meinen Ermittlungsauftrag wären Tate und ich uns niemals begegnet.

So sehr sie es auch versuchte, Lara konnte es einfach nicht bereuen, Tate kennengelernt zu haben und während dieser gestohlenen Zeit mit ihm zusammen gewesen zu sein. Er hatte ihr für so viele Dinge die Augen geöffnet, insbesondere für ihre eigene Sexualität. Das Problem war, sie verspürte keinerlei Verlangen, diese neuentdeckte Begierde an jemand anderem als Tate zu befriedigen.

Tate war während des ganzen Tages sehr still gewesen und hatte ihr erklärt, er müsse weg, um sich um einige Dinge zu kümmern. Es hatte ihr wehgetan, dass er ihre letzten Stunden in Colorado nicht mit ihr hatte verbringen wollen, doch wahrscheinlich war es besser so.

Sie würden nach Denver fliegen und sie würden sich hastig voneinander verabschieden. Und niemals würde sie ihn ihre Tränen sehen lassen, bis sie sich weit genug von ihm entfernt haben würde. Sie hoben blitzschnell ab. Lara fühlte sich, als ob ihr Magen auf dem Boden zurückgeblieben wäre, während der Rest ihres Körpers sich bereits in der Luft befand. Sie blickte auf die hohen Kiefern und die menschenleere Gegend hinab. In der Ferne konnte sie Blakes Ranch erkennen, die sich in alle Richtungen erstreckte, so weit das Auge reichte. Nur Gabes Haus und Pferdefarm befanden sich in der Nachbarschaft.

Lange Zeit betrachtete sie still die Szenerie unter sich, nervös bemüht, sich zu beschäftigen. Schließlich widmete sie sich der Position des Hubschraubers und der Richtung, in die sie flogen.

Und sie bewegten sich nicht in Richtung Denver.

»Was hast du vor?«, schrie sie auf, als sie erkannte, dass Tate sich gerade im Landeanflug befand.

»Ich möchte dir etwas zeigen«, antwortete Tate mit scheppernder Stimme.

»Mir bleibt nicht mehr viel Zeit, meinen Flieger zu erwischen.« Sie musste früh genug dort ankommen und sie hatte bereits einige Zeit mit Tates Mutter und Chloe vertrödelt.

»Das ist kein Problem«, erwiderte Tate lässig.

»Natürlich ist das ein Problem. Der Flug ist als pünktlich gemeldet. Der Flieger startet in weniger als zwei Stunden. Wir müssen jetzt den Flughafen ansteuern.« Angst überfiel sie, als er den Helikopter mitten zwischen eine Ansammlung von Kiefern zur Landung ansetzte. Nicht, dass sie befürchtet hätte, Tate würde den Hubschrauber nicht sicher landen, nein, sie sorgte sich darum, dass er überhaupt in diesem Gebiet landete; sie befanden sich nicht in der Nähe des Flughafens.

»Nein, es ist kein Problem«, beharrte Tate.

»Warum nicht?«

»Weil ich dich nicht zum Flughafen bringen werde«, ertönte seine raue Stimme in ihrem Ohr.

Lara blickte wild um sich und sah nichts außer Bergen und Bäumen, als sie landeten.

Als Tate den Motor drosselte, nahm sie die Kopfhörer ab. »Was zum Teufel soll das?«

Nun nahm auch er seine Kopfhörer ab und blickte ihr direkt in die Augen. Seine Augen schimmerten dunkelgrau und sein Blick war von unglaublicher Intensität. »Ich nehme dich vorübergehend in Gewahrsam.«

Lara erstarrte und gaffte ihn an, bevor er ohne eine weitere Erklärung aus dem Hubschrauber sprang.

Was zum Teufel sollte das?

Sie öffnete die Tür, drehte sich auf dem Sitz herum und sah sich um: nichts als Wildnis. Die Landebahn war geräumt worden, doch alles andere lag unter einer dicken Schneeschicht vergraben.

Tate erschien, hob sie aus ihrem Sitz, setzte sie auf dem Boden ab und schloss die Tür.

Glücklicherweise trug sie Stiefel, die sofort tief im hohen Schnee versanken, der ihr bis zu den Knien reichte. »Tate, wir müssen los. Mein Flieger –«

»Wird ohne dich abheben«, beendete Tate ihren Satz. »Irgendetwas wird auf diesem Flug passieren. Etwas Schlimmes. Du wirst so weit wie möglich davon entfernt sein.«

Sie kämpfte sich durch den Schnee an seine Seite und er zog sie mit sich. »Weißt du Genaueres? Wir müssen jemanden warnen, wenn etwas geplant ist –«

»So ist es nicht«, brummelte Tate. »Ich habe einen Freund, der von vorausehenden Träumen heimgesucht wird. Er hat gesehen, wie ich deinen Tod betrauert habe, den du bei einem Flugzeugabsturz erlitten hast. Diesen Traum möchte ich nicht verwirklicht sehen. Das Risiko gehe ich nicht ein.«

Lara konnte vor sich das Dach einer Hütte erkennen. »Dein Freund hat Träume, in denen er die Zukunft voraussieht?«

»Ich weiß, dass es sich verrückt anhört, aber Travis besitzt diese Gabe. Einst hat er mir selbst das Leben gerettet und auch das seiner eigenen Frau.«

Sie fand das keineswegs verrückt und sie konnte auch nicht leugnen, dass voraussehende Träume möglich waren, aber...

»Vorahnungen in Träumen sind unberechenbar«, erklärte sie ihm, als sie die rückwärtige Veranda der Hütte erreichten. »Ich glaube zwar nicht, dass du verrückt bist, doch ich kann mein Leben auch nicht danach ausrichten, dass jemand, den ich nicht kenne, meinen Tod vorausgesehen hat. Es könnte auch weit in der Zukunft eintreffen oder sogar überhaupt nicht.« Sie kannte seinen Freund zwar nicht, doch es bestand immerhin die Möglichkeit, dass er unter Wahnvorstellungen litt.

»Ich kenne ihn und das Ereignis liegt nicht weit in der Zukunft. Diese Träume suchen ihn jetzt nur noch selten heim und sie betreffen einzig und allein Menschen, denen er nahesteht, oder seine Familie. Travis und ich sind seit Jahren gute Kumpel.« Tate zauberte einen Schlüssel unter der Fußmatte hervor, schloss die Tür auf und stieß sie auf.

»Also war Entführung die einzige Lösung?« Sobald sie durch die Tür getreten war, stemmte sie ihre Hände in die Hüften.

»Hättest du gewartet und einen späteren Flug genommen?«

»Nein«, gab sie ihm ehrlich zur Antwort.

»Siehst du! Ja... dich abzulenken war die einzige Möglichkeit.

»Für wie lange genau?« Jetzt war sie zornig. Er mochte vielleicht davon überzeugt sein, das Richtige zu tun, doch sie kannte seinen Freund nicht und außerdem hätte er ihr die Entscheidung überlassen sollen, das Risiko einzugehen oder nicht. Es gab sehr wenig dokumentierte Fälle von wirklichen Vorahnungen in Träumen und sie waren noch nicht einmal berechenbar. Lara bestritt keineswegs, dass vorausschauendes Träumen möglich sein konnte. Die Kraft des menschlichen Geistes barg viele Geheimnisse, weshalb die Psychologie sie auch schon immer so fasziniert hatte. Doch niemals würde sie ihr Leben aufgrund der Möglichkeit, eines Tages bei einem Flugzeugunglück zu Tode kommen zu können, anders gestalten. Es könnte sich sehr wohl um eine Art unglücklichen Zufall oder einen ganz gewöhnlichen Traum handeln.

Beide schälten sich aus ihrer Winterkleidung. In der Hütte war es bereits gemütlich warm.

»So lange wie nötig«, antwortete Tate unvermittelt, als er in die Hütte trat.

Lara folgte ihm und sah sich in ihrem kleinen Versteck um. Die Hütte bestand aus einem einzigen großen Raum, der aus echten Baumstämmen konstruiert war und dessen Decke von riesigen hölzernen Balken getragen wurde. In einer Ecke des Raumes befand sich eine kleine Kochnische mit einem Holzofen daneben, der scheinbar eine enorme Menge an Hitze von sich gab. Die Möbel wirkten rustikal und anmutig. An einer Wand befand sich ein großes Doppelbett mit einer behaglich aussehenden Patchworkdecke und einem massiven Rahmen, der reiche Schnitzereien aufwies, wahrscheinlich Handarbeit.

»Tate, das ist nicht einmal vernünftig. Höchstwahrscheinlich wird gar nichts passieren. Manche Leute bilden sich ein, in ihren Träumen in die Zukunft zu blicken, und meist handelt es sich nur um Zufall.« Sie versuchte, logisch zu argumentieren, weil Tate der vernunftbetonteste Mann war, den sie je kennengelernt hatte. Es fiel ihr schwer, weiterhin zornig zu sein, während er sich offensichtlich um sie sorgte. Sie konnte es ihm ansehen.

»Glaubst du nicht, dass ich das weiß? Aber ich kann die Möglichkeit nicht von der Hand weisen. Travis hat schon zu oft Recht behalten«, knurrte er.

»Und wenn kein Unglück geschieht?«

»Ich will doch nur eine Weile hierbleiben«, gab Tate zu.

»Wie lange?«

»Bis ich dich dazu gebracht habe, mich zu lieben«, antwortete er mit kehliger Stimme. Seine Augen blickten sie durchdringend an.

Laras Herz zog sich zusammen und begann, vor Freude zu tanzen; ein Kloß formte sich in ihrer Kehle. Sie schluckte heftig und stieß hervor: »Warum?«

»Ich will, dass du mich so sehr liebst, wie ich dich liebe.« Er wanderte in dem riesigen Raum umher und umging die Stühle im Wohnzimmerbereich, während er mit großen Schritten ruhelos auf und ab ging. »Ehrlich, ich glaube kaum, dass das überhaupt möglich ist, weil ich dich so sehr liebe, dass ich noch nicht einmal mehr logisch denken kann. Ich bin von dir besessen. All meine Gedanken sind einzig und allein auf dich fokussiert, seit dem Tag, an dem wir uns begegnet sind. Ich habe Angst, dass du verletzt werden könntest, dass dir etwas zustoßen könnte, und ich fürchte mich, verdammt noch mal, vor dem Tag, an dem du mich verlässt, denn dann werde ich meinen Verstand verlieren.«

Lara unterdrückte ein Schluchzen, als sie sah, wie sich Tate wie ein Löwe im Käfig durch den Raum bewegte. Seine Erregung und seine Verwundbarkeit zwangen sie in die Knie.

Er liebt mich.

Er liebte sie nicht nur, nein, er liebte sie auf die gleiche Art, wie sie ihn liebte. Die Tränen rannen ihr die Wangen hinunter, als sie seinen kräftigen Körper betrachtete, der jetzt nur in eine Jeans und einen waldgrünen Pullover gekleidet war und sich unaufhörlich bewegte. Seine Miene war voller Verbitterung und er raufte sich aufgeregt seine ohnehin schon abstehenden Haare.

Schließlich blieb er direkt vor ihr stehen. »Sag mir, was ich zu tun habe, und ich werde es tun«, knurrte er mit bebenden Nasenflügeln. Seine Augen schimmerten wie geschmolzenes Metall und in ihnen brodelten ein Dutzend Gefühle, alle heftig und intensiv. »Ich bin zu allem bereit, ohne Einschränkung.«

Lara spürte, wie ihre Brustwarzen hart wurden und ihre Muschi sich schmerzhaft zusammenzog. Tates ungezähmte Wildheit erregte sie unerträglich; seine Verletzlichkeit brach ihr das Herz. »Du musst gar nichts tun«, erwiderte sie.

»Gibt es keine Hoffnung für mich?«, fragte er scharf. In seinen Augen entzündete sich eine Flamme, die sich in einen See von silberner Trauer verwandelte.

Laras Herz hüpfte vor Freude. »Für mich gibt es auch keine Hoffnung mehr«, flüsterte sie heiser. »Ich glaube, ich bin dir bereits seit dem Moment verfallen, in dem du mir die Waffeln vom Buffet reserviert hast«, erklärte sie ihm fröhlich. »Und seitdem bin ich immer weiter in die Falle getappt und jetzt weiß ich, dass es kein Entkommen mehr gibt.«

Sie war glücklich. Jetzt, da sie wusste, dass er sie liebte, wollte sie sowieso nicht mehr entkommen. Sie wollte nur noch in ihrer Liebe zu Tate schwelgen.

»Du liebst mich?«, fragte er ungläubig.

»So sehr, dass es wehtut«, antwortete sie schluchzend und wischte sich die Tränen ab.

Tate schlang seine muskulösen Arme um sie und presste sie so fest an sich, dass Lara kaum noch Luft bekam, doch das kümmerte sie nicht. Ihre Arme schlängelten sich um seinen Hals und sie atmete seinen Duft ein und ertrank in ihrer Liebe zu ihm.

»Warum hast du mir das nicht gesagt, Baby? Mein Gott, ich liebe dich so sehr«, sagte er in schroffem Tonfall.

»Ich hatte Angst. Ich dachte, Liebe bedeutet für dich eine Last, die du nicht tragen willst.«

»Habe ich dir je das Gefühl gegeben, du wärst mir eine Last?«, brummte Tate in ihr Ohr.

Lara dachte einen Augenblick nach und gab ihm eine ehrliche Antwort. »Nein.« Ihrer Tante und ihrem Onkel war sie zur Last gefallen, doch Tate hatte ihr niemals dieses Gefühl vermittelt. »Ich glaube, es lag an meiner eigenen Unsicherheit. Es tut mir leid. Ich wäre beinahe gegangen, ohne es dir zu sagen. Ich hätte mir keine Gedanken darüber machen sollen, ob du meine Liebe erwiderst oder nicht. Ich hätte es dir in jedem Fall sagen sollen.«

»So oder so hätte es nicht das Ende für uns bedeutet«, erklärte Tate bestimmt. »Ich wäre dir gefolgt und hätte alle Hebel in Bewegung gesetzt, um dich zu veranlassen, bei mir sein zu wollen«, endete er zufrieden. »Ich habe nicht gescherzt, als ich gesagt habe, dass ich dich brauche, Baby. Ich wäre wahnsinnig geworden, wenn es keine Hoffnung gegeben hätte.«

Ihr Herz war so angefüllt mit Liebe, dass Lara dachte, es müsse gleich explodieren. »Ich liebe dich, Tate Colter.«

»Mein Gott, Baby! Ich bete dich an, ich liebe alles an dir. Ich verstehe nicht, wieso du nicht bemerkt hast, was ich für dich empfinde.«

Sie lehnte sich zurück und blickte ihm in die Augen. »Vielleicht weil ich mich so Hals über Kopf in dich verliebt habe. Angst ist ein mächtiger Gegner.«

»Mir würde es nicht so gehen«, neckte er sie. »Ich glaube, das Einzige, was mich jemals das Fürchten gelehrt hat, war der Gedanke, du könntest mich verlassen.« Er umfasste ihren Hinterkopf, drückte sie an sich und küsste sie leidenschaftlich.

Kapitel 15

Er küsste sie, als ob er mit seinem Kuss etwas besiegeln wollte, als ob er sie nie mehr loslassen wollte. Seine Zunge fuhr in ihren Mund und immer und immer wieder neigten sich seine Lippen auf ihre hinab, bis Lara keine Luft mehr bekam und zu keuchen begann.

»Ich muss in dir sein, Lara. Jetzt!«, forderte er, als er seinen Mund von ihrem löste. Er atmete heftig und schwer.

»Ja.« Sie fummelte wild an ihrer Jeans herum, denn sie brauchte ihn so verzweifelt, dass es schmerzte. »Bitte, Tate!«

In Windeseile entblößten sie sich, brachen alle Rekorde. Es war ein einziges Durcheinander von Beinen und Armen, während sie sich selbst und einander die Kleider vom Leib rissen.

Laras Herz schlug wie wild und sie atmete heiß und schnell, während sie Tate ansah, vollkommen nackt. Sie legte ihm die Hände auf die Schultern und ließ ihre Handflächen über seine Brust bis hinab zu seinem Unterleib gleiten. »Mein Gott! Du bist ein wunderschöner Mann.« Sie strich mit ihren Fingern über seinen harten, schweren Schwanz und barg ihn in ihren Händen. »Ich kann nicht glauben, dass du mich liebst.«

»Glaub es!«, antwortete er mit leiser, leidenschaftlicher Stimme. »Du gehörst mir, Lara. Du wirst mir immer gehören.«

Sie konnte seiner arroganten Bemerkung nicht widersprechen. Ihr Herz würde *immer* ihm gehören. Zärtlich drückte sie seinen Schwanz. »Bedeutet das, das hier gehört mir?«, fragte sie verführerisch und ergötzte sich an der Art, wie seine Augen aufloderten, wenn sie ihn reizte.

»Alles. Mein ganzer Körper gehört dir, mit all seinen Mängeln und Vorzügen«, krächzte er. Er ließ seine Finger zwischen ihre Schenkel gleiten und tauchte sie in die feuchte Hitze, die ihn begehrlich begrüßte. Er stöhnte auf. »Meins. Alles meins«, konstatierte er gierig.

»Dann nimm es dir!«, bettelte sie; sie musste ihn spüren, mit ihm vereinigt sein.

Er küsste sie noch einmal fest auf den Mund, bevor er sie herumdrehte und ihre Hände auf die Lehne der Couch legte. Sie schloss die Augen, als sie spürte, wie Tate ihre Pobacken umfasste und sie grob streichelte.

»Halt dich fest, Baby! Ich glaube nicht, dass ich mich lange zurückhalten kann«, warnte er sie in heiserem Tonfall.

»Nicht zurückhalten!«, forderte sie, weil sie sich wünschte, dass er sie schnell und hart in Besitz nahm.

Sie schnappte nach Luft, als seine Finger zwischen ihre Schenkel und weiter durch ihre fleischigen Falten fuhren, um ihre Klitoris zu reizen. Besitzergreifend und begierig tauchte er tief in ihre Hitze ein. Zwei seiner Finger drangen in ihren Tunnel vor und bewegten sich kreisförmig um die empfindliche Stelle in ihrem Inneren, was sie vollkommen zum Wahnsinn trieb. »Tate«, wimmerte sie und verzehrte sich danach, dass er sie zum Kommen brachte. Ihr Körper war unerträglich angespannt und bebte vor Erregung.

»Sag es mir, Lara! Sag es mir!« Er führte seinen groben, sinnlichen Angriff fort.

»Ich liebe dich!« rief sie aus und warf ihren Kopf in den Nacken, als er den Druck auf ihre Klitoris erhöhte und sie gleichzeitig mit seinen Fingern fickte – härter, schneller und mit jedem Stoß ihren G-Punkt reizend.

»Oh Gott!« Ihr Körper schüttelte sich.

»Komm mit meinen Fingern in dir, Lara! Lass los!«, kommandierte er.

Als ob sie eine Wahl gehabt hätte! Der Höhepunkt traf sie hart und schnell und wurde noch intensiver, als Tate seine Finger zurückzog und sie mit seinem Schwanz aufspießte. Sein ekstatisches Stöhnen veranlasste Lara, ihm mit einem Ruck entgegenzukommen. Sie krallte sich in den Stoff der Couch, als sie spürte, wie sich in ihrem Unterleib erneut eine Spirale der Lust aufbaute.

»Ich kann nicht noch einmal kommen«, keuchte sie wild. Alles drang so intensiv auf sie ein, so überwältigend, dass sie meinte, in tausend Stücke zu zerbrechen.

»Doch, das kannst du und du wirst es«, knurrte Tate. Dann griff er in ihre Haare und bog ihr den Kopf in den Nacken. »Sieh uns an!«

Laras Blick war getrübt von ihren noch übrig gebliebenen Tränen, doch sie sah geradeaus und erblickte ein Bild, so wollüstig und so erotisch, dass sie beinahe kam, nur durch den Anblick von Tates Gesicht. Der mannshohe Spiegel an der Wand gegenüber zeigte sie beide; Tate stieß mit ungezähmter Lust in sie hinein. Bezaubert beobachtete sie, wie ihre Brüste mit jedem Stoß von Tates Hüften zuckten und auf und nieder wogten. Die Wollust, gleichzeitig zu fühlen und zu beobachten, ließ sie noch heftiger keuchen. Ihr glasiger Blick war meist auf Tate fixiert. Er wirkte wie ein Recke aus der Vorzeit, der seine Frau in Besitz nimmt. Der Anblick war so urtümlich, dass ihre Begierde nur noch mehr entfacht wurde.

»Fester«, wimmerte sie. Zu sehen, wie Tate ihren Körper beherrschte, wie seine Finger auf erotische Weise an ihren Haaren zogen, war so verdammt gut. Das sinnliche Bild würde sich ihr für immer ins Gedächtnis brennen.

Jetzt stieß er fester zu und begrub sich mit jedem Eindringen tiefer in ihr. Lara kam ihm mit ihrem Hinterteil entgegen; Fleisch klatschte auf Fleisch, während sich beide ihrem Höhepunkt näherten.

D. A. Nott

Tate *würde* ihr einen zweiten Orgasmus schenken und sie bezweifelte, ob sie das überleben würde.

Er gab ihre Haare frei und fuhr mit seiner Hand ihre Wirbelsäule entlang. Lara hielt ihren Kopf erhoben und beobachtete jede seiner Bewegungen, sein Gesichtsausdruck verzerrt von Qual und Verzückung.

»Mein«, stellte er mit rauer Stimme fest. Er suchte ihren Blick im Spiegel und ihre Augen verloren sich ineinander.

»Ja.« Sie nickte und hielt den Blickkontakt.

Eine seiner Hände glitt jetzt an ihrem Bauch hinunter und suchte sich ihren Weg zu ihrer Klitoris. Er berührte sie grob und rollte das Knöspchen zwischen Zeigefinger und Daumen.

Entzücken und Schmerz schüttelten ihren Körper, eine so starke Empfindung, dass sie von einem gewaltigen Orgasmus überwältigt wurde.

»Gut so, Baby! Komm für mich!«, drängte Tate herrisch.

Sie explodierte, als ob ihr Körper auf sein Kommando reagieren würde. Die Wände ihres Tunnels zuckten in wilden Krämpfen, Gefühle stürzten mit solcher Macht auf sie ein, dass ihr Kopf vornüber fiel und der Augenkontakt mit Tate abbrach.

»Nimm den Kopf hoch! Ich will dein Gesicht sehen«, knurrte Tate. Wieder bog er ihr an ihren Haaren den Kopf in den Nacken. »Dich dabei zu beobachten, wie du kommst, ist der heißeste Anblick, den ich je erlebt habe«, stöhnte er, während er in sie hinein hämmerte.

»Ich liebe dich!«, schrie Lara auf.

»Ich liebe dich auch, Baby«, antwortete Tate mit erstickter Stimme und drang ein letztes Mal in sie ein, bevor er seine eigene Erlösung fand.

Gemeinsam erbebten ihre Körper. Tates Arme schlangen sich um ihre Taille, als die letzten Wellen ihres Orgasmus verebbten.

»Mein Gott! Du wirst mich noch umbringen. Doch so würde ich gern ums Leben kommen«, flüsterte er ihr mit dunkler und heißer Stimme ins Ohr, während er sich über sie beugte. Sein Brustkorb dehnte sich, als er sie herumdrehte, sie auf seine Arme nahm und sie zu dem großen Bett hinübertrug, wo er erschöpft zusammenbrach, sie aber im Fall mit seinem Körper schützte.

Sie kletterte von ihm herunter, sodass er Atem schöpfen konnte, und kuschelte sich dann an ihn. Er ergriff ihre Hand und verschlang ihre Finger ineinander, während sie versuchten, zu Atem zu kommen. »Warum besitzt du eine Hütte mitten im Nirgendwo?« Sie streichelte mit einer Hand seine Brust, unfähig, von ihm zu lassen. »Sie gehört nicht mir«, gestand Tate. »Sie gehört Gabe. Er benutzt sie während der Angelsaison. Ich habe ihn gefragt, ob er sie für unsere Ankunft vorbereiten und sie mir für eine Weile borgen könnte.«

»Ich finde sie ziemlich nett für eine Angelhütte.« Lara betrachtete die wunderschönen kleinen Teppiche, die den polierten Holzfußboden schmückten, die anmutigen Möbel und das komfortable Bett, auf dem sie bereits lag. »Wie weit sind wir eigentlich von der nächsten Autobahn entfernt?«

Unvermittelt rollte er sich auf sie und nahm ihre Hände über ihrem Kopf gefangen. »Warum? Planst du deine Flucht?« Er klang so, als würde er nur halbherzig scherzen.

»Nein. Ich habe mich nur gefragt, ob wir genügend Lebensmittel haben, um uns bis nach dem Sturm über Wasser zu halten.«

Tate lachte, ein so glückliches Lachen, dass Laras Herz vor Freude überquoll.

»Ich wusste doch, dass du dir ums Essen Sorgen machen würdest.« Er grinste auf sie hinab. »Ich habe für alles gesorgt. Gabe hat die Leute, die sich um die Hütte kümmern, darum gebeten sicherzustellen, dass die Vorräte aufgefüllt werden.«

»Ich nehme an, ich werde kochen.« Scherzend ließ sie einen beleidigten Seufzer hören.

»Du wirst es mir beibringen.« Tate lächelte sie immer noch glücklich an.

Dieses Grübchen hat es mir angetan.

Sie streckte die Hand aus und strich verliebt über die Vertiefung in seiner Wange. »Nur, wenn du es auch wirklich lernen willst. Es macht mir nichts aus. Ich koche gern.«

»Ich will es unbedingt lernen. Was machen wir, wenn du einmal krank sein solltest und nicht kochen kannst? Was, wenn ich für dich sorgen muss?« Seine Miene drückte Besorgnis aus.

Sie lächelte zu ihm auf. »Du bist doch nicht gerade knapp bei Kasse. Du könntest jemanden einstellen.«

»Niemand außer mir wird sich je um dich kümmern«, erklärte er eindringlich. »Ich werde es lernen.«

Lara wollte Tate nicht sagen, dass sie niemanden brauchte, der sich um sie kümmerte. Seine Erklärung war zu süß, zu liebevoll, und brachte ihr Herz zum Singen.

Neugierig beobachtete sie, wie Tate von ihr herunterrutschte und vollkommen nackt zur Tür hinüber stolzierte. Es fiel ihr äußerst schwer, nicht ständig auf seinen perfekten knackigen Hintern zu starren, während er sich bewegte. Er langte in die Tasche seiner Jacke, die an einem Haken hing, zog etwas heraus und kam schließlich zum Bett zurück.

Er sah beinahe schüchtern aus, als er sich neben das Bett kniete. »Das hier habe ich gleich nach unserem Erlebnis mit den Terroristen besorgt. Ich denke, das wird dir zeigen, wie lange ich schon verrückt nach dir bin.«

Lara stockte der Atem, als er ihr eine kleine, mit Samt bezogene Schatulle überreichte. Sie atmete aus und klappte mit zitternden Fingern den Deckel auf. »Oh mein Gott! Tate!«

»Heirate mich, Lara! Bleib für immer mit mir zusammen!«

In einem Bett aus Samt blitzte ihr der schönste Ring entgegen, den sie je zu Gesicht bekommen hatte. In der Mitte einer antik-inspirierten Fassung, höchstwahrscheinlich aus Platin, saß ein gewaltiger Diamant. Ein anmutiger Kreis von kleineren Diamanten umgab ihn. »Ich weiß nicht, was ich sagen soll.«

»Sag Ja«, erwiderte er hastig in einem Tonfall, der gleichzeitig fordernd und hoffnungsvoll klang.

»Ja!« Sie sah zu ihm auf, die Augen voller Tränen. Er hatte sie fast von Anfang an geliebt, genauso wie es ihr andersherum ergangen war.

Tate akzeptierte, ja bewunderte sie sogar genau so, wie sie war, und das Gleiche empfand sie für ihn. Sie hatten mit sich gekämpft, weil sie beide dickköpfig waren, doch sie würden sich lieben. Er nahm den Ring aus der Schachtel und schob ihn ihr auf den Finger.

»Er passt genau. Woher wusstet du, in welcher Größe du ihn kaufen musstest?«

»Ich habe dem Verkäufer erzählt, du hättest lange, schlanke Finger, die mich jedes Mal, wenn sie mich berühren, zum Kommen bringen«, erklärte Tate mit unbeweglichem Gesichtsausdruck.

Sie gab ihm spielerisch einen Klaps auf die Schulter. »Das hast du nicht getan.«

Er zuckte mit den Schultern. »Ich habe die Größe geschätzt. Ich habe mich daran erinnert, Chloe einen Perlenring gekauft zu haben, als sie das College abgeschlossen hatte. Ich habe versucht, mich daran zu orientieren. Wir können ihn ändern lassen, wenn er nicht richtig sitzt oder wenn er dir nicht gefällt.«

Lara seufzte. »Ich liebe ihn.« Die Diamanten funkelten und reflektierten das Licht, als sie ihre Hand hin und her drehte.

Tate verzog das Gesicht, während er aufs Bett kletterte und ihre Hand begutachtete. »Vielleicht hätte ich größere Diamanten wählen sollen.«

»Ich hoffe, du scherzt«, erwiderte Lara amüsiert. »Nur etwas größere Steine und ich bräuchte einen Kran, um meine Hand anzuheben.« Sie rollte sich in seine geöffneten Arme und kuschelte sich an ihn.

»Ich will jeden wissen lassen, dass du zu mir gehörst«, bemerkte er stur.

»Mach dir keine Sorgen! Sie werden es wissen. Ich bin deine Frau und niemand wird meinen wunderbaren Ring übersehen können. Danke schön!«

»Ich danke dir«, antwortete Tate.

»Wofür?«

»Dafür, dass du mich liebst«, erwiderte er heiser und verstärkte seine Umarmung.

Lara schlang ihm die Arme um den Hals. »Chloe wird bald heiraten und ich will ihr nichts von ihrem Glück streitig machen. Sie hat ihre Hochzeit schon seit langem geplant. Meinst du nicht, wir könnten einfach durchbrennen?«, fragte sie Tate hoffnungsvoll.

Ehrlich, insgeheim hoffte sie, Chloes Hochzeit würde niemals stattfinden, doch sie gab eine gute Entschuldigung ab, um in aller Stille zu heiraten.

»Du hast dir deinen Ehrentag verdient, Baby.«

»Ich mag Hochzeitsfeiern eigentlich nicht. Ich mag die Menschenmengen nicht, den Lärm und dass sich die Aufmerksamkeit aller auf die Braut und den Bräutigam richtet. Ehrlich, meine Traumhochzeit wäre in zehn Minuten vorüber«, gab sie zu.

Tate lehnte sich zurück, um ihr Gesicht sehen zu können. »Im Ernst? Du sagst das nicht nur, um Chloe nicht die Schau zu stehlen?«

Lara nickte. »Ich meine es ernst. Ich will keine schicke Hochzeit. Ich weiß, du bist Milliardär und die Colters sind eine bedeutende Familie. Wenn es von uns erwartet wird, werde ich mitspielen –«

»Ich tue niemals etwas, nur weil es von mir erwartet wird.« Er grinste sie an. »Und ich hasse Hochzeiten ebenfalls. Mein Gott! Du bist wirklich in jeder Hinsicht die perfekte Frau für mich.«

»Vegas?«, schlug sie vor.

»Sobald das Wetter sich aufgeklart hat«, stimmte Tate fröhlich zu.

»Ich glaube, dann müssen wir uns etwas einfallen lassen, womit wir uns bis dahin beschäftigen können.«

»Da es Sturm geben wird, werden wir darauf verzichten müssen, uns draußen zu vergnügen, doch ich werde mein Bestes tun, dich beschäftigt zu halten.« Er zwinkerte und warf ihr einen zweideutigen Blick zu.

»Ich glaube, ich beginne bereits, mich hier drinnen zu langweilen«, erklärte sie schelmisch.

»Das Problem werde ich umgehend beheben«, erwiderte Tate amüsiert und senkte zärtlich seinen Mund auf ihren hinab.

Er kurierte ihre Langeweile so schnell und so gründlich, dass ihr während der ganzen Nacht kein einziger Moment der Langeweile gegönnt war.

Kapitel 16

Erst am Nachmittag des folgenden Tages fand Tate heraus, dass Travis Recht behalten hatte... wieder einmal. Das Flugzeug, mit dem Lara nach Washington hätte zurückfliegen sollen, war wegen eines technischen Fehlers beim Abheben abgestürzt. Es gab keine Überlebenden.

Tate beobachtete Laras Gesicht, während diese versuchte zu verarbeiten, wie nahe sie daran gewesen war zu sterben. Sein eigenes Herz raste wie wild, als sie den ernsten Nachrichten lauschten.

Keiner von beiden hatte sich die Mühe gemacht, sich richtig anzukleiden. Er trug eine Pyjamahose, die er im Kleiderschrank gefunden hatte und wahrscheinlich Gabe gehörte, und Lara einen warmen baumwollenen, pinkfarbenen Schlafanzug. Nachdem sie heute Morgen aufgewacht waren, hatte er sich auf den Weg zum Hubschrauber gemacht, um ihre Taschen zu holen.

»Oh, mein Gott!«, keuchte Lara und hielt sich vor Schreck eine Hand vor den Mund.

Tate betrachtete grimmig den Fernseher im Wohnbereich, den er gerade erst eingeschaltet hatte. Jetzt wünschte er sich, er hätte darauf verzichtet. Lara wäre das Unglück auf jeden Fall irgendwann zu Ohren gekommen, doch es hätte nicht gerade schon heute sein müssen. Sie war so glücklich gewesen, so verspielt. Sie schwelgten immer noch in der Freude, herausgefunden zu haben, dass sie sich liebten.

Ach, zum Teufel.

»Es ist abgestürzt, Tate. Mein Flieger. Alle sind tot«, stellte sie schockiert fest.

Er setzte sich neben sie auf die Couch, schlang die Arme um sie und kuschelte sie an seine Brust.

»Ich weiß, Lara. Ich weiß.« Tate war selbst so betroffen, dass er hyperventilierte. Er stellte sich vor, wie er sich gerade in diesem Moment fühlen würde, wenn Lara in dem Flugzeug gesessen hätte. Außerdem fühlte er sich krank aus Mitleid für die Passagiere, die dem Absturz zum Opfer gefallen waren. Wie leicht hätte er selbst einer der Menschen sein können, die genau in diesem Augenblick um ihre Liebsten trauerten.

»Die armen Menschen.« Lara begann zu weinen.

Tate schaltete die Nachrichten ab, da er sich Laras Horror nicht mehr mit ansehen konnte. »Lass uns nicht mehr zuschauen!«

Lara nickte, schluchzte aber weiter.

Er schaukelte sie beruhigend in seinen Armen. Er war so verdammt dankbar, dass sie hier war, lebend und atmend. »Ich schulde Travis etwas... wieder einmal.«

»Was ist letztes Mal geschehen? Es tut mir leid, dass ich dir nicht geglaubt habe.«

Tate zuckte mit den Schultern. »Ich kann auch nicht gerade behaupten, dass ich ihm geglaubt habe, als Travis mir zum ersten Mal von seinen Träumen erzählt hat. Doch aufgrund einer Warnung von Travis habe ich gezögert, eine zusätzliche Mission zu übernehmen. Ich habe nur eine Minute überlegt, weil das, was er gesagt hatte, mir ununterbrochen durch den Kopf schwirrte. Als ich mich dann schließlich freiwillig für die Operation zur Verfügung stellen wollte, hatten sie bereits jemand anderen gefunden. Alle, die an der Mission teilgenommen haben, sind ums Leben gekommen.«

»Dann weißt du ja, wie ich mich fühle«, murmelte Lara leise.

Ja, er wusste genau, was sie jetzt empfand: Als ob sie sich auch unter den Toten befinden müsste. »Ich weiß, wie du dich fühlst, aber es wären sowieso alle gestorben, ob du nun im Flugzeug gesessen hast oder nicht. Die Tatsache, dass du überlebt hast, macht für die Toten keinen Unterschied. Also sei dankbar, dass du noch lebst und fühl dich deswegen nicht schuldig!«

»Hast du damals auch so empfunden?«

Er nickte. »Ja. Außer, dass ich mir gewünscht hatte, an Stelle des anderen Freiwilligen gestorben zu sein. Ich habe eine Weile gebraucht, um darüber hinwegzukommen.«

Lara atmete tief und zitternd ein. »Ich muss diesen Travis unbedingt kennenlernen. Er ist erstaunlich. Ich wünschte nur, er hätte die Fluggesellschaft warnen können.«

»Ich bin mir sicher, dass er das versucht hat. Aber eine Fluggesellschaft würde auf keinen Fall einen Flug absagen, nur weil sich irgendein Kerl einbildet, im Traum eine Vorahnung gehabt zu haben. Höchstwahrscheinlich würden sie das nur für eine Verrücktheit halten. Für Travis war diese Fähigkeit nie ein Segen. Es ist mehr wie ein Fluch. Es geschieht auch nicht sehr oft. Und ich glaube nicht, dass er noch einmal einen solchen Traum erlebt hat, seitdem er Allys Leben gerettet hat.«

»Ally?«

»Sie ist jetzt seine Frau. Du wirst sie lieben. Sie kann Travis bei den Eiern packen, wenn sie will. Sie war seine Sekretärin.« Ally konnte Travis um den Finger wickeln, genau wie es Lara recht leicht mit ihm konnte.

»Du hast Recht. Ich bin mir sicher, dass wir gute Freundinnen werden können. Siehst du sie öfter?«, erkundigte sie sich neugierig.

Froh, dass Lara von ihrem Erlebnis abgelenkt war, dem Tod so knapp entkommen zu sein, antwortete er: »Nicht so oft, wie ich es mir wünschen würde. Travis lebt in Florida. Doch wir sind beide an der Stiftung für misshandelte Frauen beteiligt, von der ich dir erzählt habe. Die Frau seines Bruders Kade ist Asha, diejenige, die früher missbraucht wurde und die Organisation ins Leben gerufen hat.«

»Travis und Kade Harrison?«, fragte Lara ehrfürchtig.

Tate runzelte die Stirn. Es gefiel ihm nicht besonders, dass Lara beeindruckt schien. »Du hast von ihnen gehört?«

Lara schnaufte. »Wer hat das nicht? Kade Harrison ist ein berühmter Quarterback und Milliardär und Travis Harrison ist ein brillanter Geschäftsmann. Ich finde es großartig, dass sie sich beide an der Stiftung beteiligen.«

»Wir beteiligen uns nicht nur«, erwiderte Tate, »sondern wir bestreiten die gesamten Operationen. Jason Sutherland kümmert sich um die Finanzen und der Rest von uns sammelt Spenden oder übernimmt sonstige Pflichten.«

Sie lehnte sich zurück, um ihn anzusehen. »Ist jeder amerikanische Milliardär involviert? Mein Gott! Sogar Jason Sutherland?«

»Nicht alle... bis jetzt. Aber wir arbeiten daran.« Er lächelte sie an, voller Stolz auf die Organisation, die sie alle gemeinsam aufgebaut hatten, um gegen häusliche Gewalt zu Felde zu ziehen.

»Ich würde mich wirklich auch gern dafür engagieren«, sagte Lara nachdenklich.

»Das hatte ich dir bereits angeboten.« Jetzt wusste Tate, warum sie auf seinen Vorschlag nicht eingegangen war. »Jetzt, da du meine Frau sein wirst, möchtest du dich vielleicht auf irgendeine Art, die dir zusagt, daran beteiligen.« Er zögerte einen Moment, bevor er hinzufügte: »Ich möchte dich auf keinen Fall von irgendetwas zurückhalten, was du gern tust. Ich wäre sogar bereit, nach Washington zu ziehen, wenn du es willst, damit du weiter als Agentin arbeiten kannst.«

Fuck! Das tat weh!

Das Letzte, was er wollte, war, dass Lara sich jeden Tag als FBI-Agentin in Gefahr begab. Doch wollte er sie auch nicht unglücklich sehen. Er *würde* an ihrer Seite sein, was auch immer sie machen wollte, doch das bedeutete nicht, dass er es immer gutheißen musste.

»Colorado gefällt mir«, gestand Lara leise. »Und hier hätten wir sogar Familie.«

Tate schwoll das Herz angesichts der Tatsache, dass Lara seine Familie bereits als die ihre betrachtete. Es war lange her, seitdem sie eine Familie hatte ihr eigen nennen können, die sich wirklich um sie sorgte. »Vielleicht wirst du sie manchmal ein bisschen zu einnehmend finden.« Tate erging es auf jeden Fall so. Tatsächlich brachten sie ihn manchmal wirklich zum Wahnsinn. Doch er liebte jedes einzelne Mitglied seiner Familie heiß und innig und schätzte sich glücklich, der Colter-Familie anzugehören.

»Das Single-Dasein wird reichlich überschätzt«, bemerkte Lara gedankenverloren. »Ich würde gern eine Familie haben.«

»Also dann, mach dich bereit, Baby, weil du in Zukunft eine sehr große besitzen wirst.« Er machte eine Pause. »Also, wie stehst du dazu, deinen Beruf an den Nagel zu hängen? Oder willst du einfach nur zur Abteilung in Denver überwechseln?«

Verdammt! Das schmerzt ebenfalls. Doch ich muss ihr alle Möglichkeiten offenlassen. Es muss ganz allein ihre Entscheidung sein.

»Ja also, ich werde einen sehr wohlhabenden Ehemann haben, daher gehe ich davon aus, dass dieser gewillt ist, uns eine Weile durchzufüttern, sodass ich mein Studium beenden kann.«

Tate stieß einen gigantischen Schrei aus. »Verdammt, ja! Er ist dazu bereit! Er hat jede Menge Kohle!« Er küsste sie begeistert auf die Stirn. »Ich muss zugeben, ich bin erleichtert.«

Sie hob den Kopf, um ihn anzusehen, als sie ihm antwortete: »Danke, dass du mir die Möglichkeit gibst, mich frei zu fühlen und tun und lassen zu können, was ich will, auch, wenn dir meine Entscheidung vielleicht nicht gefällt.«

»Ich bin überglücklich mit deiner Wahl«, erklärte Tate erregt.

»Es tut so gut zu wissen, dass du der Typ Ehemann sein wirst, der zu mir hält, egal, wie ich meine berufliche Laufbahn gestalten möchte.« Sie kuschelte sich wieder an seine Brust. »Du bist ziemlich außergewöhnlich.«

Er fühlte sich überhaupt nicht außergewöhnlich. Außergewöhnlich eigennützig, ja, denn er wollte sie aus der Schusslinie heraushaben, aber..

»Ich möchte, dass du glücklich bist«, sagte er ernst.

»Ich weiß, ich empfinde das Gleiche. Wirst du mir erklären, was genau du noch mit der Regierung zu schaffen hast?«

Tate zuckte mit den Schultern. »Nicht viel und es ist auch nicht gefährlich. Ich arbeite noch als Berater für sie. Falls sie Probleme mit einer besonderen Mission der Spezialeinheit haben, springe ich ein. Ich gehe nicht mehr ins Feld. Es geht um reine Strategie.«

»Also bist du ein Genie in Kampfführung?«, neckte sie ihn.

»In der Tat... ja, das bin ich. Das war ich immer schon. Strategie und verdeckte Operationen sind meine Spezialgebiete.« Er war *wirklich* gut in diesen Dingen, also warum es leugnen? Er war niemals besonders bescheiden gewesen und er wollte, dass Lara wusste, wer er wirklich war, mit all seinen Stärken... und Schwächen.

»Wirst du mir erzählen, worin bei speziellen Operationen deine Aufgabe bestand?«

»Arbeiten?«, versuchte er auszuweichen.

»Tate«, sagte sie in dem warnenden Tonfall, der ihn immer so anmachte.

Ach was, zum Teufel; sie würden *heiraten*. »Das Team, dem ich zugeteilt war, existiert für die meisten Militärs oder Zivilisten überhaupt nicht. Du hattest Recht mit der Annahme, dass unsere Arbeit extrem geheim gehalten wurde, und einige unserer Missionen waren tatsächlich schwarze Operationen. Du bist jetzt die Einzige, die darüber Bescheid weiß. Ich durfte noch nicht einmal meiner Familie etwas Genaueres mitteilen, daher habe ich sie in dem Glauben gelassen, ich wäre immer noch ein SEAL. Nach dem SEAL-Training haben sie mich rekrutiert, weil sie einen neuen Piloten für ihr Team brauchten.« Seine Frau hatte ihre Klugheit bewiesen und das bereits herausgefunden, trotzdem bestätigte er es noch einmal.

»Ich werde es niemandem erzählen. Ich schwöre, ich werde es mit ins Grab nehmen«, antwortete Lara ernst.

Tate schauderte, ihre Bemerkung erinnerte ihn wieder daran, wie nahe sie dem Tod gewesen war. »Was hoffentlich noch lange dauern wird«, brummte er.

»Fehlt dir der aktive Dienst?«

Er antwortete nicht sogleich, sondern dachte eine Weile nach. »Eine Zeit lang habe ich ihn vermisst, ja. Ich habe für meinen Job gelebt, genau wie du als Agentin. Die Kumpel aus meinem Team standen mir so nahe wie meine Brüder. Manchmal haben wir zusammen gelebt, geschlafen und gegessen. Diese Art Job aufzugeben, ist, als würde einem ein Arm oder Bein amputiert. Doch ich hätte ihn sowieso nicht für immer machen können. Eine Weile war ich ruhelos, doch ganz langsam bin ich darüber hinweggekommen, Schritt für Schritt. Nun bin ich froh, dass ich ihn aufgegeben habe, denn sonst wären wir uns wahrscheinlich niemals über den Weg gelaufen.«

»Und der Absturz, bei dem du dir dein Bein gebrochen hast?«

»Das war während einer ziemlich riskanten Mission. Wir wurden abgeschossen, bevor wir unsere Aufgabe hatten beenden können. Ich hatte verdammtes Glück, dass ich den Hubschrauber notlanden konnte, bevor er in Flammen aufgegangen ist. Der Aufprall war ziemlich heftig; die meisten Verletzungen habe ich abbekommen. Alle anderen konnten sich aus eigener Kraft befreien.« Die ganze Operation war vermasselt gewesen, doch zumindest hatte niemand sein Leben lassen müssen.

»Und wer hat dich rausgeholt?«, fragte Lara ängstlich.

»Mein Team. Sie mussten mich meilenweit tragen, bevor wir gefunden wurden.«

»Du hast dich tatsächlich von ihnen tragen lassen?«

»Ich hatte die Wahl: Entweder das oder ich wäre auf feindlichem Gebiet langsam verblutet. Jetzt bin ich verdammt froh, dass ich überlebt habe.«

Sie beäugte ihn misstrauisch. »Du hast absichtlich das Risiko einer Verletzung auf dich genommen, oder?«

Tate zuckte mit den Schultern. Er wollte ihr eigentlich nicht verraten, dass er gewillt gewesen war, den Fall – buchstäblich – auf seine eigene Schulter zu nehmen, um die Männer seines Teams zu schützen. Er hatte versucht, den Aufprall mit seiner Seite im vorderen Bereich des Helikopters abzufangen. »Ich war ihr Vorgesetzter und Kommandant.« Zwar hatte er ihre Frage nicht direkt beantwortet, doch über ihr hübsches Gesicht huschte ein Schatten des Begreifens und machte jede weitere Erklärung überflüssig.

Ihre Blicke trafen sich und Tate fühlte sich, als ob er in ihrer Liebe zu ihm ertrinken würde. Seine Brust schmerzte, als sie ihn so ansah, als bedeute er ihr alles... und auf die gleiche Weise blickte er sie an, wie ihm bewusst war.

Er musste sie unbedingt küssen, der Drang war so stark, dass er seinen Mund auf ihren presste. Er war so nahe daran gewesen, sie für immer zu verlieren, und ohne sie wäre er ein gebrochener Mann. Er schob seine Hände unter ihr Pyjamaoberteil, da er ihre warme seidige Haut spüren musste. Dann löste er seinen Mund von ihrem und begann, sie langsam auszuziehen. Dabei streichelte und küsste er jeden Zentimeter ihrer Haut, den er entblößte. Er betete ihren Körper ebenso an, wie er ihr gutes Herz wertschätzte.

Dann richtete er sich auf und entledigte sich seiner Schlafanzughose. Er grinste, als sich herausstellte, dass er wieder keine Unterhose trug. So blieb er eine Minute stehen und ließ seine Augen genießerisch über ihre nacktes Fleisch wandern, über ihre langen, zerzausten blonden Locken, die über ihre Schultern flossen, und schließlich über ihr Gesicht.

Sie biss sich auf die Lippe. »Wirst du mich ficken?«

Behutsam ließ er seinen Körper auf sie hinabsinken, da sie von ihrer rohen Paarung der vergangenen Nacht noch wund sein musste. Zärtlich strich er ihr die Haare aus dem Gesicht und fuhr mit einem Finger spielerisch über ihre Wange. »Nein, Baby. Ich werde jetzt mit meiner Verlobten Liebe machen.« Er nahm ihre linke Hand, küsste seinen Ring an ihrem Finger und verschlang ihre Finger ineinander. Dann machte er das Gleiche mit ihrer anderen Hand und führte ihre Hände über ihrem Kopf zusammen.

Instinktiv schlang Lara ihm ihre Beine um die Taille. »Ich liebe dich so sehr«, flüsterte sie mit tränenverschleierten Augen.

Tate drang in sie ein und stöhnte, als er spürte, wie ihre Muschi ihn aufnahm und ihn mit feuchter Hitze willkommen hieß. »Ich liebe dich auch, Lara. Bis in alle Ewigkeit.«

Er genoss jeden Augenblick, den er in ihr war, eingehüllt in ihre Liebe. Ohne Eile glitt er wieder und wieder in sie ein, mit jedem Pumpen seiner Hüften rieb er sich an ihr. Gemeinsam schraubten sie sich höher und höher hinauf. Tate versuchte, jeden Zentimeter ihrer entblößten Haut zu kosten und nahm verzückt war, wie sich ihre kurzen Fingernägel in seinen Rücken gruben, als sie den Höhepunkt erreichte.

Er vergrub sein Gesicht in ihrem Haar, während sich die Wände ihrer Muschi um seine Männlichkeit herum zusammenzogen und ihn aufs Köstlichste massierten, bis er seine eigene Erlösung nicht mehr zurückhalten konnte. Er stöhnte auf und ergoss sich in ihre Tiefen.

Mein.

Er hielt sie in seinen Armen, besitzergreifend, beschützend und verdammt dankbar, dass sie noch bei ihm war. Es hätte auch ganz anders kommen können und er schwor, dass er ihre Liebe niemals als selbstverständlich ansehen würde. Es hätte ihm alles genommen werden können, verloren in nur einem Augenblick, und niemand wusste das besser als er. Er würde jeden einzelnen Tag mit Lara als Geschenk betrachten, weil es das in Wirklichkeit auch war.

»Nenne mir etwas, das du wirklich gern haben würdest – egal, was. Ich möchte dir etwas schenken«, sagte Tate verzweifelt. Er wollte Lara gern zeigen, wie viel sie ihm bedeutete.

Sie hob seinen Kopf an, indem sie ihn behutsam an den Haaren zog. »Ich habe alles, was ich mir wünsche, Tate, ich habe dich.«

Irgendwie sah er sich selbst nicht als ein sehr großes Geschenk. »Was noch?«

Sie musterte einen Moment lang sein Gesicht und antwortete schließlich: »Also, ich bin gerade dreißig Jahre alt geworden. Irgendwann in den nächsten fünf Jahren hätte ich gern ein Baby. Ich denke, da wir beide heiraten, werde ich dazu deine Hilfe und deine Zustimmung benötigen.«

Tates Herz begann, doppelt so schnell zu schlagen. Ein Baby? Bis jetzt hatte er noch nicht so weit gedacht, doch er konnte sich Lara vorstellen, schwanger mit ihrem gemeinsamen Kind, später eine

Tochter oder einen Sohn in den Schlaf wiegend. Spielend, lachend, liebend. Das wäre wunderschön.

»Mir gefällt der Gedanke sehr. Ein Mädchen mit deinen wunderschönen Augen und deinem hinreißenden Lächeln wäre wunderbar.«

»Ein Junge mit *deinen* Augen und deinem niedlichen kleinen Grübchen«, korrigierte sie ihn.

»Je eins von beidem?« Das hörte sich für ihn wie ein guter Kompromiss an.

»Babys kommen nicht gerade auf Bestellung«, neckte sie ihn und drückte seine Hand, während sie ihn mit strahlenden Augen anlächelte.

»Ich bin ein Colter. Wir geben niemals auf.« Zur Hölle, er würde ihr so viele Babys geben, wie sie wollte, und würde jedes einzelne heiß und innig lieben. »Dad hat es so lange versucht, bis er Mom endlich ihre Tochter geschenkt hat.«

»Ich bin mir nicht sicher, ob ich so oft versuchen möchte, eine Tochter zu bekommen, wie deine Mutter, doch das werden wir noch sehen. Also kann ich dich beim Wort nehmen? Ich habe dein Einverständnis?«

»Ja. Und du weißt, dass ich dir so oft dabei behilflich sein werde, wie du es möchtest.« Er würde ihr sogar gern mehrmals am Tag dabei helfen, schwanger zu werden. Tatsächlich würde er ihr auch helfen, wenn sie *nicht* schwanger werden wollte.

»Ich glaube, ich muss noch viel üben, bis es soweit ist. Sehr viel.«

Lara prustete vor Lachen und zog ihn wieder auf sich hinunter, damit er ihr einen Kuss gab.

Er gehorchte außerordentlich willig. Dies war eine Mission, bei der Tate keinerlei Vorbehalte hegte.

Epilog

»Und wenn sie ihre Meinung geändert hat? Und wenn sie nicht kommt? Vielleicht hat sie herausgefunden, dass ich in Wirklichkeit ein Arschloch bin?« Tate Colter sah Travis Harrison mit panischer Miene an. Sie standen in der kleinen Hochzeitskapelle in Las Vegas.

Travis verschränkte die Arme vor der Brust und zog eine Braue in die Höhe. »Colter, sie weiß doch schon längst, dass du ein Arschloch bist. Ich selbst habe es ihr gesagt. Doch aus irgendeinem unbekannten Grund will sie dich trotzdem heiraten. Sie wird kommen.« Travis schob den Ärmel seines maßgeschneiderten Anzugs hoch, um einen Blick auf seine Armbanduhr zu werfen. »Um Gottes willen, es ist gerade erst zwölf.«

Tate schaute noch einmal auf seine Uhr. »Eine Minute nach«, verbesserte er Travis barsch.

»Sie ist mit Ally unterwegs und ich bin mir ziemlich sicher, dass meine Frau nicht davonlaufen wird. Darüber mache ich mir schon seit längerer Zeit keine Sorgen mehr. Sie liebt mich«, erklärte Travis arrogant.

»Lara liebt mich auch«, erwiderte Tate selbstzufrieden und versuchte, seine Nerven zu beruhigen. Er hätte Lara begleiten sollen, nur für den Fall, dass sie kalte Füße bekam. Stattdessen hatte er sich mit Travis zusammen auf die Zeremonie vorbereitet und Lara war mit Ally losgezogen, um sich ein neues Kleid zu kaufen.

Obwohl sie in Vegas heirateten, hatte Tate ihre Hochzeit doch besonders feierlich begehen wollen. Er selbst war in einen Smoking gekleidet, während Travis einen Anzug trug. Glücklicherweise hatten Travis und Ally nach Vegas kommen können, um für ihn und Lara als Trauzeugen zu fungieren. Er hatte zwar auch kurz an seine Brüder gedacht, doch es lag auf der Hand, dass Travis sich am besten zu diesem Zweck eignete. Immerhin hatte er Lara das Leben gerettet und sie hatte ihn unbedingt kennenlernen wollen. Er bezweifelte, dass seine Brüder ihm das übelnehmen würden. Außerdem hielt sich keiner seiner Brüder an diesem Wochenende in der Stadt auf, was ihm eine gute Entschuldigung bot. Und nicht zuletzt waren ihnen allen Hochzeiten ebenso verhasst wie ihm.

Außer... diese eine Hochzeit hasse ich wirklich nicht, weil sie mich mit Lara vereinigt.

In Wahrheit war er geradezu begierig darauf, dass sie endlich mit der Zeremonie beginnen konnten.

Eine weitere Minute verstrich und Tate begann zu schwitzen. *Wo zum Teufel blieben sie? Wie lange dauerte es, ein Kleid zu kaufen?*

»Vielleicht sollte ich sie anrufen«, schlug er Travis vor, während er den lächelnden Geistlichen betrachtete, der nicht die geringste Eile zu haben schien. Und er hatte auch keinen Grund dazu. Er wurde für seine Dienste sehr gut bezahlt.

»Nein, du brauchst sie *nicht* anzurufen. Ally hätte schon mit mir telefoniert, falls es ein Problem gegeben hätte«, wehrte Travis gleichmütig ab. »Lara wird dir nicht davonlaufen. Sie ist doch ganz offensichtlich verrückt nach dir. Entspanne dich!«

Leichter gesagt als getan. Tate hätte sich am liebsten die Haare ausgerissen vor Verzweiflung.

Immerhin lebten er und Lara erst seit ein paar Wochen zusammen. Hatte er irgendetwas falsch gemacht? Okay. Ja. Er hatte vergessen, den Klodeckel zu schließen... gelegentlich, doch er machte

Fortschritte. Zum Teufel, er hatte sogar gelernt, ein einigermaßen passables Sandwich zuzubereiten.

Er hatte damit gerechnet, dass Lara ihre Freude an Vegas haben würde, und so war es auch gewesen. Sie waren bereits vor einigen Tagen in der Stadt eingetroffen, um die Sehenswürdigkeiten zu besuchen, und Lara hatte sich prompt in die Spielautomaten verliebt. Doch am meisten hatten es ihr die Buffets angetan. Tate zog eine Grimasse, als er an all die Buffets dachte, die sie ausfindig gemacht hatten... manche von ihnen recht annehmbar, doch die meisten absolut ungenießbar. Das einzig leckere Buffet schien ihm immer noch das zu sein, welches sie im Resort anboten. Es wurde von einem hervorragenden Koch aus qualitativ hochwertigen Lebensmitteln zubereitet. Lara hingegen bemerkte augenscheinlich keinen Unterschied und berauschte sich eigentlich nur an der Menge der angebotenen Speisen. Aber es bereitete ihm so viel Freude, Lara von einer Schüssel zu nächsten huschen zu sehen, dass es ihm nichts ausmachte, all diese Buffets aufzusuchen. Sie stopfte sich voll, bis sie kaum noch aufstehen konnte, und jeden Tag schwor sie aufs Neue, es nicht noch einmal zu tun. Doch bereits am nächsten Tag suchte sie wieder nach einem neuen Tischlein-deck-dich.

Mein Gott... sie war anbetungswürdig. Sein Herz gehörte Lara und sie würde ihm gehören.

Wenn sie nur bald kommen würde.

Sein Verstand sagte ihm zwar, dass sie nicht davonlaufen würde. Sie *liebte* ihn ganz gewiss. Das wusste er. Trotzdem würde er nicht glücklich sein, bevor sie nicht ihr Jawort abgelegt hatten.

Er musterte Travis und hätte ihm am liebsten in sein grinsendes Gesicht geschlagen.

»Mit der Zeit wirst du über diese irrationalen Ängste hinwegkommen.« Travis klang amüsiert. »Dann wirst du dich nur noch zehn Mal am Tag um sie sorgen anstatt zwanzig Mal.«

»Hast du dich schon auf zehn hinuntergebracht?«, erkundigte sich Tate hoffnungsvoll.

»Nein. Aber ich arbeite an fünfzehn«, gab Travis schüchtern zu. »Es ist nicht leicht, jemanden so sehr zu lieben, doch es ist jede Minute wert, die du dir Sorgen machst. Glaub mir!«

»Machst du dir im Moment auch Sorgen?« Ehrlich, Tate war ziemlich in Nöten.

»Nein. Ally hat mir bereits angekündigt, dass sie vielleicht erst ein bisschen später zurück sein würden. Nachdem Lara herausgefunden hat, dass du einen Smoking trägst, wollte sie ihrerseits auch nicht zurückstehen.«

»Sie sieht immer wunderschön aus, egal, in was sie gekleidet ist«, erwiderte Tate begeistert.

»Sie ist eine Frau«, gab Travis zu bedenken, als ob *das* alles erklären würde.

»Eine Frau, der es beinahe gelingt, mich im Kampf zu besiegen«, bemerkte Tate stolz.

»Genau der Typ Frau, den du brauchst, Colter. Du brauchst jemanden, der sich nicht all deinen Schwachsinn gefallen lässt.«

»Das tut sie auch nicht. Doch das liebe ich gerade an ihr.« Er zögerte, bevor er hinzufügte: »Meistens jedenfalls.«

Travis lachte.

Tate betrachtete seinen Freund, ein Mann, der vor nicht allzu langer Zeit noch so ernst, so gestresst und so unausstehlich gewesen war. Nun sah er entspannt... und zufrieden aus. »Bist du jetzt wirklich glücklich, Trav?«, fragte Tate ernst.

»Mehr als ich es mir jemals habe vorstellen können, Kumpel. Und dir wird es auch so ergehen. Lara ist eine fantastische Frau und wie für dich gemacht. Sie möchte sich mit Asha treffen und sich erkundigen, ob es etwas gibt, das sie schon jetzt tun könnte, auch wenn sie ihr Studium noch nicht wiederaufgenommen hat. Sie möchte gern helfen. Deine Frau besitzt ein gutes Herz«, erklärte Travis ernsthaft.

Tate nickte. Er kannte das Ausmaß ihrer Herzensgröße, es war so groß wie der Ozean. »Ich weiß. Ich wünschte nur, sie würde endlich damit aufhören, dich ständig als ihren Lebensretter zu umarmen.« Eine einmalige Umarmung hätte Tate toleriert, doch es schien so, als ob Lara Travis jedes Mal, wenn sie ihn sah, ihre Dankbarkeit zeigen wollte. Und es kümmerte ihn auch nicht, dass Travis sein bester Freund war. Seine Verlobte sollte *keinen* anderen Mann unter achtzig in ihre Arme schließen.

Travis zog skeptisch eine Braue hoch. »So eifersüchtig? Ich kann mich gut daran erinnern, dass du es vor nicht allzu langer Zeit noch sehr genossen hast, an meinen Ketten zu zerren, die mich mit Ally verbinden.«

Tate zog sich in sich zurück und erinnerte sich daran, wie er mit Ally geflirtet hatte, nur um Travis zu reizen, und es für lustig gehalten hatte. Jetzt konnte er nicht mehr darüber lachen. »Ich bedaure das inzwischen«, knurrte er.

Travis grinste. »Gut. Dann werde ich es in Zukunft unterlassen, Lara darauf hinzuweisen, wie sehr ich es begrüße, wenn sie mir ihre Dankbarkeit durch Umarmungen beweist.«

Tate starrte Travis ungläubig an. »Das hast du nicht getan.«

Travis zuckte mit den Schultern. »Vielleicht habe ich es kurz erwähnt.«

Hurensohn! Travis hatte absichtlich dafür gesorgt, dass Lara ihm jedes Mal, wenn sie ihn sah, aus Dankbarkeit um den Hals fiel. »Mach das noch einmal und ich werde über einen langen Zeitraum Ally jedes Mal ausgiebig in den Arm nehmen, wenn ich sie treffe«, drohte Tate.

»Ich werde damit aufhören«, beeilte sich Travis zu versichern.

Er macht sich immer noch verrückt wegen Ally.

Tate musste lächeln, denn er wusste, Travis würde Ally bis zu seinem letzten Atemzug lieben. So sehr er es auch liebte, Travis zu reizen, der Junge verdiente diese Art von Liebe und Tate hätte nicht glücklicher für ihn sein können. Besonders, nachdem er das Glück gehabt hatte, selbst die gleiche Art von Liebe zu finden.

Ungeduldig warf Tate nochmals einen Blick auf seine Uhr, nur um zu erkennen, dass erst fünf Minuten verstrichen waren.

Verdammt!

Plötzlich stieß ihm Travis seinen Ellbogen in die Seite. »Hol mal tief Luft, Kumpel. Deine Braut ist eingetroffen.«

Eifrig blickte Tate zum Eingang hinüber und war sehr enttäuscht, dass er nur Ally erblickte. Doch Travis Frau sah entzückend aus in ihrem hauchdünnen fliederfarbenen Kleid, das ihre Kniekehlen umspielte. Ihr blondes Haar war zu einer Hochfrisur aufgesteckt; kleine Locken ringelten sich um ihre Schläfen.

Tate beobachtete, wie Travis seiner Frau entgegenging, sie küsste und ihr etwas ins Ohr flüsterte, das Ally erröten ließ. Dann reichte er ihr den Arm. Ally ergriff ihn und ließ sich von Travis nach vorn führen.

Ally drückte Tate herzlich den Arm im Vorbeigehen und lächelte ihm zu, als sie ihren Platz gegenüber der Stelle einnahm, an der Travis zuvor gestanden hatte. Da Travis und Ally ihre einzigen Trauzeugen waren, hatte Trav eine doppelte Rolle zu spielen. Er war nicht nur Trauzeuge, sondern auch Brautführer.

Travis ging ein zweites Mal den Gang hinunter und streckte wieder jemandem seinen Arm hin. Tate stieß heftig den Atem aus, als Lara an Travis Seite trat und den dargebotenen Arm ergriff. Er musste tief Luft holen, da es ihm so vorkam, als hätte er einen Schlag in die Magengrube erhalten, als er den ersten Blick auf Lara erhaschte. Sie war hinreißend in ihrem weißen Spitzenkleid, das dreiviertellange, enganliegende Ärmel und ein ebenso enges Mieder besaß. In der Hand hielt sie ein Bouquet aus rosa und roten Rosen. Auf ihren hochgesteckten Haaren saß ein schmaler Silberreif, von dem ein kleiner, altmodischer Schleier auf ihren Rücken hinab wallte.

Sie sieht wie ein Engel aus.

Sie lächelte strahlend, während sie ihm entgegen schritt, ihren Blick nur auf sein Gesicht konzentriert.

Sie gehört mir.

Er nahm sogleich ihre Hand, als sie bei ihm ankam, und umschloss sie besitzergreifend, verschlang ihre Finger ineinander und holte tief Luft.

Sie ist hier. Sie gehört mir.

Die Zeremonie dauerte nicht lange, ganz so, wie sie beide es sich vorgestellt hatten. Tate sprach seinen Treueschwur äußerst andächtig und jedes seiner Worte kam aus tiefstem Herzen. Lara wiederholte den Schwur, ihre Augen nur auf ihn gerichtet, während sie sich ihm für immer versprach.

Es schien alles so schnell zu gehen, doch Tate atmete erleichtert aus, als sie zu Mann und Frau erklärt wurden. Dann küsste er die Braut viel länger als nötig und alle vier verließen die Kapelle und stiegen in eine wartende Limousine.

»Das war reizend«, meldete sich Ally begeistert von ihrem Sitz neben Travis zu Wort.

Lara strahlte. »Das war es. Es war genau so, wie Tate und ich es uns gewünscht haben. Ich bin so froh, dass ihr beiden zu der Zeremonie kommen konntet.«

Travis ließ den Korken einer Champagnerflasche knallen und alle lachten, als sie von dem unvermittelten Geräusch zusammenzuckten.

Er schenkte jedem ein und reichte die Gläser herum.

Tate betrachtete seine Frau und dachte, was für ein glücklicher Kerl er doch war. Lara war zu einem Zeitpunkt in sein Leben geplatzt, als er nicht im Mindesten damit gerechnet hatte. Er war so verdammt einsam gewesen und es war ihm noch nicht einmal wirklich bewusst gewesen... bis er sie kennengelernt hatte.

Er lehnte sich zu ihr hinüber und küsste sie zärtlich auf die Stirn. »Du siehst unglaublich hübsch aus und ich liebe dich so sehr, dass es mich umbringt.«

Sie verschlang ihre Finger mit seinen. »Müssen wir dich wiederbeleben?«

»Himmel, nein. Ich bin voller... Leben. Jeder einzelne Teil von mir«, erklärte er schelmisch. »Doch wenn du es willst, täusche ich gern vor dahinzuscheiden.«

Sie kicherte wie ein junges Mädchen. »Ich liebe dich auch.« Und dann fügte sie ernster hinzu: »Du machst mich so glücklich, dass ich Angst bekomme.«

Tate wusste genau, was sie empfand. Doch er würde ihre Ängste beschwichtigen. Es würde nicht lange dauern und ihr Glück würde für sie beide zu einem dauerhaften geistigen Zustand werden.

»Ich möchte einen Toast aussprechen«, meldete sich Travis zu Wort. »Auf die Hochzeit, die Liebe und das Glück, die Frau deiner Träume gefunden zu haben!«

Laut klangen die Gläser aneinander, als sie anstießen und einen Schluck aus dem feinen Kristall tranken.

»Ich denke, das werden wir schon bald wiederholen, auf Chloes Hochzeit.« Ally lehnte sich behaglich in ihrem Plüschsitz zurück.

»Werdet ihr beide kommen?«, erkundigte sich Lara aufgeregt.

Ally nickte. »Ja, Chloe ist vernarrt in Travis.«

»Ich bin froh, dass wir nicht so lange warten müssen, bis wir euch wiedersehen«, sagte Lara zu Travis und Ally.

Tates Gedanken schweiften zu Chloe und wie unglücklich sie in letzter Zeit zu sein schien. Er erinnerte sich daran, dass er sich vorgenommen hatte, ihre Beziehung zu James etwas näher unter die Lupe zu nehmen. Etwas an der ganzen Beziehung schmeckte ihm nicht. Und nach dem, was Lara ihm über James brutales Verhalten im Fitnessraum erzählt hatte, war er nicht mehr gerade begeistert darüber, dass Chloe jemanden heiratete, der sie möglicherweise schlecht behandeln würde. Nun, da Tate wusste, wie sich wahres Glück anfühlte, wünschte er jedem seiner Geschwister nichts Geringeres.

»Hey, Ally! Da drüben gibt es dieses Buffet, von dem ich dir erzählt habe«, quietschte Lara plötzlich begeistert.

»Lasst uns dort anhalten!« Ally nickte eifrig mit dem Kopf. »Ich möchte es gern ausprobieren.«

Travis warf Tate einen gequälten Blick zu. Offensichtlich war er genauso vernarrt in die Buffets von Vegas wie Tate. Und unglücklicherweise schien Ally eine ebenso große Vorliebe dafür zu hegen wie Lara.

»Ich bin Milliardär. Wir können im jedem Restaurant der Stadt essen, das uns gefällt. Muss ich mich wirklich durch ein Buffet quälen?«, fragte Travis herablassend.

»Ja.«

»Ja.«

Ally und Lara hatten beide gleichzeitig geantwortet.

»Heute ist Laras Ehrentag, Travis«, wies Ally ihren Ehemann streng zurecht.

»Wir können uns ein gutes Restaurant leisten, Lara«, teilte Tate nun auch Travis Meinung.

»Aber ich würde so gern dort hingehen.« Sie warf ihm einen sehnsuchtsvollen Blick zu.

»Du willst dein Hochzeitsabendessen an einem Buffet einnehmen?« *Oh, Gott helfe ihm!*

»Es handelt sich doch um das Mittagessen. Ally und ich lassen euch beide dann bestimmen, wo wir heute zu Abend essen.«

Ally nickte zustimmend und lächelte gierig.

Tate sah erneut zu Travis hinüber, der lediglich mit den Schultern zuckte. Dann wandte er sich wieder seiner frischgebackenen Ehefrau zu und sah den Ausdruck in ihren Augen. Augenblicklich gab er nach. »Okay.« Er glaubte nicht, dass er seiner Frau jemals etwas würde abschlagen können, besonders wenn man bedachte, dass sie normalerweise nichts als seine Liebe forderte.

Er griff in die Innentasche seines Smokings, zog eine Rolle Magentabletten heraus und steckte eine davon in seinen Mund, bevor er sie seinem Freund reichte.

Travis nahm gleich drei davon und gab sie Tate dann zurück.

»Was wir so alles für unsere Frauen auf uns nehmen!«, knurrte Travis gutmütig.

Die Frauen überhörten geflissentlich das Geschwätz ihrer Männer.

»Ja, aber sie sind es wert«, ergänzte Tate grinsend.

Sie parkten auf dem Bordstein vor dem Casino mit dem Buffet, das die Damen sich gewünscht hatten.

Travis half seiner Frau aus dem Wagen und ging voraus. Tate zog seine Braut behutsam aus der Limousine und stützte sie, als sie auf ihren hohen Absätzen zu schwanken begann.

»Ich weiß, du hasst Buffets, doch ich werde dich später dafür entschädigen«, flüsterte Lara mit wollüstiger Stimme in sein Ohr, sodass nur er sie hören konnte. »Ally hat mir auch ein Wäschegeschäft gezeigt. Was ich unter dem Kleid trage, wird dir noch mehr gefallen als das Hochzeitskleid selbst.« Verspielt zwinkerte sie ihm zu.

Sein Schwanz wurde so hart wie Diamant, als er sich vorstellte, was zum Teufel sie unter ihrem Hochzeitskleid verstecken mochte. *Ich werde dich später dafür entschädigen.* Zur Hölle, vielleicht würde er doch noch lernen, die Buffets in Vegas zu lieben.

Er reichte seiner Frau den Arm und sie hakte sich bei ihm ein, ein freches Grinsen auf den Lippen.

Es war das erste Mal, dass Tate Colter an ein riesiges Billigbuffet mit einem breiten Lächeln auf dem Gesicht herantrat, und es sollte auch nicht das letzte Mal gewesen sein.

Am Ende war Tate sehr glücklich über das kleine Arrangement und beschwerte sich nie wieder – nach der Hochzeitsnacht, während der Lara ihn entschädigte. Das schlechte, aus der Massenproduktion kommende Essen hinzunehmen, war eine Kleinigkeit, gemessen an dem, was er als Gegenleistung dafür bekommen hatte.

Travis hatte sich auch nicht gerade über sein Schicksal zu beklagen, denn Ally war im gleichen Wäschegeschäft gewesen wie Lara.

Spät am nächsten Morgen fanden sie sich an einem anderen Buffet wieder, beide Männer mit Magentabletten bewaffnet und einem breiten Grinsen auf dem Gesicht. Beide Männer wirkten sehr begierig, jedes beliebige Opfer zu bringen, um ihre Frauen nach dieser wunderbaren Nacht glücklich zu sehen.

Und Tate hatte bereits sehr früh in seiner Ehe gelernt, dass es sich lohnt, Kompromisse zu schließen. Seine Hochzeitsnacht hatte sich als spektakulär erwiesen, doch der größte Gewinn, den er aus dem Handel gezogen hatte, war etwas sehr Simples: das Lächeln seiner Frau.

~*Ende*~

Ich hoffe, die Geschichte von Tate und Lara hat Ihnen gefallen. Der achte Teil der Serie, die Geschichte von Chloe, »Milliardenschwer und ungebunden«, wird ab Ende März 2017 erhältlich sein.

Biografie

J.S. Scott ist eine Bestsellerautorin pikanter Liebesromane. Sie ist eine begeisterte Leserin von Büchern und Literatur jeglicher Art. J.S. Scott schreibt, was sie selbst gern liest, und das sind zeitgenössische sowie paranormale erotische Liebesgeschichten. Sie handeln meistens von einem Alphamännchen und haben ein Happyend, denn so schreibt sie sie einfach am liebsten!

Besuchen Sie mich auf:
http://www.authorjsscott.com
https://www.facebook.com/J.S.ScottGermany/

Oder senden Sie eine E-Mail an:
JSScott_author@hotmail.com

Sie finden mich ebenfalls auf Twitter:
@AuthorJSScott

Bitte tragen Sie sich auf meiner E-Mail-Liste ein, um über Neuigkeiten, neue Veröffentlichungen und exklusive Textauszüge informiert zu werden: http://eepurl.com/b2DuYn

Bücher von B. A. Scott

Ein Milliardär voller Leidenschaft – Die Serie:

Entfesselte Leidenschaft (Buch 1)

Das Herz des Milliardärs:
Ein Milliardär voller Leidenschaft ~ Sam (Buch 2)

Die Erlösung des Milliardärs:
Ein Milliardär voller Leidenschaft ~ Max (Buch 3)

Der Milliardär und sein Spiel:
Ein Milliardär voller Leidenschaft ~ Kade (Buch 4)

Ein Milliardär außer Kontrolle:
Ein Milliardär voller Leidenschaft ~ Travis (Buch 5)

Ein Milliardär ohne Maske:
Ein Milliardär voller Leidenschaft ~ Jason (Buch 6)

Milliardenschwer und ungezähmt:
Ein Milliardär voller Leidenschaft ~ Tate (Buch 7)

Milliardenschwer und ungebunden:
Ein Milliardär voller Leidenschaft ~ Chloe (Buch 8)
(ab Ende März 2017 erhältlich)

**Und auch die folgenden Bücher von J.S. Scott werden in Kürze
auf Deutsch erhältlich sein:**

Aus der Reihe »Ein Milliardär voller Leidenschaft«:
Billionaire Undaunted ~ Zane (Buch 9)
The Billionaire's Christmas Virgin ~ Prelude to Billionaire Unknown
Billionaire Unknown ~ Blake (Buch 10)

Aus der Reihe »The Walker Brothers«:
Release! (Buch 1)
Player! (Buch 2)
Obwohl die Serie »The Walker Brothers« zwanglos mit der Reihe
»Ein Milliardär voller Leidenschaft« verbunden ist, stellt sie eine
eigenständige Serie dar, die auch gelesen werden kann, ohne
die Bücher von »Ein Milliardär voller Leidenschaft« zu kennen.
Es handelt sich ebenfalls um eine heiße Liebesromanreihe mit
Alpha-Milliardären.